黄河漫润的时光

孔令莲 著

北方文艺出版社

图书在版编目（CIP）数据

黄河浸润的时光 / 孔令莲著. -- 哈尔滨 ：北方文
艺出版社，2021.12

ISBN 978-7-5317-5337-7

Ⅰ．①黄… Ⅱ．①孔… Ⅲ．①散文集－中国－当代
Ⅳ．①I267

中国版本图书馆CIP数据核字（2021）第185496号

黄河浸润的时光
HUANGHE JINRUN DE SHIGUANG

作　者/孔令莲

责任编辑/王　爽　　　　　　　　特约编辑/陈长明
装帧设计/汇蓝文化

出版发行/北方文艺出版社　　　　邮　编/150008
发行电话/（0451）86825533　　 经　销/新华书店
地　址/哈尔滨市南岗区宣庆小区1号楼　　网　址/www.bfwy.com

印　刷/济南精致印务有限公司　　开　本/880×1230　1/32
字　数/210千字　　　　　　　　印　张/7.5
版　次/2021年12月第1版　　　　印　次/2021年12月第1次印刷

书　号/ISBN978-7-5317-5337-7　　定　价/56.00元

一袭旗袍带来的书卷风韵（代序）

一

初识阿莲是在永靖县文联的书画室，她一身旗袍，庄美飘逸地来了！手捧一卷新打印的书稿，递到了我的面前。这时，我发现作家阿莲是这般耐读，兼有淑女气和学者范儿。

在此后的书画交流中，我间或书写三两幅行草作品，发现作家阿莲都在展纸张、递墨瓶、接茶水——一身合体的旗袍荡漾成一道美好的风景线！

晚饭时的交流中，作家阿莲总能适当、适时地与他人交流观点，透露出深厚的学养……陡然，我的感触深了，能为这种学者型女性的书稿写篇短文，可谓自己修来的一次"笔福"！我庆幸老友阿寅的举荐和安排。

晚餐毕，夜比我的思考还深了些，作家阿莲驾车的熟练程度也让我刮目相看。她将我们一一送回家的坚定与洒脱，更让我对她有了新的认识。

当我回到宿舍，便一头扎进任务和非任务的书稿阅读之中。轻轻翻动起那旗袍般光鲜曼妙、洁净纯粹的书页，很快发现阿莲对于写作的原则：敬畏文字，庄重写作。

对此，阿莲有如此深刻的认识："写作其实是无比寂寞的事，也不免承受孤独，甚至要经受一些停滞不前带来的自我煎熬。一个爱文字、侍弄文字的作者，在写作的每个时期，总是交织着灰暗和光明，而这种交替更迭尤其考验着每个作者的勇气和耐心。荷尔德林式的写作理想是'充满劳绩，但诗意地栖居'，这无疑给我的书写做了最好的注解和断续存在的理由，也给我生活的漏洞及时绣上了一些时髦的补丁。"

阿莲还说："一篇好散文，绝不是修辞术的堆积和挑拣，而是一种叫人心疼的精神体验……散文不只是书写经验和讲述欲望，而且应该站在人类历史的文化高度，让人们相信'希望的存在'和崇尚'灵魂的善'——既如此，何乐而不为呢！"如此种种，足见她的眼力与胃口都是很不错的。阿莲甚至追溯到了《楚辞》，把《渔父》看作一生一世仰望的高度。于是，这个孔老夫子的第七十六代女性孙辈，自信满满而又谦虚有加地告诉世人："《渔父》出自《楚辞》，作者尚不确定，但《文选》和《古文观止》都有它的一席之地。可以非常确定的是，这是一篇可读性很强的优美散文。""如果可以，我想把我所经历的、正经历的，以及即将经历之生活种种，都雕刻成《渔父》的样子，这或许可以减缓一些散文对我的无形折磨。当然，这或许无异于萤火虫的热度和光亮。"

如此孔令莲，既有思想认识上的高度，又有写作中的长远目标与自觉要求，实属一位有实力有档次的女作家，在接地气的环境中自由而执着地笔耕，对这厚厚一卷新作，我便不敢轻率敷衍。

二

我不敢怠慢《捧读识秀》中的虔诚崇敬、大悲大美，激情、豪情、悲情交织在历史与现实中，文字间树立起一个女性的大丈夫形象。《人生况味品渔父》来自浩瀚的历史大河里，文句的负荷太过沉重，让历史似乎都不堪重负。由《庄子》始，携屈原《楚辞》，古代、近代、现当代，品读抒写，历史与现实的有机连接让人不禁久久沉思。这篇最多也就是两千字的《灵魂有香气的男人》中，沈从文的命运，让我想到一代中国知识分子的命运遭际。而我这番畅想，毕竟是阿莲笔力的延伸。她的笔触涉及古今中外的姜子牙、屈原、颜真卿、苏东坡、王国维、毛姆、林语堂、徐则臣等，显示了她的读书视野、思想情怀以及格局，而对于姊妹友人崔云琴等的细腻抚慰和柔情软语，则显露出她"人情练达即文章"的一面。

我也不敢怠慢她的《人物走笔》中的九个人物，九篇纪实文章，不只是看看标题就可以了事，就可以搪塞交差。我觉得它虽然没法与《捧读识秀》相比，作者却还是那么扎实悉心地用细节连接起大起大落的人生故事，在大散文观念下挺秀峻拔、文采熠熠。关于厚实饱满，别的不再提及，刘家峡铸造业的历史人文，经她在《王氏铸造承传人》中的纵向追溯记述，横向牵系穿插，我的思绪被引到黄河三峡周遭好大的地域，听晨钟晚韵里的旋律缭绕，其中有鼻息的味道，有眼里的味道，还有耳里的味道。

我还不敢怠慢《生活履痕》中的二十三个篇目。那么多家长里短的叙述，节气变换的感叹，同事好友交际的情景，亲人生活的娓娓道来，都是潇洒自如、知情入理的笔调，俏皮洒脱。这里随便摘一段阿莲的叙述，你得承认这位基层税务公务员的文学修养、学者品格。《行走以外》的结尾就写得耐人寻味："一个字，一行字，一篇字。蘸饱笔，不让狼毫饥饿，让白纸慢慢洇染，让黑字慢慢丰盈，让自己慢慢饱满。收藏今天日月星辰的变换，养护心底如花的香气，捕捉云之影的温情，怀揣清水流过的默默相契，静静等候，等待闭关时的大门轻轻开启，你背着月色，在门口站立了千年。所以，种玉为月。所以，种子发芽。"

《月岸听花问水》全文十六个自然段，挑最短的写秋景的一段于此，见识阿莲老辣的笔力："枫叶红，野草黄，草坪绿。秋款款走来，染黄雏菊，熟透稼穑。秋的颜色，应是大自然调色板上刚刚泼洒的水粉画，满眼斑斓，满心璀璨。"

阿莲很能"煽情"，很会"煽情"。"能煽情"可能来自学养、经历、才思等，"会煽情"则有技巧的成分了。于是，"煽情"真是作家阿莲潇洒有度、自如有致的传神笔韵了。

关于"煽情"和"煽情"能力，说到底是文学修养、思想才情、文字功力和能力的综合体现。纵观阿莲的散文篇章，激情下的豪情、悲情，总在文中起伏跌宕，绵密而忧伤，总在历史大背景下显得豪放大气、令人动容。她这些作品的气韵，不亚于当代名家梁衡写当代名人的那些篇章，具备大散文写作的修养格局。因素材而打造风格，这是作家创作能力成熟的表现，加之阿莲式的节奏明快、诙谐有趣的语言风格，给我难忘的好感。

阿莲的大气写作，常使我以散文家杨文林、梁衡来为她作参照。婉约的女性柔曼则使我想起李清照和她的词作。阿寅一腔热情，美言嘱重任；阿莲一袭旗袍，尽显书卷气——是文事，也是美事。我于庚子年"双节"期间，恭敬不如从命，写成此文，权作序。

苏震亚

2020年10月3日

（苏震亚，中国作家协会会员，甘肃省白银市作家协会副主席，《白银文学》原主编、编审。）

黄河浸润的时光

目录

卷三　生活履痕

卷一 捧读识秀

人生况味品渔父

渔父，顾名思义是一个打鱼人，他在中国古代被赋予避世隐身、自由自在的隐士的含义。姜子牙，是活在文字里最早的渔父，可他要钓的是一个王朝，被供奉在《封神演义》的神坛上，有着安定江山的仙风道骨。

当渔父满载文学内蕴出现时，到了战国时期。

《庄子·杂篇·渔父》是庄子所著的《庄子》中的一篇，讲述的是渔父和孔子的一次对话过程。对本篇，历来多有指责，它常被认为是伪作，但通篇思想和庄子一贯的主张有相同之处。其中渔父"须眉交白，被发揄袂"，看见孔子为传道授业四处奔波，就忍不住开导孔子：不要这么苦心劳形，非要去干那些不属于自己本分的事，指斥孔子一贯奉行的儒家思想，阐述"持守其真"、还归自然的主张。孔子此时在鲁国两次受到冷遇，在卫国被铲除所有的足迹，在宋国遭受砍掉坐荫之树的羞辱，又久久被围困在陈国、蔡国之间，可谓处境艰难，四处碰壁。面对渔父"杖拏逆立"的怠慢，孔子施以"曲要磬折，言拜而应"的谦恭，这让站在一旁的子路、子贡颇为不解：一个捕鱼的老人，怎么能获得如此厚爱呢？孔子解释："故道之所在，圣人尊之。今渔父之于道，可谓有矣，吾敢不敬乎！"可见，孔子对渔父的见解和主张颇以为然。这时的渔父，俨然是庄子的化身。

另一篇《渔父》出自《楚辞》，作者也不确定，但《文选》和《古文观止》都有它的一席之地。这位渔父不忍心看身为三闾大夫的屈原"行吟泽畔，颜色憔悴，形容枯槁"，就上前规劝，引来的却是屈原"举世独浊我独清，众人皆醉我独醒"的与众不同，独来独往，不苟合，不妥协。渔父提出屈原应该学习"圣人不凝滞于物，而能与世推移"的理论，并以三个反问句启发屈原"淈泥扬波""哺糟歠醨"，劝他走一条与世俗同流，不必独醒高举，远害全身的自我保护道路，而屈原则秉持"宁赴湘流，葬于江鱼腹中"的执着信念。屈原听不进渔父的劝告，渔父不强人所难，"莞尔而笑"，兀自唱着"沧浪之水清兮，可以濯我缨。沧浪之水浊兮，可以濯我足"的歌谣，"鼓枻而去"——这一转身，多么传神！此刻的渔父，便是一位温文尔雅的智者，和庄子一样，还是站在道统的讲坛上居高临下，侃侃而谈。

张志和在《渔父·西塞山前白鹭飞》中写道："西塞山前白鹭飞，桃花流水鳜鱼肥。青箬笠，绿蓑衣，斜风细雨不须归。"苍岩，白鹭，鲜艳的桃林，清澈的流水，黄褐色的鳜鱼，青色的斗笠，绿色的蓑衣，如果逐一勾勒、烘染，便是一幅构思巧妙、意境优美的水乡春汛图。至此，渔父走下讲坛，开始沾染了人间的烟火气，怀着高远、散淡、悠然自得的意趣。

柳宗元在《渔翁》中写道："渔翁夜傍西岩宿，晓汲清湘燃楚竹。烟销日出不见人，欸乃一声山水绿。回看天际下中流，岩上无心云相逐。"这位渔翁晚上靠着西山歇宿，早上汲取清澈的湘水，以楚竹为柴做饭。太阳出来，云雾散尽，不见人影，摇橹的声音从碧绿的山水中传出，回头望去，渔舟已在天边向下漂流，山上的白云随意飘浮，相互追逐。渔翁贯穿始末，他由夜而晨的一举一动深深牵引着读者，忙碌的身影转换中显示着时间的流逝，直到吃饱喝足，驾一叶扁舟逍遥在云白水绿的江面上，这就是烟火人生。虽然此时的柳宗元在政治上革新失败，身心遭受巨大打击，眼前拥堵着"千山鸟飞绝，万径人踪灭。孤舟蓑笠翁，独钓寒江雪"的万般寒凉，但他的内心世界依然热烈，需要在山水中寻求一片安放心境的宁静之所。此刻的渔翁就是柳宗元，柳宗元就是渔翁。

韩愈在《湘中》写道："猿愁鱼踊水翻波，自古流传是汨罗。苹藻满盘无处奠，空闻渔父扣舷歌。"整首诗中不难读出，诗人韩愈借屈原跟渔父相遇有感而歌的故事，感慨自己就像当年的屈原，渔父悠闲的歌声似乎永远在嘲弄着一代代执着于改革政治、不肯与世同流合污的志士仁人。这里暗用《楚辞》中的《渔父》，情景交融，构成清空孤寂的境界，含蓄地抒发着无端遭贬的悲愤和牢骚之情，遍布世无知音的寂寥悲凉。

孙承宗在《渔翁》中写道："呵冻提篙手未苏，满船凉月雪模糊。画家不识渔家苦，好作寒江钓雪图。"陆游在《渔浦》中写道："渔翁持鱼扣弦卖，炯炯绿瞳双脸丹。我欲从之逝已远，菱歌一曲暮江寒。"这样的渔父，就像村庄里的邻居大爷，只要轻唤一声"阿爷"，他定会绽开菊花般的笑容，在人群里和你俚语相叙家长里短，即使发现认错了人也无妨。

陆游的另一篇《鹊桥仙·一竿风月》中的渔父是这样的："一竿风月，一蓑烟雨，家在钓台西住。卖鱼生怕近城门，况肯到红尘深处？潮生理棹，潮平系缆，潮落浩歌归去。时人错把比严光，我自是无名渔父。"似乎是一位得道顿悟者，淡静如山风吹过松林，心怀般若，眼开四方。

明朝三才子之首的杨慎，在被贬永昌之初，心存被朝廷再次起用的幻想，在诗中颇为自信地写道："京华一朵千重价，肯信空心委路尘"。可是直到三十年过去，杨慎双鬓斑驳，还是没能等到朝廷的赦免。"已消湖海元龙气，只有沧浪渔夫心"，可怜杨慎一腔诗书，生平抱负黯然消散在岁月中。

林语堂先生是现代学者中的真渔父——既知渔之乐，又知渔之真。他在《谈海外钓鱼之乐》中说："我每年夏天去旅游，总先打听某地有某种钓鱼之便，早为安排。因此瑞士、奥、法诸国足迹所至，都有钓鱼的回忆。""船慢慢开行，钓丝拖在船后一百余尺以外。钩用汤匙形，随波旋转，闪烁引鱼注意，所以不用鱼饵。我与内人乘舟而往，鱼竿插在舷上，鱼上钩时，自可见竿摇动。"这是在阿根廷的湖钓。"……一路挣脱，鱼力又猛，可能费尽力气，才能就范。稍静一下，又来奋斗，或者脱钩而去。及见水面，银光闪烁，拉你的线扯大圆圈，径可一二丈

黄河浸润的时光

外。"这是纽约长岛海的夜钓。或者一边思索"钓鱼与烟斗的妙用，差不多相同，在静逸的环境中，口含烟斗，手拿钓竿……追究人生意味，恍然人世之熙熙，是是非非，舍本逐末，轻重颠倒，未尝可了，未尝不欲了，而终不可了"，一边等蓝鱼上钩——在此刹那，便是人间三千年。

2017年12月20日

嬉笑怒骂皆真情

　　"……在这一幅天然景物中，只有一座灯塔式的建筑物，丑陋不堪，十分碍目，落在西子湖上，真同美人脸上一点烂疮。我问车夫这是什么东西。他说是展览会纪念塔，世上竟有如此无耻之尤的留学生作此恶孽。我由是立志，何时率领军队打入杭州，必先对准野炮，先把这西子脸上的烂疮，击个粉碎。"每读到这段，我必会掩书大笑，口称一串"绝！""……我看见一个父亲苦劝他六岁的少爷去水旁瀑布。这位少爷不肯。他说水会喷湿他的长衫马褂，而且泥土很脏。他极力否认瀑布有什么趣味。我于是知道中国非亡不可。"以上是林语堂先生《春日游杭记》中的句子，省略号处略去的是西湖、虎跑山的春日胜景，大煞风景的事就这么在不经意间赤裸裸宰割着一个赤子之心。无疑，林先生是敏感的，以一个有良心的中国学者的眼睛，发现着周边及眼前的美，总能从中过滤出美中的不足，哪怕是一个父亲和孩子间的对话，他都会饶有兴趣地追随探听。这是每一个喜欢文字，时时关注文字的人值得注意且应该长期培养的好习惯。因为世上没有大事情，只有大手笔，所有的"大"都是"小"的集合。如果一个人对生活的爱是肤浅的，仅停留在口头上的大喊大叫，绝不会有如此深刻的愤懑和恨意，恨决策者的一叶障目，恨生铁不能炼成钢。

　　我案头的书是《论读书、论幽默——林语堂经典作品选》，其中收录的作品内容有大学讲稿，论读书、学习的兴趣、方法、效果、对大学教育现状的剖析；有直指当下政治热点的，以散文抨击时局，探讨国民性问题，颇具开放意识；有歌颂民众力量

黄河浸润的时光

的，有理有据，文风热烈明快，庄谐并用，逸趣横生；有提倡幽默散文和小品文的，由此掀起了一阵文坛的"幽默文学"热，也因这些独具特色的幽默闲适小品文，林语堂先生赢得了"幽默大师"的美誉；有追忆故乡山水和各地民情风俗的，朴素平实，清丽自然。

纵观全书，文章内容涉猎广泛，角度新颖，诙谐自如，文言、白话、外来语以及方言俗语融为一体，读起来，或如与一位"海归"侃侃而谈，其间穿插异国风情和逸闻趣事，时而令人捧腹，时而让人深思；或如静坐高等学府，聆听一场别开生面的演讲，可以鼓掌、大笑、点头、跺脚，甚至可以跑上台去求签名、拥抱、合影留念；或如和一个玩性十足的野孩子放歌四野，湖钓海钓逐一过瘾，不知今夕何夕，乐而忘归；或如闲坐廊下，一茶，一扇，一人，静听杜鹃泣血，冥想院中花开花落，年复一年；或如逛鸟市，吃馄饨，去买书，一场人间烟火轮番上演，末了却是一个语出惊人的现世论断，让人怦然心动，深以为然。

总之，吃喝玩乐皆在一张一弛中成文，唯有作者引领读者自得其乐，何也？闲适，幽默和那份源自骨子里的真。这也是林语堂的散文让人常读常新、百读不厌的首要原因：他的所谓幽默，不是粗鄙的笑话，而是幽默中蕴藏睿智，洒脱中显现凝重。闲话不闲，适宜最好。那时不时闪现的真，是难得的文人情怀。读多了林语堂，自觉地，或者不自觉地，会鄙视那些做作的文字。

在信息碎片化、文字快餐化的快时代，不妨撂下耳机，把自己从手机中解放出来，读一读林语堂，闭眼想一想田野大海，抬头看一看蓝天白云，以一种超脱与悠闲的心境来旁观世情。兴之所至，用平淡的话语描摹一番文字里的林语堂，用真实的心情和幽默的文字，品味一番林语堂的美文，不失为一种美事。沿着大师的足迹，咀嚼大师的文字，尝试用"私房微语"式的"闲适笔调"叙写眼前拥挤、慌乱的生活，发掘一些生活的"小"，检点一下内心的荒芜，该是一件美差。此刻，我相信每一个娓娓道来的自己，会深深触动那个迎着风、侧着身急急如律令的另一个自己。那么，我们就有闲情逸致和一个真正的、生活化的、可爱的、幽默的、闲适的林语堂对话，聊聊戒烟、西装、握手、赤足、买牙刷和书房布局，想聊哪出聊哪出，大可卸下文人脸上刻意涂抹的严肃。

2017年12月28日

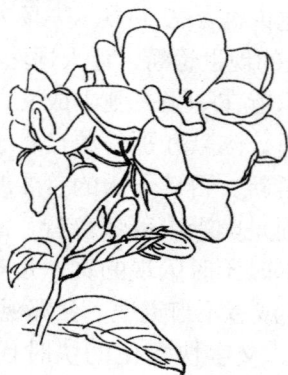

大时代中涌动的小人物

——观电影《芳华》

　　看完电影《芳华》，用了半盒纸巾。

　　用三天时间，一口气读完原著《芳华》。好在电影沿用了小说的"芳名"，这是导演的慧眼。那些浑身散发着青春香气、不可复制的少男少女和那个疯狂的时代，只能用绝代芳华来演绎、展示。只是，何小曼的名字变成了何小萍，二十世纪七十年代的女孩无处不"萍""莲""菊""梅"，而大上海，想必称曼的女子如 "花草四君子"一样，也在四处自由怒放吧？要不怎么会有一首叫《曼丽》的歌，走街串巷唱了一个时代，至今还有人张口就来。

　　严歌苓文字里的何小曼和冯小刚镜头下的何小萍，乃至最后小说中何小萍改回生父的姓，变成刘峰侄子口中的沈阿姨，让我颇为惊喜，一目十行起来。原来她们是同一个美好敏感的女孩，是一个得不到家庭温暖、自然长大成熟的田野之花——何小曼、何小萍、沈小萍。何小萍原本以为当兵后，就摆脱了那个对她来说毫无温暖的家，再没有人会欺负她，没想到进入了另一个让她受伤的地方。她极力讨好别人，却没人把她当回事儿。她总想引人注意，却被人从头到尾当笑话。团里的女同志嘲笑她的内衣，逮着机会就欺负她。男同志跳舞不愿抱她，嫌她身上有味儿，除了好人刘峰。就连一直对她抱有善意的萧惠子，也会时不时加入嘲笑她的群体。为什么？"我们的孩提时代和青春时代都是讲人坏话的大时代。讲坏话被大大地正义化，甚至荣耀化了。""大半个世纪到处都在讲人坏话，背地里，公开地，我们就这样成长和世故起来。"无疑，这是个疯狂的时代！这里有一帮癫狂的人，他们没有做什么伤天害理的事，仅仅想占一点别人的小便宜，或是盲目从众，他们最大的爱好和乐趣是抱团说坏话。幸亏，有刘峰和何小萍，这让读者冷透的心慢慢热乎起来。

好人刘峰，补过墙壁、天花板，堵过耗子洞，钉过门鼻儿，拆换过被白蚁蛀烂的地板条，从给女孩缝被子的棉絮里捞过针，食堂的猪跑了都要他去追，甚至难得的深造机会都拱手让人。"吃撑了的长号手高强吹出一声饱嗝似的低沉绵长的号音，呆呆看着冬青小道上轻盈远去的矮子叹道：'唉，怎么就累不死他？他叫什么名字？'旁边的贝斯手曾大胜说：'刘——峰。'长号手高强像刚才的号音那样拉长声调：'Li—u—Feng——我的X，整个一雷又锋。'"他的诨号就这样在傍晚消食发呆的文艺小青年中被发掘出来。此时刘峰刚好挑着两桶水，给没有父母的十七岁残疾男孩去送水，在人们无聊的视野里走来走去。我相信，有人一定会用不屑一顾甚至鄙夷的口气发话，如果没有长号般的阴阳怪气，才是不正常！因为团里每个人都有背景，除了刘峰；每个人的家庭都不简单，而他只是来自农村的穷木匠家庭。

"我注意到他是因为穿着两只不一样的鞋，右脚穿部队统一发放的战士黑布鞋，式样是老解放区大嫂大娘的设计；左脚穿的是一只肮脏的白色软底练功鞋。"刘峰，这么一脚一只鞋的另类打扮是为了方便抽空练功，弥补左腿单腿旋转不灵的不足。这是一个多么富有生活气息的生动细节，可惜没有出现在荧幕上，包括刘峰一次次在练功房抄起腰腿，帮助大家翻前桥、后桥、蛮子、跳板蛮子，这便是大家憎恨的毯子功。一个半小时的毯子功功课，刘峰等于额外干一份码头搬运工，把他们一个个掀起，在空中调个个儿，再放到地上，他"搬运"的还是需要轻搬轻放的易碎货物。每每这个时候，大家心怀不满，不会真心腾跃、起范儿，刘峰每天对付的，就是一个个人形麻包。读到这里，我觉得《芳华》应该拍成连续剧，让刘峰在琐碎的生活里一点一点走近、丰满，让观众全面地解读刘峰，而不是在电影中肤浅潦草地认识他。

　　刘峰由于跟头翻得好，被团里挑来。翻跟头是刘峰的童子功，他在一个县级棒子剧团度过了苦难的童年，不然就会有个光腚童年。所以，"这是个自知不重要的人，要用无数不重要的事凑成重要"。好事做尽的他，却不被珍惜，甚至被践踏。又为什么？因为他过度消耗了自己，做了太多的好事，像个圣人一样，大家都习以为常。久而久之，他只能是个做好事的圣人，其余的个人价值都被掩埋、忽略了。最要命的是"他的好让我变得心理阴暗，想看他犯点儿错，露点儿马脚什么的"，这其实是大家一致的心理，"太好的人，我产生不了当下所说的认同感"。这就是林丁丁可以接受干事喂的糖水橘子罐头，却难以接受雷又锋的爱的原因。刘峰长期的过度付出和不知疲倦的善良，已经很难赢得别人的认可和尊重。这个结论，实在有悖常理，极大的挑战着我的好坏标准和道德底线。

　　"我再一次想，这是个好人。无条件、非功利的好。一个其貌不扬的身躯里怎么容纳得了这么多的好？我们这个世界上，也许真有过一个叫雷锋的人，充满圣贤的好意和美德。"我相信，严歌苓以第一人称的口吻如此用心地娓娓道来，不是凭空捏造，不是脑洞大开，而是有充分的生活基础。或者，她要让刘峰背负雷锋的光环，让"雷锋叔叔"重新来过，在熟悉的军营再鲜活一次。也许，她并不希望人们一定要学习、效仿雷又锋，而是要让自己，让更多的人知道，二十世纪七十年代或者更早的时候，中国军营中真有一个这么纯粹的军人存在过，而不是活在"向雷锋同志学习"的口号里，更不是活在传说中。

　　刘峰一直喜欢林丁丁，是典型的一厢情愿。他多次给她做甜饼吃；当抄功师傅的时候，接收过林丁丁灯笼裤管里发射出来的半截被例假泡糟的卫生纸；等待并暗中帮助林丁丁入党，而林丁丁正在两块表之间有条不紊地忙碌斡旋（两块表，分别是两个男人送的）。这是青春年少的权利，谁也没有理由剥夺，甚至指责。可是，当刘峰觉得时机成熟，向林丁丁表白，拥抱她时，她突然喊了一嗓子："救命啊！"哭哭啼啼回到宿舍，小郝说："你不爱他，是你的权利，他爱你，是他的权利。但你没有权力出卖他……"多么客观冷静的分析，太好了！林丁丁最初也听了郝淑雯的劝：绝不出卖刘峰。可是，"那时我的真话往哪儿都不写，日记上更不写。日记上的假话尤其要编得好，字句要写漂亮，有人偷看的话，也让人家有个看头。我渐渐发现，真话没有了，一点也不难受。"不说真话，意味着可以把真理踩在脚下张牙舞爪，多么可怕！那时候，人和时代一起撸起袖子比赛：看谁更癫，看谁更狂！所以，林丁丁的背叛是情理中的，悲剧的根源不是一时的软弱，而是社会秩序坍塌时人们传统道德观念的毁灭。

　　接下来的公开批判，像烙铁炙烤着刘峰，直到刘峰自己把最难听的话说出来，才得到大家的放行。最后背负党内严重警告，他被下放伐木连。在不久之后的对越自卫反击战中，他幸运地捡回了一条小命，只丢了一条胳膊。电影的画面感强烈而震撼，但严歌苓的交代围绕刘峰在战场受伤、被救回，何小萍的高原独舞、下放野战医院、瞬间成为战地英雄却一夜间精神错乱等情节穿插铺排，显得有些一蹦一跳。而恰恰在成都、海口、北京的散漫里，我的心揪起来：那位全身被烧伤的十六岁小战士石林峰，虚报了一岁，才当上了兵，家里有三个姐姐，自己是家里的独苗；"一个操场头一天还操练，立正稍息向右看，向前向前向前，我们的队伍向太阳，第二天一早，立马变成卧倒了。卧倒的，个头都不大，躺在裹尸布和胶皮袋子里，个个像刘峰，个个都像她新婚的丈夫。"何小萍的神志，是此时开始恍惚的。所以，她精神失常以后，一直挂在嘴边的一句话是："我不是战斗英雄，我离英雄差得太远了。"刘峰带女儿去中越边境，寻找一个十五岁新兵的墓碑，新兵姓徐，河北人，一个大脑袋的孩子，脚穿特号军鞋。他还和何小萍去部队的烈士陵园寻找，一直在找那个战死的孩子的墓碑。这些被刘峰丢在身后的新兵蛋子，不但让刘峰念念不忘，甚至让我也牵挂不断，正是这些无名英雄煨热

黄河浸润的时光

了被那个时代灼伤的每一位读者的心：那个时代虽然有诸多荒诞之处，但这些为国效力的生命是纯粹的、高尚的。

网上有人说，刘峰为国家、为人民付出了自己的一切，却被说成是"善良过剩"，不知道冯小刚拍此片的目的是什么，不敢带孩子一起看，因为不知该怎么跟他解释！其实，这仅仅是被搬上荧幕的一小段，小说的结局更悲催，让人觉得后背凉飕飕的。但无论如何，我希望在这个肮脏的世界里干净地活下去，带着最初的深情，这是对自己最大的救赎。好在那个疯狂的时代已经过去。在谈论"善良过剩"时，观众应先了解那个时代和那些可爱的青春，这样刻薄地说"善良过剩"难免断章取义。因为此时刘峰刚过世，面对师范毕业的初中语文老师——刘峰的女儿，作者又一次开始剖解、揭露、挖掘何小萍和刘峰以及他们这一代人的精神实质："我们是信仰平凡即伟大的一代人，平凡就是功劳，就是精英，好几十年我们平凡得美滋滋的。""偏偏天下女人在心底里，都是不信平凡的。""唯有小曼是女人中的例外。她用了几十年明白一桩事：她只能爱这个善良过剩的男人。"冯小刚还是最大限度地顾及了观众的感受，最后特意让何小萍和刘峰这两个经历过生死的人生活到一起，虽然没有子女，但日子过得安宁知足，像每一个童话故事的结局：从此，两个人过着幸福的生活。

作家严歌苓却忠于现实，一次次剥落结在刘峰身上的血痂：他接受老战友的鼓动南下，到海口第一年，在班车上当售票员的老婆撇下女儿跟人跑了。刘峰靠着一条手臂做盗版图书生意，挣的钱寄回老家还是经用的，养得活女儿和老妈——这是一个生活最底层的人对生活最大的希望和满足。而且，他还将卖不出的书借给发廊妹小惠，教育她学知识、手艺，希望她吃干净饭。郝淑雯说："刘峰混成这样，还不忘了做雷锋。"我也是这么想的，但暗暗希望刘峰有一个好的结果。可生活的答案有时令人瞠目结舌：小惠拿了刘峰借小郝的一万块钱一走了之，刘峰便开始了几个地方之间的辗转，最终得了直肠癌，而且发现时已是晚期。而二流子"表弟"和郝淑雯结婚后，南下讨得金币满钵，一夜暴富。即使他和郝淑雯离婚，也给了她两套北京的房产，一套出租，一套自己住，小日子过得衣食无忧。同样的南下，结果却如此不同！

陪伴刘峰最后一段生命的是何小萍，她是第一个知道刘峰得了癌症的人。冯小刚恰到好处地让何小萍说出了含在嘴里十几年的话："能抱抱我吗？"可现实是，因为离医院近，刘峰每次化疗到何小萍居住的地方，睡在客厅的沙发上——一个能工巧匠的刘峰，一个会翻绝活跟头的刘峰，一个情操、人品高贵如圣徒的刘峰，一个旷世情种的刘峰："刘峰的心是爱她的，疼她，怜惜她，但身体不爱她，正如他的身体爱小惠，心却不爱是一回事。一个人一生，能碰到心和身都去死爱的人，是太难得了，就像二十岁的他，碰到二十岁的林丁丁。"这就是集平凡、伟大、牺牲、永恒于一身的刘峰。"小曼就那样，整整三年，为我们一百多个消费了刘峰善意、欠着刘峰情分的人还情，尤其替林丁丁还情。"这就是何小曼、何小萍、沈阿姨。品读了这些原委，观众还会不敢带孩子一起看《芳华》，不知该怎么跟孩子解释吗？

匈牙利作家马洛伊·山多尔说："真爱的目的不是幸福，不是田园诗般的浪漫，不是在盛开的椴树下，在沐浴着微醺灯光、散发着惬意香气的家门前手牵手地漫步……这是生活，但不是爱情。爱是一道燃烧得更加颓丧，也更加危险的火焰。"一九七三年四月七日，从成都点燃的那缕火苗，究竟锻造了怎样的人生《芳华》？答案不在荧幕上，在严歌苓的文字里。

看电影，看的是冯小刚；读原著，读的才是严歌苓。严歌苓用散文笔调发出直击人性的叩问：何谓平凡，何谓伟大，何谓牺牲，何谓永恒？作者不厌其烦地讨论，不惜笔墨地念叨，一次次以坦诚、客观的心态剖解那个时代和那些青春、那些事、那些人。我从中读出了一个扭曲的时代和被扭曲浸泡的青春，以及懵懂青春中掩饰不住恣意生长的芳华，这无疑是刘峰、何小萍，以及进入中年学会反思、多次咀嚼往事的萧惠子、郝淑雯和更多的曾经年轻过的生命。原来无论是谁，大家的身上都有一个刘峰在潜意识里蛰伏，只是大家都忘了如何适时地唤醒这个潜意识，以致让活生生的刘峰代替每一个自己活着，直到他老去、病死，才幡然醒悟。

2018年1月8日

听一个男孩讲故事

某男，油画科班出身，却当上了山东电视台节目主持人，主持过的节目有《惊喜惊喜》《阳光快车道》《不亦乐乎》《爱情来敲门》《歌声传奇》，其中《阳光快车道》一度和湖南电视台的《快乐大本营》不分上下，让观众在两个节目同时播出时纠结万分。

在路上，他曾断过三根手指、一个手腕、两根肋骨，搭顺风车去世界上海拔最高的咸水湖纳木错的途中，距离万丈深渊仅六十厘米，大有拿自己的生命开玩笑的特质，可归类为十足的背包客。

十余年间，他一人一鼓卖唱行天涯，游走于滇藏线、青藏线、川藏线、中尼公路。在后藏日喀则地区大唱自己写的歌，一帮捡垃圾的小孩听完之后，从口袋里掏出橡皮筋捆着的一小摞钱，每人抽出一毛钱放在他面前，这个卖唱的大男孩瞬间哭得稀里哗啦。就这样，一个流浪歌手瞬间被颠覆，转身变为一个知性的行吟诗人，继续吟唱沿途的风景和心事，他将这种日子称作"赶着音乐去放牧"，这是民谣歌手的节奏。

在拉萨开酒吧，倒闭了；在成都开酒吧，倒闭了；在丽江开酒吧，倒闭了；又开，倒闭了；再开，以撤股的形式倒闭；第四个酒吧，叫作"大冰的小屋"，一直活在我捧着的文字里，权当是正常营业，排除在非正常户之外吧。因此，他又被贴上另外一个标签——最不靠谱的酒吧掌柜，我觉得这是罪有应得。哈，我已中毒！根源在于他文字里弥漫的戏谑幽默和深沉执着，读者为之流泪，作者却板着一张冷峻孤傲的脸，悠悠地讲述沿途的惊心动魄和生离死别，完全沉浸在丽江街头的火塘边，眯眼拍打着手鼓。

山东大学研究生导师、油画画师、手鼓艺人、皮匠、银匠、西藏"拉漂"的代表人物，而立之年后关照内心，皈依禅宗临济，三十三岁时回望来时路，他有话想说，于是有了《他们最幸福》《乖，摸摸头》《阿弥陀佛么么哒》《台北爸爸》《好吗好的》《我不》等等，几乎一年出一本书。再转身，他在当当网搞出了再度突破预售新纪录之类的看点。他曾携一部作品走遍从东北到台北的大半个中国，与青年人分享书中的故事。相比于作家，他的多重身份让他看起来更像一个仗剑走天涯的艺术家，他的剑一会儿为手鼓，一会儿为文字，一会儿为画笔。他认为生活本来就应该是多元的，要多元地体验这个世界。所以，这个人不但是"拉漂"，更拉风，时不时撩起我这个朝九晚五心存不甘的老姐心底的那些流浪情结。我整夜整夜抱着他的文字，咀嚼其中另类的人情世故和心有繁华，让安分的心一次次驿动、飘飞，漫游在天涯海角的某个酒吧里，倾听一些诉说般的民谣。

　　鉴于这种百变之身不知道以后还会穿越出多少预料之外的篇章和情节，所以，我不敢过早妄自推断下结论，总觉得这个作者有太多变数和不可知，总觉得他有料，值得期待。那就静静地读他的书，听他讲虐心的故事，以他特有的方式——对面的他，盘腿而坐，手上或许夹着一根冒着丝丝青烟的劣质香烟，但怀里永远抱着手鼓或吉他。看点是，这个人留着两撇性感的小胡子，带着深远的目光，目光中流动着一些忧郁的清波。他就那么吸一口烟，缓缓吐出一串烟圈儿，看着你，给你讲故事。听累了，可插播广告，来一首原创民谣《背包客》《在大昭寺广场晒太阳》《陪我到可可西里看海》，也可以是蒙古语版《乌兰巴托的夜》，直到听的人泪流满面，哭花大清早精心装饰的容颜。

　　这个人，拉拉杂杂一大堆名头，其实是人称"江湖游侠""天涯过客""流浪歌手"的大冰，大是大小的大，冰是冷若冰霜的冰。

　　大冰，原名焉冰，八〇后，山东烟台人。

　　《他们最幸福》是大冰的第一本书，讲了十个故事；《乖，摸摸头》是第二本，十二个故事；《阿弥陀佛么么哒》中有十二个故事；《台北爸爸》《好吗好的》《我不》，每本洋洋洒洒数万字，满篇都是生命的交织，都是真性情的流露。关于在拉萨一起开"浮游吧"的彬子，关于进入《快乐男声》总决赛二十强的赵雷，关于在拉萨街头卖唱的成子、二宝，关于大军，关于月月，关于陆平，关于甜菜和王博，关于白玛央宗，关于鸟人鹏鹏，关于心心，关于小南京，关于大昭寺晒阳阳生产队，关于那只手鼓。当然，还关于那个不用手机的女孩。

大冰是个有着奇特魅力的人，身份跨度极大。大冰所写的故事语言简练，风格也很俏皮，透着一丝网络小说的味儿。

读完《乖，摸摸头》，真想稳稳对准大冰的太阳穴一个铁拳捣过去——这么好的姑娘，不娶回家，你真是个二货呀，好在他也悔得肠子都青了："有些话，年轻的时候羞于启齿，等到张得开嘴时，已是人近中年，且远隔万重山水。"拉萨的街头，大冰遇见了一群族人，一些家人，以及一个故乡，那里有他的乡愁和旧时光："让我重回拉萨河上的午夜。那里的午夜不是黑夜，整个世界都是蓝色的。"每一个故事中大冰总会有意无意间警告读者不许哭，但谁能把持得住！

"火塘是一种特殊的小酒吧，没有什么卡座，也没舞台，大家安安静静围坐在炭火旁，温热的青梅酒传来传去，沉甸甸的陶土碗。木吉他也传来传去，轻轻、淡淡地，弹的都是民谣，唱的都是原创。"——如此具有诗兴的句子，在他的故事中比比皆是，想摘抄都不可能，否则，便是整篇复制。

在路上，有梦为马，可以诗酒年华，亦可任性玩穿越，逍遥又嚣张，那是潜藏心底的野性的真我一次次复活。如果不能迈步出门，可以静心聆听大冰邂逅的故事，也可一次次独自回味。"都是活在六根弦上的人，拉近彼此的距离，一首歌即可。"如此而已，为什么不呢？

在这个娱乐至死的时代，想获得暂时的快乐无比容易，但想把自己活成传奇，却有一定难度，一般人根本做不到。大冰最有资格唱《橄榄树》的流浪歌手。如果说三毛是一个人的江湖，那

黄河浸润的时光

大冰就是一群人乃至一代人的江湖，且有人前赴后继。我手头大冰的书，一二三四，这些看完一定要深藏起来，一定不能让二十出头的儿子看到，一定一定不能。我太怕他像大冰的师兄昌悟一样，昨天还在大昭寺旁边的八角街的藏姑寺甜茶馆里满腹经纶地探讨一些为文的技巧问题，今天剃头出家当了和尚，还成天乐呵呵的；更不要他背起包在川藏线上邂逅一些惊心动魄，譬如雪崩，譬如车子抛锚坠入悬崖。如果仅仅是尝试一下也就罢了，切不可就此一去不回头，像大冰一样放着体面、衣食无忧的工作不干，白白蹉跎了N次大红大紫的机会，却跑去拉萨街头皴裂着嘴唇、沙哑着嗓子卖唱，一天下来赚不到一个大饼钱，忍饥挨饿是常态，这不是自己跟自己过不去吗？可是，每天踩着不变的节奏上下班，每月领着三五千元的工资，过着三十岁便一眼看见六十岁光景的活法，想想都气馁又无趣。白开水一样寡淡的日子啊，血都快被冲淡了。青蛙被泡在温水中，死都不知道是怎么死的。每一个不曾起舞的日子，都是对生命的辜负。那么，书还是安静地躺在书案上，任凭谁随时开启其中的真性情岁月，激活湮灭在烟火日子里的另一个自己。

人可以向往流浪，抬步印证流浪，它无须和落魄挂钩，也不应该和乞讨画等号，它本应和一个人自身的能力、魅力合二为一。书中的他们，选择了我们无法经历的成长方式，或粗野，或叛逆，或欲扬先抑，或归于平静，最终他们又获得了我们只能羡慕的强大内心。

不是说谁都有说走就走的勇气和魄力，譬如我，放不下的太多，畏惧的太多，牵挂的太多。只有在周末，我才敢关了手机坐在电脑前，安静码字，安静看大冰的书，安静听大冰的原创音乐，一遍又一遍。这于我，已是大赦之幸。

值得一提的是，书里的插图及封面的图片，仅看一眼就会猝不及防，好似被猛地攫住身体的某根神经，让心生疼。

2018年4月17日

灵魂有香气的男人

在清末民初，有一个曾在持戈驻藏大臣赵尔丰帐下的儒将，写了一本日记体随笔《艽野尘梦》，全书从他二十六岁驻军四川讲起，至调往西藏驻防，山川人物，藏地风土，工布奇恋，辛亥风云，俱在其中，随着一位奇女子西原的逝去而封笔，面对读者敞开的那扇大门就此"咣当"一声关上，并挂上一把永不开启的大锁。此人便是陈渠珍。他耿直高傲，屡次开罪于蒋介石，明知会被打击报复，依旧屡次与蒋介石斗气。后来，他成为名震四海的"湘西王"，几乎与自治山西的阎锡山比肩，终其一生也不屑于磨去棱角而圆滑处事。陈渠珍雄踞湘西时颇重文教，兴学建校，造福桑梓，他不但自己勤于修学，还鼓励身旁的人读书识字，其中有一位贴身小书记员，名叫沈从文。

我以为，要读懂《边城》，须先读一读《艽野尘梦》；要了解翠翠，须先认识那个把爱供奉为信仰的藏族女子西原。甚至，要全面客观了解沈从文，一定要以《艽野尘梦》为突破口，以陈渠珍师长极富传奇色彩的一生为参考。唯有如此，眼前还原浮现的才是那个有血有肉、有泪有情的沈从文。

沈从文第一次在上海的中国公学讲课时，由于过分紧张而出尽洋相，却是能被徐志摩和胡适大力提携的授课老师。后来，他成为中国的一流作家。美学大师朱光潜曾说："全世界得到公认的中国新文学家，也只有沈从文与老舍。"沈从文和老舍，一个用灵动的文风化开了湘西的情结，一个用淳厚生动的笔调描绘了老北京的古朴。他们就像两座风格迥异的高峰，永远屹立在我们前方，可遥遥仰望，却很难触及。

沈从文写给张兆和的情书里，最美的该是这一句："我这一辈子走过许多地方的路，行过许多地方的桥，看过许多次数的云，喝过许多种类的酒，却只爱过一个正当最好年龄的人。"这句话，就是原文照搬到手机中，发送给某个青春年华中的小苹果甲、路人乙，还是美得让人心颤。更别说在湖南的凤凰，这句话几乎遍地生根了：当地很多店家为追求名人效应，将这情话贴在店门上，为店家增添一丝文气，也招来滚滚财源。

　　开始将自己的事业中心转移至文物研究的那一年，沈从文四十六岁。这对于从事非体力劳动的任何行业的人来说，都是正当盛年的时候——思想已经成熟，对于世界也有足够了解。可他为什么突然辍笔不写江湖中的英雄梦想和儿女情长了？要知道，写作对于沈从文而言，是一生不老不死的欲望，有时甚至不需要别人的肯定和赞赏。那是沈从文最痛苦的一段岁月，被学生贴大字报，被发配去扫女厕所，孤立无援，抑郁无助。

　　十多年后，二十世纪六十年代初的沈从文决定正式整理一本有关服饰史的书籍。从1964年初开始，前后不到八个月时间，样稿完成。本来以为这年冬天就可以出版，然而，此时，时代的动荡已露端倪。

　　1978年，沈从文在中国社会科学院历史研究所做研究员。他发表文章，谈论建筑、装饰艺术和民间艺术，但一直没有再触碰小说。直到1981年出版了多卷本的《中国古代服饰研究》专著，这几乎熬干了沈从文的心血。悲催的是，沈从文自己差一点看不到《中国古代服饰研究》这本书的出版。原本对于服饰史研究的规划，更是空中楼阁了。

　　对《中国古代服饰研究》的念念不忘，在《从文家书》中随处可见，每次读到这里，我就沮丧得难以自拔。试想，如果沈从文一直沿着原来的文学轨迹走下去，会有多少文化大餐等着我们这些后辈小生静静享用？

　　沈从文两度自杀。他先是将手伸到电线插头上，长子发现后，拔掉电源并用脚蹬开。第二次，他将自己反锁在房间里，用刀片割了颈上的血管，并喝了煤油。幸好有人破窗而入，救回了他的性命。无论是患抑郁症，还是想用自残的方式结束性命，究其原因，我一直执着地认定和他不再创作文学作品有密不可分的关联。一个惯于在纸上书写人物命运和思绪的写作者，可以在自己的江湖上称王称霸横扫世上一切不平事，也可以卿卿我我、甜言蜜语，让自己的心在天马行空的文字的浸润下柔软，再柔软，然后找一个出口，用以安顿世俗中无法接受的思想骚动和情感出轨。等甩了笔，便做出一副合乎世相的样子给世人看，回头趴在书桌上提起笔，又是一条自己笔下的好汉。如此小日子，自有一番大天地，何来抑郁和自杀？哪还有时间和精力去揣摩插头和刀片，以及煤油的存放地？果真非要如此，就让三寸江湖中的主人公去玩玩那些把戏：笔下人物一定要羞花闭月，冰雪聪明，在青天之下爱恨情仇；或者呼啸一声，快意恩仇，关键时刻一刀毙命，绝不补刀，杀人不眨眼，更不见血。而现世的一切，就此打住，各自安好如初，岂不完美？

老舍和沈从文，一位以血肉之躯与时代做了最决绝的抗争，一位自杀未遂，被迫彻底放弃了文学。也许，对沈从文来说，他选择的是一场并不彻底的死亡。

1983年，沈从文突患脑血栓，继而大病一场，抢救脱险后，说话行动更加不便。1988年5月10日下午，八十六岁的沈从文心脏病复发，走完了坎坷曲折的一生。

1987年和1988年，沈从文入围诺贝尔文学奖，但终和诺贝尔文学奖擦肩而过。天在下雨，我在想你，想一个恰如其分的词来总结先生的一生，很遗憾，我想不出一个磅礴大气的词来祭奠你。在我的文字里，风雨如晦，幸有从文。

湘西凤凰沈从文墓碑上的挽联是沈从文的妻妹张充和撰写的，是对沈从文一生的最好注解：不折不从，亦慈亦让；星斗其文，赤子其人。其中，"赤子"最为可贵、中肯。

读你，读你千遍也不厌倦，读你的感觉像三月。春暖花开的三月，没有乡下人和城里人的隔阂，没有小学毕业和大学毕业的差别，没有兴趣爱好和价值观念的不一致，没有冷漠心酸和孤独寂寞，也最好没有高青子这支插曲，有的只是坐在船上一边看水一边想三三的沈从文；有的，只是自酿的那杯甜酒。

张兆和在《从文家书》的后记中写道："从文同我相处，这一生，究竟是幸福还是不幸？得不到回答。我不理解他，不完全理解他。后来逐渐有了些理解，但是，真正懂得他的为人，懂得他一生承受的重压，是在整理编选他遗稿的现在。过去不知道的，现在知道了；过去不明白的，现在明白了。他不是完人，却是个稀有的善良的人。"因为善良，因为是稀有的善良，他的灵魂便有了一抹淡淡的清雅的香气，弥漫在他的每一个文字里。只可惜，张兆和明白得太迟了。好在，张兆和懂得了沈从文。

2018年9月28日

卷一 捧读识秀

《一江水》浮出

　　花了些心思和时间，把近十年断续写的散文随笔整理出来，交给一个出版社，为这个集子取名《一江水》。

　　我一直认为，这件事酷似一个纳鞋底的老妈子，把压在箱底经年的破铺衬捞出来，逐一展开抹平，一层一层码起来，又回头将碎小的、不入眼的一一挑出，撂到手边的簸箕中，明知它们这次派不上用场，那么下次也一定不会派上用场，却总也舍不得丢掉。望着这些或先天不足或后天营养不良却亲似儿女的文字，掂起来端详一番，长出一口气，又原路放回那些不见阳光的角落。累的时候，会依着敞开的西窗，一个人杵在黄昏里，什么也不想，只静静地看远方的天空风起云涌。

　　950本书从首都辗转到家时，只差两天就是我和出版社签合同满一年的纪念日。手捏合同，看着《一江水》衣衫褴褛，但与我比肩的那一瞬，我不合时宜地意识到自己或许犯了一个低级错误：这么多的书，送（最好销售。呵呵！）给谁？谁会静心读完其中的一两篇？又会让谁在阅读中产生一点小小的思想碰撞，和文字相视而笑？其实，从某些方面讲，它还真不如一本《故事会》来劲呢。想到这儿，我低下头抿嘴笑了。抬脚踢了一下，那方阵用坚硬回应了我。"你活该！"和一个朋友去青岛学习的路上的谈话又不合时宜地冒出来。你活该，我朝灰头土脸的《一江水》看去。此刻，内心竟有点小过瘾，却仅此而已。

　　《一江水》原封不动码在厨房的储藏室，既没有被我兴冲冲打开，也没有被孩他爸好奇地抽出一本，儿子更没有在电话中随意提起。就那样，莫名遭受冷暴力足有两个礼拜之久，完全是由于我不断滋生的莫须有的一些自我审视和内心拷问：如此腹背受损，到底为什么？或者有多大现实意义？直到此时，我开始真心佩服一个开黑车的诗人朋友说的一句话："要么出书，要么死。"现实情况是，不出书，日子照样过，完全可以做到和原来如出一辙，只要你愿意。

考虑到接送的方便和侄子的农村户口不在片区的原因，动用了一些关系，将侄子侄女送进了理想的小学。当面答谢的时候，小心摸出四本《一江水》，低眉奉上，自然收获一片赞誉，但我相信其中对出书的勇气和魄力的认可多于对文字本身的魅力的折服，以及对本人写作能力的鼓励。我甚至觉得，话是好话，但他们说得有点外行和言不由衷。其实，我送书的意思是，关于两个孩子的家庭教育，请老师放心。

四本之一的《一江水》在朋友的朋友圈中闪了一下，立刻招来几个文友的激烈声讨，被要求当晚签名送书。送就送呗，谁怕谁。熟料县文联借此组织了一场小小的首发式，闺密郑重其事地送上一捧由红色康乃馨包围的白色香水百合，各种搔首弄姿的美图，一键发送朋友圈，还有红酒和高脚杯。这大大刺激了我的肾上腺素，终于没忍住，我也发送了一组现场直播，用"借《一江水》的由头，大家小小快乐一番"来表达这一刻的想法。分分秒秒中，点赞空前，海量评论。微信真可怕，闲人真不少。

一个老熟人的评论很抢眼："怪不得黄河泛滥，原来是《一江水》浮出了……"后面跟了一系列搞怪小头像。天地良心，《一江水》对家乡的大地一直怀有款款深情，对养育我成长的一江水总是魂牵梦绕的。要知道，我在这条河边茁壮成长，直到现在，即将奔五，如果一切顺利的话，明天或后天，我会顺利荣升奶奶。从小到大，我们在河边的滩涂里戏水、晒太阳，在细软的河滩上就地坐着争上游、打双扣，或挖坑，直到变成饿狼。圆月升起，照着波光粼粼的水面，那白色的月光就像铺开了一条高速公路，伸向未知的远方。河边的景致如此摇曳，让人心醉神迷；我们肆无忌惮地大声说笑，偶尔也会有片刻的安静，这时可以听到远处荷塘中成百只青蛙的聒噪。

今年夏季雨多，黄河上游水位持续上涨。九月初，刘家峡水库开始泄洪，中旬到月底泄洪量不断加大，致使县城的一部分及太极岛基础设施被淹。我也是第一次见识了河南河北的滨河路一点一点潜进水里，只露出"Z"字形的蓝色铁护栏；栈桥已彻底沦陷在河水中央，在扩阔的水面上若隐若现；高过人头的马鞭草，在闪闪的水泽里浮肿飘摇；岸边的水柳，水波直逼脖颈，水里的树身长出柔软的根须；那些在阳光下红光闪闪的步行路，那里或许正奔跑着各色水族。我的水乡已成泽国，不知黄河下游的田地能否幸免于难。

以前，刘家峡大坝泄洪，周边的人闻讯赶来，欢呼雀跃，以为奇观。现在，每天都是水雾漫峡谷，只要在旧大桥上横穿而过，细密冰凉的水珠随风飘散，珠玑满天的峡口变成水帘洞洞天。走在桥上，一歪头，迎着丝丝冰凉，看奔腾泄水已是常态。

真是无独有偶。二十万人口的永靖小镇，近日黄河一路上涨，帝豪大酒店地下室进水，鸿瑞馨苑下水道引来黄河水的倒灌，真的和我的《一江水》没有一毛钱的关系，这就是传说中的躺着中枪吧。相反，古渡、水车、苇荡、荷塘，乃至河面上彩虹一样的桥梁，当这些不说话的精灵陪着我的时候，我从没羡慕过任何人，甚至有些扬扬自得。

儿子喜欢凡·高的《星空》，一度想把这幅油画的整张印刷品布满他的新卧室的整面墙，在全家人的一致反对声中，只好悻悻作罢，退一步换成了《向日葵》。刚开始，他很不甘心，对我而言颇有点恐怖色彩的《星空》，他念念不忘。随着时间的推移，他才慢慢释怀。但他对凡·高的崇敬之情不减当初。要命的是，从2015年那场车祸后，为了打发漫长的卧床时光，我开始关注蒋勋先生的《细说红楼》。直到今天，《红楼梦》前八十回听了三遍，在临睡前还是要听着蒋勋口中的红楼梦故事才能呼呼入眠，否则，即使喝了安定也无法入睡。

孩子他爸，自从通过网上搜索知道了曹雪芹和凡·高的红尘往事后，看我和儿子的眼神中不免增添了许多意味深长的隐忍，只是苦于不知如何适时表达而心痛着。其实，回头认真想想曹雪芹和凡·高的境况，就可以理解一家之主的担忧不是空穴来风了。

我曾想，要是这本书还没出版，我就死掉了，我会感到十分遗憾。于是，我决定马上着手整理，可等面目全新的散文集摆在面前时，我全然没有了功德圆满的快感。现在，另一个想法又跳出来，如果这是我今生最后一本书，那我也不会轻易原谅自己，至少不允许自己放纵任性。真实的想法是：希望有第二本、第三本署名孔令莲的书，隔三岔五来打扰大家，不管你喜欢还是不喜欢。

我知道，我可能永远无法像自己期望的那样写得那么顺手那么好，但我依然一意孤行地认为，就算存在着这样那样的缺陷，我依然可以尽我所能写到最好。你可以不喜欢这样的我，但我一定要成为我喜欢的我。这就是叙写仍将继续的唯一理由。

2018年10月3日

卷一　捧读识秀

正义在燃烧

唐朝的史册中，有个必须要记住的人。他的名字叫颜真卿，颜色的颜，真理的真，国务卿的卿——颜真卿，他是唐代文化人格的地标。

安史之乱突然爆发的时候，河北各郡县纷纷向安禄山投降。唐朝三分之一的军队都掌握在安禄山的手里，李唐天下面临一场大考验。当叛乱以迅雷不及掩耳之势横扫大地的时候，唐玄宗着急地问，河北二十四郡难道没有一个忠臣吗？很快，他看到一个忠臣站了出来，他就是颜真卿。皇帝还问，这个人，我以前怎么不知道啊？

颜真卿站出来很不容易，因为他和哥哥颜杲卿都是安禄山管辖下的太守，颜真卿所在地是平原（现在的山东德州），颜杲卿所在地是常山（现在的河北正定）。颜真卿首先发表了讨伐安禄山叛变的战斗檄文，三天之内就募集到一万多士兵。由于他的号召力，他的兵力很快达到了二十万。他被推举为主帅，这年他刚刚四十六岁。

颜真卿和颜杲卿是维护正义的力量，需要商量战争中的具体事宜，但相隔太远，颜真卿便派自己的侄子、哥哥的儿子颜季明作为联络员。不久，哥哥在战斗中被安禄山抓获，安禄山割下他的舌头，剁了他的双手。颜季明也被砍了头。颜家三十余口人全部被杀害。对于颜家的巨大牺牲，皇帝当然也有高度评价，但当时的朝廷总是在打败仗，又逃又退，就顾不上纪念这个伟大的家族了。朝廷不纪念，颜真卿拿起狼毫饱蘸水墨，用文章祭祀自己的家人，将满腔悲凉挥洒在白纸黑字间。

颜真卿的《祭侄文稿》《祭伯文稿》与《争座位帖》合称为"颜书三稿"，与王羲之的《兰亭序》并称为"行书双璧"。《祭侄文稿》是在极度悲愤的情绪下书写的，所以不顾笔墨的工拙，每一个字随着颜真卿情绪的起伏，跌宕顿挫，是心底情感和平时功力的自然流露。他追叙了常山太守颜杲卿父子一门，挺身而出，坚决抵抗叛军安禄山，以致"父陷子死，巢倾卵覆"，最终取义成仁的事件。心底的怀念和悲愤借着笔墨，汩汩流出，书写得神采飞扬，姿态横生，笔势雄奇，出神入化。满含斑斑血泪和铮铮铁骨的《祭侄文稿》，成了中国书法史上继王羲之的《兰亭序》之后的第二行书经典。

《祭伯文稿》亦称《告伯父文稿》，书于唐代乾元元年（公元758年），与《祭侄文稿》同年书写，为颜真卿途经阳进，仓促奠告于伯父墓前的祭文稿本。此文稿和《祭侄文稿》气息相同，或行或草，刚劲圆熟，在运笔上中锋使转，摒弃侧锋之妍媚，掩着一股沉着和凛然之气。且一任纵笔，不计其疏密，无意于工拙，通篇行气贯穿，风神洒脱。

《争座位帖》通篇刚烈之气跃然纸上，许多字写得跌宕尽兴，姿态飞扬，虎虎有生气。此帖从一个侧面反映了颜真卿仗义执言、刚正不阿的禀性和精神。在艺术表现上，《争座位帖》全篇劲挺、铿锵，在激越的笔势与文辞中显示了他刚劲耿直、朴实敦厚的人格。

颜真卿血管里流淌的是盛唐文化的血脉，他心中高扬的是"精忠报国"的大旗。在这种真情推动下，无怪乎他在清代著名书法家杨守敬那里获得极高的评价："行书自右军后，以鲁工此贴为创格，绝去姿媚，独标古劲。何子贞之推之出《兰亭》上。"

至此，生命和鲜血通过颜真卿手中狼毫的使转腾挪中怦然流出，传播至今。那些苍凉、悲苦的血泪笔墨，犹如一团血色的火焰，照映出唐朝的盛大气象，洇染着血色的金碧辉煌。

时隔二十八年，三朝元老、七十四岁高龄的颜真卿，又一次接受了朝廷的使命：前去劝解、安抚许州（今河南许昌）的李希烈。而此时的李希烈，准备在中原大地登基称帝，扯起与朝廷作对的大旗，决意与唐朝分庭抗礼。明知此行凶多吉少，颜真卿仍不顾朝野大臣和亲友的劝阻，决绝地上路了。还未等颜真卿向李希烈宣布朝廷的旨意，他便被李希烈的人团团包围，肆意谩骂。乱刀环绕下，他毫无惧色，挺身而立。接着陆续上演的是挖坑活埋、架柴焚烧的生死场。这可以摧毁一位搦管挥毫的书写者，却无法打败他——他何其坚韧，何其挺拔，何其高贵。对这些花招，颜真卿岿然如松。

读颜真卿，仿佛经历一场冰火之浴：热火烹油，瞬间心力交瘁；月夜落雪，一时寒凉彻骨。历史纷扰，远人近事。那么多块垒石阶，堆积在眼前，让人心情沉郁，形容枯槁。

其间，也有高官厚禄的利诱，颜真卿还是一身正气，不为所动。颜真卿在李希烈阵营里散发出的人格魅力，深深折服了他手下的一部分将领，他们意欲密谋奉颜真卿为主，反叛李希烈，未果而终。从此，颜真卿被囚禁在龙兴寺。

直到公元784年，已称帝的李希烈，弟弟李希倩被唐王朝处死，他迁怒于颜真卿，下令将其绞死在蔡州（今河南汝阳）。一把守护在唐朝大门上的青锋宝剑，轰然倒下。但利剑划过天空的火焰，照亮了华夏大地。

一抹日光投射到清晨的树梢之上，呈现出美好的梦幻般的色彩，衬托美好者，恰恰是其背影部分。天文学解释说，一抹日光，需穿越大约一亿五千万公里的路途，大约八分钟才能抵达那棵树木；宗教信仰者说，这是神的旨意与恩宠。

面对颜真卿的一生，我切切以为：树梢承受着日光的恩泽之际，其背影部分，承受着来自树木自身的重负，如同他的一生所示。

掀开唐代历史的厚重帘幕，发现这里一直燃烧着一股正义之气。正是这些不会熄灭的火焰，将大唐的天空托起，再托起，让后人瞻仰、膜拜。而那团燃烧的火焰，可以无限温暖你，你却永远无法靠近、抚摸。

2018年11月6日

听雪

雪，一场一场落下来。远山迷茫，近水苍凉。

王羲之晚年，毅然决然辞去官职，获得一份隐逸自然的小日子，这让他的书法艺术成为最能表现与抒发个人性情的一种得力载体。

"快雪时晴，佳。想安善。未果，为结。力不次，王羲之顿首。"（版本一）

"快雪时晴，佳想安善。未果为结力不次。王羲之顿首。"（版本二）

无论如何吞吐、停顿、调息，这样的美妙之处，总有一丝麦芒般的哀痛在蛰伏。那个"雪"字，钩挑含蓄，横平竖直，一副四平八稳的凛然意味。可一脚踩下，生老病死，淹没其中，再无法抽回。

这天，王羲之背手伫立，看见窗外大雪盈盈，天初晴。心底平静安详，无火气，却总也压不住那抹薄寒，遂给友人"山阴张侯"写了一封问候手札。

《快雪时晴帖》全文二十八字，被誉为"二十八骊珠"；与王献之的《中秋帖》、王洵的《伯远帖》，被乾隆合称为"三希"，此帖列于首位。

"雪候既不已，寒甚。盛冬平可，苦患，足下亦当不堪之。转复知问。"冬已深了，可没下过一场雪，老人、小孩的咳嗽声、喘息声日日滞重，那一丛丛带着清香味的树皮、草根、茎叶的汁水，总也治不彻底这些人的疾患。其中，必是有王羲之的吧。苦患，苦患。

《雪候帖》的首字"雪"，确如白雪飘红泪，带着滴滴寒香落在纸上，浸透梅花蕊。那些点、横，起承使转，明明是悠闲，似有花开，但还是脱不净那一点寒气。

"十一月四日羲之白：冬中感怀深，始欲寒。足下常疾何如？不得近问，邑邑。吾故苦心痛，不得食。经日甚为虚顿。力及不具。王羲之白。"首起注明写信的时间，并报书写者姓名，再行文，末又署书写者姓名，如此中规中矩的《冬中帖》，牵挂者和被牵挂者，一个常疾相伴不得行，一个心痛在身不得食。在这气候渐寒、百草冰枯的冬天，都处在虚弱困顿中。

读信的人，写信的人，读帖的人，和满城风雪一起清冷、孤寂，沦陷在一个人的疼痛中无法自拔，唯有一堆"邑邑"裹身，犹如一场雪，又毫无征兆地落下来。

《苕溪诗卷》中，米芾写"雪"，一横成点，像打击乐，粗细变化极其自由，小蛮腰眼睛一眨就变成肥臀，虽好看，但和王羲之的"雪"比较，就不够丰富，只有呼气，没有吸气。和赵孟頫的"雪"比起来，还是有趣得多。

徐渭手下的"雪"，翩翩有舞姿，长袖甩起来，一个侧身，腰在臀那里转弯，线条妖娆得一塌糊涂。

突然神往，我退休后的宅子，不大，三分的庄窠。大门上，夏天坐一幅"荷香"，魏碑，榜书。；冬天呢，镌两个字"听雪"，草书，点画笔意多有二王意趣。冬天下雪的时候，往炕洞中丢进一个泥裹的肥麻雀，或向灶膛中摔进一把金黄的苞谷、带壳的大豆。等"噗"的一声溅到怀里或脚边，用火箸将剩下的一粒一粒拨出来，趁热丢进嘴中，唇齿间弥漫着浓香，只得哈着白气，在舌尖左右挑拨，也不忘歪头瞥一眼院中的雪。随手煎两个鸡蛋，五个核桃，便是晚餐了。

这个时候，一定要及时自扫门前雪，为前来吃茶谈天的邻居打开门闩，续旺火。因为冷得彻底，心里便干净得紧。执帚经过冬青树，捏捏它的耳朵。白白的，亮晶晶的小耳朵。谁让你们偷偷咬耳朵说悄悄话来着？听，下雪了。

干脆，一年四季"听雪"吧。听院中李白桃红，白玉兰"咚咚"炸开，大丽花、万寿菊盛满毛茸茸的白雪，如美人披着银狐大氅，回眸一笑。

"这是五年前我在玄墓蟠香寺住着，收的梅花上的雪，共得了那一鬼脸青的花瓮一瓮，总舍不得吃……"只有天性古怪的妙玉，深谙红梅白雪的寒香为谁而醉。五年前的那盅茶水，只等该喝的人来叩门，也不枉花前红颜付流水。

大寒之际，往往有奇景。道旁柳枝的冰凌挂得万箭齐发。冬的肃杀，在于处处有兵戎相见的凛冽之气。唯青春无畏，无畏生长的只有青春和红梅。你看四面粉妆银砌，忽见宝琴披着凫靥裘站在山坡上亭亭玉立，身后一个丫鬟抱着一瓶红梅。这一出场，让老太太着实看花了眼：披着大红猩猩毡的宝玉，恰从宝琴背后转出来——这是作者编排的神来之笔。贾母道，那又是哪个女孩？人的一生，这样白雪红梅的时刻，理应长一些，再长一些。我宁愿相信这是一个温柔的梦，这么绮丽温情的梦，谁也不愿醒。

且说贾政打发众人上岸投帖辞谢朋友，自己在船中写家书，写到宝玉的事，便停笔。抬头忽见船头上微微的雪影里一个人，光着头，赤着脚，身上披着一领大红猩猩毡的斗篷，向他俯身下拜。贾政吃一大惊，忙问道："可是宝玉吗？"那人只不言语，似喜似悲。宝玉未及回言，有一僧一道，夹住宝玉飘然登岸而去。天地之间一片白茫茫，只留下一串脚印及一僧一道吟出的长歌。宝玉不见了，贾政呆住了。《红楼梦》的这个结尾，真好，真干净，干净得让人心颤。

雪，轻轻落在眉心、掌间，静静结冰。先不擦拭，和天地一起隔帘倾听，雪落下的声音。

还是不读《衰老帖》《频有哀祸帖》和《丧乱帖》了吧，给这个雪天留一些暖意。待到三九，再读《得长风帖》《极寒帖》和《想弟帖》，和那些文字一起伫立于猎猎西风中。

这样想的时候，我的手抖了抖，"白"字的点却成一横，只好放下"白"，直接写"雪"字，和后面的"红梅"一气呵成，即使笔端有冰碴子掉出，也不补笔。回头看时，眼前的世界非黑即白，万物非死即生，没有模糊地带。

2018年11月18日

冷眼旁观人世间的毛姆

　　一个出生于法国的英国人，一个长寿而著作颇丰的传奇人物，他集小说作家、散文作家、剧作家于一身，这就是作家威廉·萨默塞特·毛姆。要想全面解读他扑朔迷离而极富骑士精神的一生，最好是《毛姆传》和《毛姆自传》两本书结合到一起咀嚼。

　　读《毛姆传》，可以顺着他从小到大的个人生活线索，梳理出他的二十九部戏剧、二十部长篇小说、九部短篇小说集、九部随笔、三部游记的写作背景和当时的生活状态。加之书信和日记的诸多内容，细腻地展现了毛姆川剧脸谱一样多变的人生，尤其是他鲜为人知的私生活。作者貌似在随意地剥洋葱，随着一层层地揭示，一些心疼和无奈会一点一点攫住读者心底最纤弱最微妙的神经。而当洋葱最嫩白的内核呈现的那一刻，读者定会收起当初迫切的猎奇心，放下端着的架子，开始泪流满面，不能自已，为一个耄耋老人的孤独和无法自拔的痛苦而无语凝噎。

　　《毛姆自传》由他的两部随笔《总结》和《纯属私事》组合加工而成，并非严格意义上的自传。《总结》呈现了毛姆作为一名职业作家，对写作风格、文学、艺术、戏剧和哲学的理性思考，好多段落妙语连珠，他笔尖流出的文字总是让人哑然失笑又怦然心动。《纯属私事》为首个中文译本，介绍了毛姆在二战期间做间谍的经历。读这些文字，发现他对语言的掌控和驾驭让人自叹弗如，其快感不亚于观看一个赛车手出乎意料地玩出千百种让人眼花缭乱的高难度动作，而他却是一副面无表情、波澜不惊的模样。

　　毛姆的核心在于讲故事，以有趣的方法讲有趣的故事。无论是在小说里，还是在剧本中，他笔下的主人公必定会做出我们心里曾无数次想做而未做的重要决定，并且立刻付诸行动。如此，他笔下的人物会适时破门而出，策马扬鞭绝尘而去。这是无数读者为之着迷的根本原因，这些作品还原的是当时社会中各路人马的吃喝拉撒、喜怒哀乐和生猛的情感，乃至生死。

对毛姆而言，写作不仅是他的职业，也是他的生活。他从来没能说服自己有什么事比写作更重要。工作时，他在自己创造的世界里说着埋藏在心底的话，做着想做的事。读毛姆的时候，会不自觉地描摹毛姆。这个老于世故之人目光敏锐，有充满讽刺的幽默感，他悠闲地抽着雪茄、喝着酒，专心向读者讲述随便哪一天在酒吧或俱乐部里遇到的普通人身上某些令人着迷的东西。

毛姆的第一部小说《兰贝斯的丽莎》出版时，销量出奇地好，他手里也有了一些钱。于是，他轻易放弃了学医，准备去当一名专职作家，那年他二十三岁。在西班牙的塞维利亚，毛姆留着八字胡，抽菲律宾雪茄，学习弹吉他，带着平顶宽边的帽子，在蟒蛇街周围大摇大摆地四处游荡。他想要一件能够随风飘动的斗篷，有绿色和红色天鹅绒边的那种，后来考虑了一下价格，还是忍住没有买——这容易让人想起《麦田守望者》中的那个主人公，唯迷茫难言、任意挥霍的青春不可辜负，不可视而不见。他从朋友那儿借了一匹马，像中世纪的骑士一样在乡间策马而行——青春可以如此任性，不得不说毛姆是个自立早熟的追风少年。这身披挂，和二百多年前塞万提斯笔下的堂吉诃德确实有一拼，这个永远前进的形象或许是毛姆最初为自己树立的目标。

初出茅庐的毛姆，当他正真开始靠剧本养活自己时，却遭受了很多出版社的闭门羹，读者的不买账，以及评论界的不屑一顾，一度到了吃了上顿没下顿的地步。他着实后悔自己揣着学医的证书和在医院三年的工作经历，却落得捉襟见肘的窘迫境地。如果一边在医院上班，有每月固定的收入做保障，再利用晚上或其他闲暇时间搞剧本创作，或许会避免挨冻受饿的尴尬。如此看来，他当时也着实悔青了肠子吧。果真如此的话，他还是那个作品入选英语教材，大量作品被翻译成多种语言的毛姆吗？

后来，当戏剧为他赚得盆满钵满，这些作品被制作、翻译，改编成影视剧时，他却把注意力转向小说和散文，他认为这些题材为说出心中所想提供了更大的余地。或许，在写剧本的时候为了迎合大众口味、演员以及导演的个人喜好，他会一再妥协，从而改变自己的创作初衷，这让他有些口是心非，更让他不痛快。现在，他可以摆脱这些，做让自己开心的事，说自己想说的话，在未来十年，以至于更长的时间里。他并没有放慢脚步，反而经历了创作的喷涌期，将自己引至意想不到的方向。而此时，他已过了花甲之年。

《谢佩》是毛姆写的最后一部戏，这部作品完成以后，他再也没有产生过一丝写剧本的念头。三十年成功的戏剧家职业生涯过后，他关门歇业。截至此时，毛姆写了二十七个原创剧本和三个改编剧本。算起来，他是一年一本戏剧。作为一名剧作家，他有一双对对话敏感的耳朵，以及探查心理真相的天分。对，他所拥有的正是那份独一无二的讲述的天分，敏感、谦卑和天然的睿智，以及恰到好处的幽默。

他的大多数剧本、小说、随笔和游记，是在周游世界的时候一边享受异国风情，一边奋笔疾书得来的。不得不承认，这源于他超强的自控能力和对写作的热爱。无论何时何地，每天上午九点到十二点的写作是雷打不动的，下午是各式文学沙龙、游泳、网球、打桥牌等活动。让人钦佩的是，在战争的炮火中，无论他的身份是间谍还是宣传员，这种写作始终没有停歇。毛姆八岁生日刚过去六天，他的母亲便去世了，他赖以生活的那个安全、快乐的世界随之戛然而止，此后不久，他有了口吃的毛病。这样一个从小患有严重口吃的人，在二战的硝烟中，一边写战地宣传报道，一边在人群中大声演讲，自此竟慢慢克服了口吃的毛病，成为一个出色的演说家。

不得不由衷地惊叹他丰沛的精力和健康的体魄，这或许和他终身喜欢游泳有很大的关系，因为从遗传基因中找不出他长寿的直接原因。

法国南部的玛莱斯科别墅，有温暖、阳光、鲜亮的色彩，可以俯瞰脚下的大海，背靠着白雪覆盖的阿尔卑斯山峰。这是毛姆用诸多剧本、小说的版税换来的大把银子购置的，是他个人名下的不动产。在近四十年的时间里，毛姆在这里宴请了许多来自英国、法国、美国、意大利的社会名流和贵族，其中囊括了当时世界顶级的音乐家、画家、雕塑家、小说家、剧作家、散文家和评论家。"优雅、奢华……完美、从容的服务"，"如天堂一般舒适，有美食、美人和有趣的谈话"，这无疑是他的青春乐园。

显然，毛姆对这个僻静而闲适的庄园很满意。"我准备在此度完余生，"他写道，"我准备在我的卧室的喷漆床上。有的时候，我的双手会交叉，闭上眼睛，想象我死的时候在那里的样子。"真是个有趣的人。从某种意义上讲，这里的生活方式开拓了他本性的两个侧面：一面是奢华、温暖和肉欲，一面是严肃和自律。春风得意的毛姆，能想到多年后的某一天吗？那一天他步入了八十岁，"我有好的仆人、好食物、美丽的玛莱斯科别墅，但这并不妨碍我无聊"。同样的大海、蓝天、宁静、鲜花，还是原来的那个别墅主人，只是这个主人已垂垂老矣。而此时，我不得不说：有时候，老比死更无聊，更让人胆战心惊。

直到八十多岁，他仍笔耕不辍，实际情况是，此时的他已别无选择。"事实是，写作跟喜欢喝酒一样，是个很容易养成却如恶魔般难以制服的习惯。"这一惯性动作成就了他，也让晚年的他深受其害。看到这里，不免感到不寒而栗，我恰恰因为每天抽不出一定的时间写作而懊恼不已，不知这是福还是祸。

随着年龄的增长，他意识到自己的巨额财产的去路问题，最终决定设立属于自己的"毛姆文学奖"，一年一度的萨默塞特·毛姆奖由英国作家协会颁给一个创作虚构、非虚构或诗歌作品的三十五岁以下的英国公民，五百英镑的奖金用于资助获奖者出国旅游。他的另一个心愿是建造英国国家大剧院。为此，他规划了多年，献出了大把的时间和金钱。直到毛姆去世十一年后，国家大剧院终于在1976年落成启用。可惜，毛姆赠送的八十幅戏剧画作遭到建筑师的强烈反对而没有被采用，建筑师认为这些画与大剧院的建筑风格不符。

毛姆所有的慈善遗赠对象中，最出人意料的是他的母校，毕竟他在那里读书时并不愉快。然而，战前不久，当母校陷入困境时，他还是给予了慷慨的回应，及时捐赠数千英镑，并捐了一千八百册图书。因此，学校盖了新楼，建了网球场，购买了图书和家具，建了图书馆。终身靠写作养活自己的作家，能将积累的财富用于社会公益事业的人不少，但像毛姆这样用心费时的人委实不多。

毛姆到了老年，知名的、不知名的作家们频频向他发出邀请，希望他能同意合作，至少不反对他们为他撰写大部头的传记。毛姆则不遗余力地保护自己，坚决不允许出版任何和他有关的传记。其实，他是怕自己的私生活被人泄露。他也曾维系过十年的婚姻生活，有一个女儿，这十年中有快乐，但更多的是痛苦。在忍无可忍之下，毛姆以金钱为代价，在法庭上结束了这段婚姻。这件合法的婚姻外衣曾很好地遮掩了他的同性恋取向。要知道，在当时英国的上层社会，这足以让一个功成名就的人身败名裂。

"我从来都无法得知，人们是究竟为什么会爱上另一个人，我猜我们的心上都有一个缺口，它是个空洞，呼呼地往灵魂里灌着刺骨的寒风，所以，我们急切地需要一个正好形状的心来填上它，就算你是太阳一样完美的正圆形，可是我心里的缺口，或许却恰恰是个歪歪扭扭的锯齿形，所以你填不了。"这是我读过的对两个人之间互相吸引最形象最贴切的比喻和说明。谁说不是呢？这就是爱，死了都要的爱。

毛姆，一个冷眼旁观人世间的人，一个伟大的讲故事的人，一个活在故事里的人。

2018年12月15日

闲话《人间词话》

文学评论要评的是文学作品，评论的目的是对其思想内容、创作风格、艺术特点等进行评价，分析文本时既要褒扬优点和长处，也要不回避存在的短板和不足，以便提高阅读者的鉴赏水平，对作者的文学创作实现进一步的延展和重塑。一个客观全面的评论者，必须是局中人，又必须是局外者。局中人知甘苦，局外人有公论。

文学作品本身的价值是确定评论与否的重要依据。所谓作品的价值，指的是它的美学价值，也就是作品的思想性和艺术性达到的水平应很高，或比较高，要值得一评。另外，某一作品代表着一种值得注意的倾向，这个倾向有好和坏、正义和非正义、积极和消极之分。评论好的方面，可提高读者的审美水平，使读者获得美的享受，也使作者认识到自己的特点，向更好的方向发展；指出坏的，可以防微杜渐，给作者敲警钟，使读者认识假、恶、丑。

王国维是中国近代一位重要的思想家，与刘勰、金圣叹并列为中国美学的三大权威，也是中国美学研究的三大热门。他是第一个试图把西方美学、文学理论融于中国传统美学和文学理论中，构成新的美学和文学理论体系的人。从某种意义上说，他既集中国美学和文学理论之大成，又开中国现代美学和文学理论之先河。在中国美学和文学思想史上，他是从古代向现代过渡的桥梁，起到了承上启下的作用。

"余之于词，虽所作尚不及百阕，然自南宋以后，除一二人外，尚未有能及余者，则平日之所自信也。虽比之五代、北宋之大词人，余愧有所不如，然此等词人亦未始无不及余之处。"自信满满的王国维之所以敢对前人的诸多诗词"指手画脚""评头论足"，首先是因为他自己就是一个不折不扣的词作者，而且可以和五代、北宋、南宋大词人相媲美。

《人间词话》是中国近代最负盛名的一部词话著作。它用传统的词话形式及传统的概念、术语和思维逻辑，较为自然地融进了一些新的观念和方法，总结的理论问题又具有相当普遍的意义。这就使它在当时新旧两代读者中产生了很大反响，在中国近代文学批评史上具有崇高的地位。

《人间词话》在理论上达到了很高的水平，对一些问题的看法颇有见地，足可称得上旷世名作。他留给后人的最重要的启示就是人生三境，他说"古今之成大事业、大学问者，必经过三种之境界"：第一种境界为"昨夜西风凋碧树。独上西楼，望尽天涯路"；第二境界为"衣带渐宽终不悔，为伊消得人憔悴"；第三境界为"众里寻他千百度，蓦然回首，那人却在灯火阑珊处"。细想想，不得不叹服这三境的精妙。

这本书一石激起千层浪，仅"词以境界为最上。有境界，则自成高格，自有名句。五代、北宋之词所以独绝者在此"，就有很多人为此作长篇大论；专为《人间词话》各论点撰写的论文集也不在少数，可谓百家争鸣。

本书开首一则谈境界，末尾一则谈意境，恰好以境界始而以意境终，完整地阐述了王国维的意境论与境界说。在词的领域，王国维对五代、北宋评价最高。自唐宋以来，境界成为一个重要的美学范畴。

王国维对南宋诸名家的词充满偏见，有失公允，这暴露了他的理论局限：他只欣赏，也只能欣赏现实主义及其所包含的浪漫主义一路，对那些时空交错的跨时代写作技巧，显然未领会其高明；对雾里看花的朦胧之隔，也以现实主义的美学眼光审视，凸显出自身的局限性。而对李清照这样的大家之作，没有一语置评，更似不该，这可能是遗珠之憾。

周锡山编校、注评的《人间词话》中，有王国维手稿的翻拍影像两帧，是手稿第一页和十四页。这些小楷，其结体、点画足可成为今人日日揣摩、天天临习的范本，最好置于案头。十四页那条意在修改涂抹、漫过整篇的勾画线，不经意间折射出王国维笔道的千钧之力，犹如戏剧舞台上袅娜青衣的素白水袖，悠然划过舞台，倾泻一地冰雪曼妙，却寂然无声。

2018年12月18日

打开与历史对话的最大可能

——徐则臣《北上》读后感

公元1901年，岁次辛丑。这一年，时局动荡，整个中国大地风雨飘摇。为了寻找在八国联军侵华战争时期失踪的弟弟马福德，意大利旅行冒险家保罗·迪马克以文化考察的名义来到了中国。

这位意大利人崇敬他的前辈马可·波罗，并对中国及运河有着特殊的情感，故自名"小波罗"。主人公之一谢平遥作为翻译，陪同小波罗走访，并先后召集起挑夫邵常来、船老大夏氏师徒、义和拳民孙氏兄弟等中国社会的各种底层人士一路相随。他们从杭州、无锡出发，沿着京杭大运河一路北上。这一路，既是他们的学术考察之旅，也是他们对于知识分子身份和命运的反思之旅。同时，更是他们的寻根之旅。当他们最终抵达大运河的最北端通州时，小波罗因意外离世。同时，清政府下令停止漕运，运河的实质性衰落由此开始……一百年后的2014年左右，中国各界重新展开了对于运河功能与价值的文化大讨论。当谢平遥的后人谢望和与当年先辈们的后代阴差阳错重新相聚时，各个运河人之间原来孤立的故事片段，最终拼接成了一部完整的叙事长卷，这就是《北上》。这一年，大运河申遗成功。

只有通读三遍以后，理清整部作品内在的脉络与古今、虚实的隔空对话，才算读懂了徐则臣的《北上》。

徐则臣对"世界"的理解不是单边的、狭隘的，而是立体的、多方位的。《北上》以一条河流——大运河的变迁串联起百年光阴，用"私人史"的方式，对历史重新进行想象和建构，书写了几代中国人在近百年历史中的沉浮，投射出中国人的身份意识和自我认同。值得注意的是，这里也有一双来自"世界"的眼睛在审视百年前的中国平民，和他们在运河上的烟火生活、所思所想，以及个人的价值标准，甚至运河人的婚丧嫁娶——这是小波罗眼里的中国。

意大利人小波罗在渴慕中来到中国，他和弟弟对中国的认识和向往源于《马可·波罗游记》。马可·波罗是第一个踏上东方国土的西方人，所以他的这本游记曾轰动欧洲。马可·波罗简直就像一个探险家，为威尼斯人掀开了东方古国的神秘面纱，使威尼斯人渐渐明白一个事实：原来自己的国家并不是全世界最富有的国家。由此，读者跟随西方人的脚步和眼睛，审视着1901年的中国和人们的日常生活，以及他们的爱恨情仇。"京杭运河究竟有多伟大，你在威尼斯是永远想象不出来的"——小波罗的临终遗言，一语中的地道出世界视野里的中国气象。这是运河文明的世界意义，无异于向世界打开了一扇了解中国的窗户。

小说中，通晓外语的知识分子谢平遥渴望效法先进，想去"世界"寻找改变中国的药方："若人的内心里也有一双眼，那他的这双眼一直雾障重重。总觉得眼前事一件堆着一件，心里的疙瘩一个摞着一个，事究竟有哪些，疙瘩到底是什么，不重要，也弄不清楚，他只是感到憋屈。"这是一步步进入战争混乱境地的中国大地上的有志之士的普遍心态。随着义和团运动、八国联军攻入北京城，慈禧太后和光绪帝出逃，清政府在《议和大纲》十二条上签字画押，《辛丑条约》签订，曾经创造灿烂文化的中华民族，陷入了战败、求和、割地、赔款的循环噩梦。"谢平遥时常有悲凉的沦陷感，仿佛内心里长满了齐腰高的荒草，他觉得自己正一寸寸沦陷在丧失了切肤之痛的抽象生活里。"生活变成了抽象，没有目标，看不清前面的路，多么可怕而无助的社会现状！只要一条河活起来，一段历史就有了逆流而上的可能："夜幕垂帘，天似穹庐，夜空蓝黑，星星明亮；人声沉入水底，涛声跃出河面，耳边是运河水拍打船舷的轻柔之声，以及船只晃动时木头榫枘挤压摩擦的细碎吱嘎声。"处在内忧外患中的中国人，在运河的烟火人生里，时不时被底层生活的沉实感敲打一下麻木的神经，人被某种卑微的温暖揽入怀抱，忘却危机和险恶，这是心中不灭的火种，是运河给予的启迪，是救赎，是希望和迈步前行的勇气所在。

中西视角中，细碎的北上和南下运河的日子由此一页页展开，两种视角纵横交错地发现和挖掘，直指运河内部蓬勃的文化能量，立体全面地展现出运河博大深厚的内力，这更是中华民族走出去的力量之源。

《北上》涉及历史、地理、考古、绘画、摄影等许多细节和知识点，徐则臣在整体写作中体现出学术研究般的热情与严谨。这样的铺排方式，让小说故事情节有一种颗粒饱满的厚重感和真实性，让读者在满怀兴趣和期待中轻松愉悦地读下去，甚至迫不及待地读下去，这无疑是考量一个写作者综合应用能力的又一个新标杆。如果自身的知识储备和实践稍有欠缺，就会在细节之处手忙脚乱，甚至漏洞百出。将一些看似和一条河流毫无关联的知识顺理成章地穿插进一部关于河流的历史中，让它们在与河流的耳鬓厮磨中产生丝丝关联，从而跳出个人记忆而进入家国情怀，这是七〇后作家徐则臣在《北上》中呈现的特征与新变。他以敏锐的眼光、精准的切入点和丰富的知识，让一条河跳出个人记忆，成为民族之河，继而让它活起来，使它栩栩如生地长在我们民族文学的记忆链条里。

同样是大河汤汤，如果于坚的《众神之河》是中国第一部为一条河流而写的大地散文，是作家揣着敬畏心和虔诚心为河流树碑立传，那么《北上》中的运河不只是一条河，还是个指南针，指示出世界的方向；它是你认识世界的排头兵，它代表你、代替你去一个更广大的世界；它甚至就意味着你的一辈子。

2019年11月23日

手札世相

　　《采菊帖》中说："不审复何以永日，多少看未？九日当采菊不？至日欲共行也。但不知当晴不耳！伦等还，殊慰意。"秋风乍起，书圣王羲之饱蘸笔墨，即兴书写了一张约请函，吆喝朋友去采菊，却无端担心人能不能凑齐，能否一起成行，又怕天不晴，切切地等待，忐忑中充满了自我解嘲，也不乏几许自我慰藉，像一个老小孩，患得患失，一筹莫展的样子，不免让人心生感慨，唏嘘再三。

　　当初说好一起闯天下的亲友，在金戈铁马中一路走来，走着走着，怎么身边只剩呼呼的风和烙铁一样挂在西山头的落日？"永和九年，岁在癸丑，暮春之初"的那场盛世聚会，让后人倾慕得神魂颠倒，何况曲水流觞、茂林修竹和俯仰之间的发现以及思悟。最终，挡不住的年老还是不期而至，这老在不知不觉中徐徐逼近，虽没有声响，却很坚硬，且越来越逼仄。

　　人到中年后读这篇手札，总读得小心翼翼、如履薄冰。太早了，哪懂世间这五味杂陈的意味？晚了，如饮凉水，没了咀嚼品味的心情。不迟也不早，今天一切刚刚好，刚好是我的知天命生辰。新的、旧的，远古的、眼前的，一切心境都契合。

　　一个人立在黄洮交汇处，静静看一清一浊、一黄一绿两条蛇一样穿山而来交汇流走的河水，已经不是第一次了。峡口风吹猎猎，衣袂飘飘，刘海丝丝飞舞，群山和流水依然没变，变的是人事和心境。自从有过一次生死交错的车祸记忆，便对驾车心存畏惧，懒得去摸方向盘。最好的朋友满口答应载我去，穿过龙汇山的刺柏、洋槐、侧柏和水柳就是了。可事总不凑巧，我只好自驾前往，怕错过早春时节沿途的草木气息和一些心事，以及独处于山水之间的风起云涌和不经意间溢出的思绪。

满地黄花堆积，憔悴损，独自守着书案怎生得黑？"茶凉，君可不？今日实顾不？迟面，力知问。"《茶凉帖》冉冉升起的无奈和英雄迟暮的寂寥，弥漫在字里行间。播放一段京剧《贵妃醉酒》吧，让其中的雍容华贵和温柔典雅稀释遍布手札的寒凉。错觉中的我恰似一介书童，怔怔望着先生苍凉的背影茫然不知所措。梅派纯净饱满的唱腔，不免使人突发臆想：生为女人，必要做一次杨贵妃，无关江山社稷，只得一人一生护持挚爱，灿烂如花；同样，独为一人四季绽放，此生甜蜜谁人可比？即使长逝马嵬坡，何有憾，何存恨！

跮蹰月下，喃喃自语，天总是亮得很慢很慢，垂垂老矣的人生，一切开始在等待中挨过。"羲之白：送此鲤鱼征与敬，耶不在，不乃邑邑不？"《鲤鱼帖》《送梨帖》《奉橘帖》，似乎总是在投桃报李中维系一些心底的不舍和牵念。等逐一读完这些手札书信方明白，原来有来有往的老交情最长久，也最让人心安。水滞墨染桃花纷纷的一生，大家在春夏秋冬里渐行渐远渐离别，渐漫漶，渐消遁，渐相忘于江湖。

读《食小差帖》，每每心生疼痛，不能自已。"大都食，小差数，便得病，政由不消化故。"年纪大了，亲朋走的走，散的散，不但孤独寂寞是常态，还要和日渐衰退的肠胃和身体的各器官轮番交战。最后逐渐沦陷，被迫丢失阵地，向时间交出自身的城池，直到俯首就范。全帖寥寥数语，皆是无奈。

风声厉、雨声乱，时间都去哪儿了？时间，最应该赔现世一个魏晋风韵和兰亭四十二雅士。让我时而在散文里行走，时而在诗歌里腾飞，时而在水墨中颜柳欧赵。瘦梅残荷，满屋清气，不枉追逐黑白交错的纸上苍生。

好在，魏晋之后那个国家四分五裂、连年战争的五代，有一个独步书坛至高峰的"杨风子"杨凝式，忽一日午睡醒来，挥就一封《韭花帖》以慰后人，弥补了一些时间长河对后来者的愧歉。韭花，就是韭菜花，那些白色的花簇，是韭菜玉指间丢出的手绢。这份手札，被时间熏染为传世的佳作。中有两句，每每读来，不仅口舌生津，亦觉销魂："当一叶报秋之初，乃韭花逞味之始。助其肥羜，实谓珍馐。"或者，从现在开始，亲朋好友间应珍藏一些日常的关心、问候及劝慰，多一些时令果蔬的馈赠，记录身旁的人事，润滑久不相往的你我。一把春韭，一捧红枣，一袋草莓，甚至一袋洁白的面粉，留待以后成就一段浪漫的故事。

穿越千年的水墨滚滚而来，手握狼毫悬笔一挥，敲开的是满纸光阴碎片和快雪时晴，以及茶温粥热、瓜甜米香。一页页翻下去，全是人间的悲欣交集和人事的静默如谜。此刻，如果俯身，一个可以呼吸的世界定会慢慢苏醒。

手握狼毫，铺宣踌躇。忽有斯人可想，可念，可猜度，便是心底澄明时，恰是人间好时节。

2020年3月28日

黄河浸润的时光

48

北宋文坛巨擘苏轼

在北宋文坛，乃至中国漫长的文化历史中，苏轼可以说是极其独特的存在。他满腹经纶、才华横溢，一生屡遭贬斥，过着颠沛流离的困苦日子，却始终昂扬向上、豪放潇洒、乐观豁达。他进可安天下，退能怡情山水，一生演绎着超脱的人生传奇。他是历史上罕见的诗、词、文、书、画全能型奇才，又是充满生活情趣的大家居士，还被列入"历史治水名人"之册。康震评价苏轼是诗、词、书、画、文的全能冠军，真的是再恰当不过。

古今歌苏词

在词史上，苏轼是宋词开宗立派的人物。他将诗文革新运动的精神扩展到词的领域，破除过去绮罗香泽及离情别绪的局限，摒弃"词为艳科""诗庄词媚""诗尊词卑"的桎梏，形成自己独特的风格乃至派别，为词的发展开拓出一个全新的天地，使词有了随心表达的开阔境界。

苏轼的词，豪放如万马奔腾在高原，却开阖有度，收放自如；婉约同样直抵心底，戳准泪腺，叫人栏杆拍遍，踟蹰徘徊。《宋词三百首》入选的苏轼作品，多达十四首。其中每一首，都有大家耳熟能详，甚至朗朗上口的名言警句。

《念奴娇·赤壁怀古》首句"大江东去，浪淘尽、千古风流人物"，一出手便语意高妙，堪称古今绝唱。全词百余字，而"人道是，三国周郎赤壁"岂不是苏轼自比周郎？他怀有旷世才谋，一直被谗言左右，又命运多舛，徒留"故国神游，多情应笑我，早生华发"。这种隔世的惺惺相惜，应该是苏轼和周郎神交了无数次后的怦然心动，纵然"羽扇纶巾，谈笑间，樯橹灰飞烟灭"，而生命的价值和意义依然如冰山上的雪莲，熠熠绽放，永不凋谢。

从宋朝俞文豹对《念奴娇·赤壁怀古》的点评，足可见此词在当时市井生活中的影响力——东坡在玉堂日，有幕士善歌，因问："我词何如柳七？"对曰："柳郎中词，只合十七八女郎，执红牙板，歌'杨柳岸、晓风残月'。学士词须关西大汉，铜琵琶，铁绰板，唱'大江东去'。"东坡为之叹服。千年后的我，亦为之绝倒。

"十年生死两茫茫，不思量，自难忘。千里孤坟，无处话凄凉。纵使相逢应不识，尘满面，鬓如霜。夜来幽梦忽还乡，小轩窗，正梳妆。相顾无言，惟有泪千行。料得年年肠断处，明月夜，短松冈。"这首《江城子·乙卯正月二十日夜记梦》，不足百字，但字字珠玑，句句泣血，今天读来，依然让人动容。情到深处难自禁，以致在梦里，你还是当初的你，依然在那里对镜梳妆。这份情该有多重多真，压在心头漫漫十年，时不时跳出来刺痛一下苏轼的心。可他只能在月下默默品咂人生百转千回的况味。

挂着耳机听王菲唱《但愿人长久》，声部的巧妙转换、气息的开阖有度，以及钢琴和提琴的丝丝缠绕，透出一股透骨的醉意和思念。眼前浮现的是天上明月一轮，人间我歌我舞，"人有悲欢离合，月有阴晴圆缺"，这才是人事常态，谁都无法回避。"此事古难全"一下子捅破横在眼前石墙一样的心结，伸出双手，拥抱自己，和自己和解。我一边听着这样的旋律，一边看黄河滚滚向西，一边泪流满面。那时，刚刚失去了父亲，看人们将一锹一锹黄土盖在棺材身上，把我白发大眼睛的父亲种在黄土高坡。而我，只能一次又一次默默目送。

无论世事如何跌宕起伏、变幻无常，总要在心里留一抹美好和明亮。苏轼的词，总是让人在前不见古人、后不见来者的苍茫中望见一盏灯火，使人一次次绝望，也让人一次次相信：即便相隔万

黄河浸润的时光

水千山，即使被生活虐得体无完肤，即使"高处不胜寒"，也要揣着"但愿人长久，千里共婵娟"的美好心愿，一次次勇敢前行。

无独有偶，《卜算子·黄州定慧院寓居作》中的词句"拣尽寒枝不肯栖，寂寞沙洲冷"，被直接改编成现代流行歌曲，歌名就叫《寂寞沙洲冷》。这首歌传遍大江南北，任谁开口，总难掩那似近犹远的清冷无助和千古悲怆，依稀是苏轼在光阴流水中低吟浅唱，秀口一吐又是"一蓑烟雨任平生"的豪迈霸气。起风了，单曲循环的歌声如梨花飞过璀璨的春日，眼前瞬间弥漫起香甜的烟火味，让人心生暖意。

这些尘埃深处的词，像一口支在田野的大锅，随便丢进一处闹市里最便宜的羊蝎子，就是北宋的烟火日子。透过千年风霜，让后人一次次举着一截不挂多少肉丝，只能拿牙签挑食的羊蝎子，吞咽一些人生的无奈和悲怆，细细体味苏轼心中的风起云涌。如果再丢进一块或者干脆半扇猪肉，那就是色如焦糖、肥嫩鲜美的东坡肘子了。只有如此大快朵颐的苏轼，才有足够的定力和魄力，叱咤在遥远北宋的天空下，怀揣满腹激情跃入士族门阀角逐的夹缝中，且歌且舞，笑傲江湖。

苏轼留存于世的诸多词，已然融入了他的再世魂魄，跨越千年的时光剥蚀，依然闪闪发光，激励着一代又一代落魄却不甘平庸的人，使他们一边捂着疼痛处，一边吟哦"一点浩然气，千里快哉风"，一边打点行装笑着上路。

诗情溢真意

苏轼一生不是在贬官之地，就是在前去那里的路上，这不仅因为他才高气傲，很多人嫉妒他、诽谤他，乃至陷害他、打击他，更因为他活得本真、自我，不会阿谀奉承、趋炎附势，不会说违心的话，做违心的事。

苏轼二十二岁丧母，三十岁丧妻，三十一岁丧父，四十二岁差点死去，四十五岁开始不停被贬谪，四十九岁丧子，直到六十岁依然遭贬，不停颠簸在赴任的路上。最终在六十六岁时，客死于路上。纵观他的一生，风雨多，晴天少。但即便生活一地鸡毛，一次次被现实无情嘲弄，他还是把一副生活的烂牌打出了王炸的效果——他的诗词中，笑声多，哭声少。甚至，在人们的印象中，他是个嘻嘻哈哈、天不怕地不怕的乐天派。试问，面对亲人的接连离去和连续的政治打击，谁还会踟蹰吞声、望断天涯时，却只轻轻感叹一句"惆怅东栏一株雪，人生看得几清明"？苏轼，只有苏轼会将眼前浓得抹不开的愁烦一笔带过，翻篇重来。其实，此时的苏轼已是一个父母双亡、爱妻离世的孤独之人了。"梨花淡白柳深青，柳絮飞时花满城"，这世界，即便是如雪般的梨花吐露着淡淡的白，柳条绽放出浓郁的春色，苏轼的世界也已然是一片白茫茫的寒凉，春天到底在哪里？

　　网上有人说，改变自己的是圣人，改变别人的是疯子。仔细想想，这句话不无道理，但未免失之偏颇。对苏轼而言，在一次次的变故中，他参透了生活的真谛，决定和身处的现世握手言和：既然改变不了环境，就改变自己来适应环境。所以当"竹外桃花三两枝，春江水暖鸭先知"时，他首先想到的是鲜嫩的芦笋和跃跃欲试的河豚，可谓是个不折不扣的生活家！"蒌蒿满地芦芽短，正是河豚欲上时"，那春风大野馈赠的第一口肥嫩和鲜美，可是人间至味呢，他哪有闲心回味"乌台诗案"的无奈和苦涩。至于荔枝、石榴、葡萄，以及龙眼、木瓜与樱桃，都在他的口中活色生香，可这仅仅是饭前水果，正餐一定少不了猪肉、羊蝎子，更时时惦记着鲈鱼、生蚝和兔子，一位永载史册的"吃货"就这样在诗词中大笑着横空出世了。而他的诗囊中，一定少不了半瓶土法酿制、散发着米香的烧酒吧！那么，随之而来的东坡肘子、东坡肉、东坡酒煮蚝肉，甚至东坡豆腐，也就不足为奇了。只要天不塌下来，人间大地处处充满了生机，还愁今天没饭吃吗？还愁脚下没有出路吗？横竖要活着，何不快乐一点？自己开心了，这烟火日子就被盘活了。多好！

　　被贬黄州的这段时间，是苏轼人生中最失意的日子，也是生活最穷困潦倒的时光。宋神宗元丰三年（公元1080年），他在那块名叫东坡的土地上开始尝试做一个农民，吃着自己亲手种的果蔬粮食才心安理得，也顺便捡了个"东坡居士"的雅号。这居士，还和他诵读经书、坐禅修行有关吧。即使他未必是个不折不扣的俗家佛门弟子，仅从他和佛印禅师的许多逸闻趣事中，也可推测他会在儒、释、道三大哲学思想中感、觉、悟，咀嚼人生三昧，及时将自己从眼前的苦海中打捞上岸。

就是这段暗无天日的时光，一次次淬炼了苏轼。虽然北宋的朝堂之上依然明枪暗箭，但那个车马劳顿奔波在漫漫长途上的苏轼，就要在黄州大地上生根发芽、恣意生长了。他笔下那一串串红樱桃一样诱人的诗句，令后人追慕敬仰。而后人只可亦步亦趋地揣摩、模拟，却始终难以超越。《前后赤壁赋》《念奴娇·赤壁怀古》《水调歌头·明月几时有》等等，都是他躬耕东坡期间的所思所想。时至今日，这些脍炙人口的作品，依然激励着后人，让人们懂得面对沉浮不定的人生，要报以顽强的适应力和生命力；无论是遭到人为的打击，还是无法揣度的天意，都要笑着面对，笑着活下去。

其实，不老的黄州也一直在等待这个落魄书生的到来。可以说黄州成就了苏轼，苏轼也没有辜负黄州的深情厚望。"雨洗东坡月色清，市人行尽野人行。莫嫌荦确坡头路，自爱铿然曳杖声。"至此，他已然将诗意的种子种在了东坡之上。事实是，东边的土地上，白天总会升起蛋黄一样的太阳，晚上还会有蘑菇头似的月亮跳出来，一直会这样，从古至今从未改变。如此想着，我的每一天不再空虚无聊，也没有理由空虚无聊，更不敢让自己有片刻空虚无聊的时间。比起苏轼，我可是幸福得一塌糊涂、无与伦比呢。

苏轼左手诗词，右手书画，也不忘泛舟赤壁，挥洒一番"挟飞仙以遨游，抱明月而长终"的妙言阔论，这些情景交融的笔触实在温厚、惬意而真诚，亦不乏大胸怀、大眼界。于是，隔着千年时空，我会时不时臆想苏大学士的步履节奏，模拟一丝东坡居士眉眼间暖暖的笑意，擦擦鞋抬脚出门，看山看水，看天看地，看这个让人又爱又恨的大千世界，直到自己心花怒放了，再悄悄将自己放回去。在老地方重新打理一日三餐，虔诚捕捉一些挂满露珠的文字，力争让我笔下的文字绝无仅有；一边回味苏轼的故事，一边拿出心底的灯盏，擦了一遍又一遍；把每一天过得风生水起，日复一日，年复一年。

丹青书傲骨

苏轼擅长绘画，画风大胆创新，且对书画均有真知灼见，对画的理解、定论影响深远，颇得世人赏识。由于文人气质浓郁，情趣高雅，他的书画作品中自觉或不自觉地注入了文学的元素、诗人的性情、文士的精神。他重视神似，主张画外有情，倡导笔下的画要有内容和寄托，不求形似，提倡"诗画本一律，天工与清新"，提出"士人画"的概念，为其后"文人画"的发展奠定了理论基础。

苏轼生平爱竹，一贯奉行"可使食无肉，不可使居无竹。无肉令人瘦，无竹令人俗"，可见是个十足的竹痴。他画得一手好竹，每次画竹"必先得竹于胸中"，这便是成语"胸有成竹"的渊源。

苏轼绘画传于现在的珍品仅三幅：《雨竹图》收藏于台北故宫博物院，画上有苏轼自题跋"元丰三年六月轼为子明秘校"和其他十五个历史名家的题跋，几株墨竹一副挺拔向上的模样；纸本水墨《枯木怪石图》于抗战时流落国外，画面上一棵枯树以四十五度角扭曲伸向天空，树下是一块圆中带棱角的怪石，其间几束幼竹不惊不乍、不卑不亢；绢本水墨《潇湘竹石图》，款署"轼为莘老作"，画上有杨元祥、叶湜、钱复等元明时期二十六个名家的题跋，富有层次感的长卷式构图，将中国文人以竹石绘画寄托精神情怀的境界表现得淋漓尽致，此画收藏于中国美术馆。

面对苏轼为数不多的画作，品读的人犹如手捧一首长长短短的宋词，词里词外皆是一片青翠的明亮世界，满世界透着清新与芬芳。即使乌云满天，也会雨过天晴，一定会还原纯净与美好。

很喜欢唐寅的立轴《苏东坡小像》，上方密密提了一方字："东坡在儋耳，自喜无人识。往来野人家，谈笑便终日。一日忽遇雨，戴笠仍着屐，逶迤还到家，妻儿笑满室……"下面苍茫背景上，是一个木屐布衣、头戴箬笠的清瘦男子，似有若无的一丝胡须，微弓着腰身，两手轻轻提起两侧的衣襟，躲着脚下的水坑，鞋后似乎有水线在滴落。那一跳一跳的情态着实俏皮可爱，也活灵活现。而那微微一怔的眼神和一丝不易觉察的笑意，则让人会意开怀。唐寅笔下的苏轼，真是可爱，有着干净的眸子，酷似邻家大哥刚去田间察看雨水墒情回来，最重要的是精瘦，不肥腻。

赵孟頫的《苏轼小像》则显得中规中矩：五官清秀，细长的眼睛笃定有神，一缕山羊胡微微迎风而动，头戴布帽，芒鞋轻盈，宽大的布衣前襟交叠在一起，腰束一条深色棉绳，绳头随意垂落，手握一根细长的竹杖，意欲抬步前行。或许，赵孟頫的笔意稍放开一些，嘴角来一抹上扬，就是锄地松土、插秧播种的东坡居士了。

而范曾笔下的苏轼，总是方脸浓眉大块头，即使醉了，也暗藏着一丝飞扬跋扈。总觉得这不是我心目中的苏大学士，至少他脸上还是应该保留一丝文人的包容和淡定的。何况他对儒、释、道颇有研究，佛学对苏轼的影响是巨大的——在他屡遭打击、身心无处安放时，佛学使他一次次安然接受现实的馈赠，而没有怨天尤人、自暴自弃。

后世诸画家描摹的苏轼像确也不少，但画出精神硬核的作品不多。要么太拘谨小心，要么太放任夸张，这也许是他人生的一些方面，但不是最本真的他。最真的他，让自己开心的时候，一定会以东坡居士特有的强大磁场带动身旁的人。即使在画里，他定会使人粲然一笑，略有所悟。无论何时，无论何地，秀骨清像的他，眼中一定会盛满坚毅执着的光芒，而不是迷茫凄楚和破罐子破摔的颓废，更不会暗藏一丝一毫取悦世俗、谄媚的笑。

翰墨慰平生

　　《黄州寒食诗帖》是苏轼书法作品中的上乘，在书法史上影响颇为深远。元代鲜于枢称它为继王羲之的《兰亭序》、颜真卿的《祭侄稿》之后的"天下第三行书"。全帖十七行，一百二十九字，由两首五言诗组成，无年月落款。"自我来黄州，已过三寒食。年年欲惜春，春去不容惜。"三年黄州，生活上的穷困潦倒、精神上的落魄寂寞，弥漫在字里行间。读这样的书法作品，后世之人难免心生寒凉和无奈。"卧闻海棠花，泥污燕支雪。暗中偷负去，夜半真有力"，即使这样，即便心身俱损，但还是要发现、留住一抹生活最低处的红，以温暖破损的日子，给自己注进一股咬牙支撑下去的力量，走到常人无法到达的境地。即使是"空庖煮寒菜，破灶烧湿苇……也拟哭途穷，死灰吹不起"，也要掘地三尺，刨出一块遍地生金的东坡大地，来安放风雨飘摇的人生和高贵不屈的灵魂。此帖全篇只是不温不火地运笔，一撇一捺郑重下笔，提按顿挫娓娓道来；似乎又在给远方的亲朋写一封家书，叙述一番眼前的生活，不事声张却让人怦然心动：捧读的人不好意思坐着，只有肃穆立正，方能心安理得。

　　苏轼和弟弟苏辙感情很深，写给弟弟的诗也不少，仅题目里有"子由"的就有一百多首。《春中帖》也提及弟弟子由，家长里短的家书在水墨氤氲中徐徐展开：春暖花开，阵风清扬，没有什么大事，眷属无恙，二哥甚安，"子由不住得书，甚健"，岁月如此静好，对时不时惨遭飞来横祸的苏轼而言，真不是一般的好，夫复何求！整部作品行文轻松明快，线条收放自如，结体大气舒适。虽然此帖多处字迹缺损，但通篇不难看出，他一贯主张的"寓意于物，而不留意于物"的书画艺术审美思想始终贯彻其间，与"造物者游"达到了高度的契合，乃至进入物我两相忘的境界。相隔千年的浩浩光阴，临写、揣摩这些手札，快乐着你的快乐，悲伤着你的悲伤，似乎人未远去，世事依然。我们呼吸着同一片天空下的空气，感知着彼此的心跳——这便是浩瀚文字中，白纸黑字的笔墨直击人心的魅力。

苏轼不仅是艺术家，也是思想家，他对"道"有着独到的见解和深刻的阐述。面对一次次打击，他及时调整心态，形成与身处的现实世界和谐相处的人生哲学，一边学习遗忘，一边和人事握手言和。他对书法的理解是"烟云之过眼，百鸟之感耳"，不仅有肢体对书写的参与，还有眼睛和耳朵这类感官上的享受和体味。于是，书写的快乐是全身心的，甚至是发自内心的天真和烂漫，真正达到了我手写我心和心手双畅的极乐境界。读《人来得书帖》，一气呵成的流畅感和结体的凝重感扑面而来，使人欲罢不能，不愧为书牍杰作。

仅从《岁新展庆帖》《跋吏部陈公诗帖》《次辩才韵诗帖》《覆盆帖》《动武帖》《致季常尺牍》《获见帖》等诸多留存于世的稀世墨宝中，不难窥探出历史给予苏轼书法的定位："淳古遒劲""体度庄安，气象雍裕""藏巧于拙"，有"气势欹倾而神气横溢"的大家风度。

"处贫贱易，处富贵难。安劳苦易，安闲散难。忍痛易，忍痒难。人能安闲散，耐富贵，忍痒，真有道之士也。"苏轼心目中的真道士，不仅具有仙风道骨的仪态，闲云野鹤般的自在，更重要的是始终没有忘记上路的初衷，依然心怀天下。这是构成苏轼人格魅力的不可或缺的一部分，也是后人近距离仰望这位历史长河中的文化大师的一个窗口。

苏堤沐春晓

公元822年，大诗人白居易赴杭州任刺史。此时的白居易已年过半百，早完成了《长恨歌》《琵琶行》《秦中吟》《新乐府》，牢牢奠定了在唐朝乃至整部中国文学史上不可撼动的巨匠地位。还是这双舞文弄墨的手，举起泥土和石块在西湖上修筑起一行行新的诗句，将"蓄""泄"的谋篇布局做到了老百姓头上、青天白日之下。822年到825年的三年多时间里，他撸起袖子投入全部精力，着手对西湖进行大手笔的叙写：修高堤坝蓄水，预期定量泄水。最终，让那么多等待灌溉的农田"咕咚咕咚"喝饱了水，老百姓也有足够的淡水可饮用了。白居易的心，终于放下了。

可是，历经两百多年的风雨剥蚀，西湖水又开始干涸，湖中长满莕草，如果不加治理，十年、二十年后的西湖必将是一片盐碱地！老百姓想起了白居易，一些念叨声如雷声划过长空……刚好苏轼来了。不得不感叹一句：西湖实在太幸运了，杭州实在太幸运了！苏轼两次到杭州担任地方官，第一次是熙宁四年（公元1071年），被授为杭州通判，此时他三十多岁。第二次是元祐四年（公元1089年），任杭州知州，五十多岁。两个大手笔的水利工程师和城建专家的先后到达，让千年西湖活在一代又一代文人墨客的文字里，活在世界水利史册中，也激活了喝雄黄酒的江南市井人生——《白蛇传》。

面对"水光潋滟晴方好，山色空蒙雨亦奇"的西湖，苏轼矗立在游弋的船舷上，心情久久不能平静。他迎风对晴空遥遥一祝，扬眉满饮一杯新酿的土酒："欲把西湖比西子，淡妆浓抹总相宜。"眼前的西湖恰似一位佳人款款静立，浓妆也好，淡妆也罢，总是难掩她的天生丽质和迷人神韵。可如此荡人心魄的尤物其实已经身心有病了，且病得不轻啊！苏轼长叹一声，陷入深深的沉思。

风雨潇潇的杭州，山水空蒙，绿色流淌。苏轼挽起裤腿，一次次赤脚跳进西湖的污水泥淖中，俯身一探究竟；无数次挺立于天竺山，时而手搭凉棚举目四望，时而低头捻须喃喃自语，更不乏拧眉徘徊望断天涯路。蓦地，他狠狠拍一掌大腿，紧蹙的眉头舒展了，嘴角上扬了，心中终于有了治理西湖的蓝图。他对西湖的治理计划和白居易不谋而合，在关乎民生的大事上，天下英雄总会所见略同。但他的手笔比白居易更全面更彻底，几乎把西湖翻了个个儿。终于，整个杭州经络畅通、神清气爽，那条葑泥筑成的跨湖长堤，就是历经千年而不朽的苏堤。

从此，苏堤春晓、三潭印月、柳浪闻莺、断桥残雪等等，这些诗意的名字伴随着西湖一路走来，让人们在这里一边吟咏两位永载华夏文学史册的文豪的华美辞章，一边用眼睛抚摸苏堤腰身桥洞中"哗哗"流出的清波，一边咏叹赞美。四面八方的游人一次次来，一次次去，直到心底澄明，眼前开朗，陷入长长的沉默，最后，抽身悄然离去。

西湖的最初开创者，需要高度的魄力和眼力，甚至要冲破一些当时的市井规矩。站在这些尘世烟火的上空，以超越时空的远见和胆量为原色，开始一次次渲染着色，绘出西湖的前世今生。在适宜的地方，合适的时间，给白娘子和许仙的美好相遇下一场旷世的细雨，恰恰许仙手握一把油纸伞，而眼前的白娘子环佩叮当、长发飘飘，立在西湖的雨中，一如莲花初放。于是，一些心事滴滴答答落满绿丝绸一样的西湖，任多情的人，在西湖上爱恨情仇、三生三世。

西湖的存在，让中国古代文学史上产生了一道亮丽的风景线——"西湖文学"。除白居易和苏轼，伸出双手随便一算：王瀛、张宁、柳永、杨万里等等后辈文人新秀纷纷登场，更别提那些湮没于历史中的一批又一批的文人骚客。西湖，最终成了文人墨客永远也无法走出的江湖。究竟是诗人成就了西湖，还是西湖成就了诗人？冥冥中，总觉得有神力在点拨，点拨一些眼中容不得沙子、心怀天下的文化人，一拨又一拨以西湖为主题的千年绝唱铺排演练。那么，穿越在妖、仙、人之间的白娘子，在西湖上一遍遍拜月修炼时，是否也在一声声祈祷这人间美景长长久久，好盛放人与人之间的美好情愫？即使被压在雷峰塔下，也要守在西湖边上，听西湖的浪涛，看苏堤一万年不变的春晓和晚霞。

题画谑浮世

公元1101年三月，年逾花甲的苏轼由虔州出发，经南昌、当涂、金陵，五月抵达真州（今江苏仪征），六月经润州到常州居住。《自题金山画像》是他在真州游金山龙游寺，看见李龙眠（公麟）画他的像于眼前时，不觉欣然提笔倾泻而出的。开头两句"心似已灰之木，身如不系之舟"，读来让人无限忧伤，可是如果一直就这么忧伤下去，那就不是那个豁达、心胸开阔的苏轼了。果不其然，后两句"问汝平生功业，黄州惠州儋州"一反伤感情调，以调侃自嘲的口吻，总结了自己浮萍一样漂泊的一生，一语中的地指出此生最大的功业居然是连续遭贬，其中的酸甜苦辣、是非功过，如人饮水冷暖自知，不足为外人道也。一首六言绝句，便是苏轼的一生，真是至简大手笔！苍凉的语句，亦庄亦谐，言有尽而意无穷，让读诗的人笑着流泪。更让人唏嘘的是，完成此诗后仅仅两个月，苏轼就病逝了，永远地离开了这个让他不得消停的烟火人间。这个无心的举动，好似在一个随意的时间、随意的地点，随意的苏轼，随意地为自己写了一篇墓志铭。一首六言绝句，一经挥就，便是流芳千古的绝唱。每次品读，万千感慨涌上心头，这何尝不是苏轼心底永远的痛？

岳希仁在《宋诗绝句精华》中如此评价这首诗："这是诗人生命最后阶段的作品，精练概括了他一生的悲惨境遇。一代文豪，英才天纵。回首往事，唯存贬谪。其遭际坎坷遂成千古伤心事。"

"横看成岭侧成峰，远近高低各不同。"百转千回的人生，还得要借用苏轼的慧眼来低头勘破，抬头看开，闭眼厘清。南来北往的奔波中，风雨潇潇，几度春秋？死别经历了那么多，生离还在继续，一不小心即将知天命，突然发现世间事，原来是旁观者清，当局者迷。"不识庐山真面目，只缘身在此山中"，了悟在一瞬，却悟了大半生。一路颠簸，一路感悟，似水流年，静静流淌在吱嘎作响的车辙里。好在还有梦，梦里花正开，离人恰回眸。

这个千百年来一直被世人喜欢的人，凭什么让人如此念念不忘？我想，不仅仅因为他的诗文书画，更多的应该是因为他在一条遍布荆棘的山路上笑着赤脚走过，且走得开心自在，怡然自得。虽然朝堂上还有人继续落井下石，小丑仍然卖力表演，但林间清风、深谷白云一直在，苏轼心底点亮的灯盏一直在。如此天南海北、来来往往，竟洒下一路超脱和率真的种子，让后人一边慨叹仰望，一边学习播种，一边收获修为的果实。

如果真要揣度支撑苏轼的人生信条，晚他七百多年的印度诗人泰戈尔的那句"世界以痛吻我，我要报之以歌"最为贴切。这些发光的处世之道，一次次劝解苏轼一点一点砍除自身的芒刺，柔软地活下去，且活得有滋有味。同时，不忘滋养一些发自内心的大才气、真力量，穿上干净的外衣，怀揣高贵的灵魂，笑着走向滔滔人世。而他的内心，始终有文化人的隐忍和执着：无论生活如何虐我，绝不轻易缴械投降，成为自己不喜欢的自己。

不禁神往臆想，那么多的"州"被苏轼逐一踏遍，沿途留下那么多不朽诗篇，而我的家乡河州，为什么不在其列？隔着千年的时空，独立水边，大河前横，蒹葭苍茫，只有天的高远和地的博大在陪着我。原来，历史只负责只提出问题，却从来不给出答案。

2020年6月16日

卷二 人物走笔

焦玉洁其人其诗其书

2004年8月6日，《甘肃日报》副刊《文化时空》栏目以《苍凉的诗词，雄健的书法——焦玉洁的诗与书》为题介绍了焦玉洁先生的书法、诗词、文章。2006年3月13日，《民族日报》副刊《文化生活》栏目以《歌颂故乡的人》为题目，介绍了焦玉洁先生的诗文艺术风格。今天，我斗胆以稚嫩的笔触写写我眼里的焦玉洁先生。比之卢吉平、韵文老师的文笔，及他们对先生的诗书的理解，我的肤浅定会贻笑大方，然而我按捺不住对先生的敬仰和心头澎湃的激情，斗胆操笔。此举固然会被嗤为初生之牛犊，亦有窥斑见豹之嫌，但我欣然。

先生其人

2007年7月23日，焦玉洁先生在兰州举办"神奇的黄河三峡，浓郁的人文情怀——焦玉洁诗文书法展"。此次书展较之2004年6月在陇南地区举办的"焦玉洁诗词书法巡回展"，上了一个更高的台阶。先生自己也说，回头看那次展出的作品，十有八九都不满意了。

这次书展可谓双喜临门：为期三天的展览，参观者络绎不绝，有几个胡须染霜的同道中人连续三天都来展馆，身后跟着三五弟子模样的人，他们在一幅幅作品前勾画比试，交流心得。显然，先生的作品成了爱好者们的临时教材。书展开幕式上，先生的自书诗集《一枝斋诗文集》亦宣布面世，前来参观贺喜的亲朋好友人人手捧一份古色古香的文集，都是喜滋滋而略带炫耀的神情——款款移步作品前，总有羡慕的眼光追随好远，甚至有胆大者趋前细问：能否就地一阅？岂有不借之理！慨然相借。不料这一慨然，竟然引出一段"窃书不算偷"的佳话——借阅者乘其不备，携书溜之大吉，慷慨之人搓手唏嘘不已。见此情形，有朋友建议先生："签名售书，价格略高一些无妨，可补贴一些此次书展的费用。想买书法作品的人很多，可以乘机卖出去一部分，定会卖个好价，何乐不为？"先生只是微微一笑，最终既没有签名售书，也没有出售一幅作品。

有位省农科院退休的老同志，每天下午必来展馆。此老握持一本一笔，两副眼镜轮换使用，抄录悬挂的诗文。听有好事者问："高寿？""年近古稀。""缘何每次下午来？""下午人少，亦想蹭文集一册。"先生闻之动容，遂赠送一册，以示敬意。老人再三道谢，如获至宝。来来往往的人中，手持摄像机、数码相机拍作品的中青年也为数不少。更有爱好者——《甘肃日报》记者乾荃，手握一袖珍录音机，欲当场采访焦先生，由于人杂事多，终遗憾而去。后来他专程拜访先生，先生闭门谢客，在山庄的花香和鸟鸣声中两人品茶畅谈。两人不知嘀咕了些啥，只知这位乾记者临别时紧握先生的手，恋恋不舍地感慨："不虚此行，不虚此行啊！后会有期！"

"玉洁何许人也？古河州北乡焦氏农家子耳。自幼颇喜辞翰，田间渠侧，故自营营。"这是先生在其诗集自序中对自己的简介。"生年十岁，适逢'文革'，遂弃学堂。"谁也想不到，先生最初只有小学四年级"文凭"。同"文凭"的一位农民朋友曾不解地问先生："我也上了个小学四年级，为什么我提笔写不出半拉'八'字？""因为我一直在学习。"先生一语道破个中玄机——学贵有恒。"独有枹罕子，哦哦咏古诗。仄案习翰墨，低床读文史……杜门决交游，闭户自修持……"这是其《自序诗》中对当时情形的真实描述。如此，试问：厚积薄发，能不得心应手？

《民族日报》资深文学编辑何珂先生，在其出版的《牡丹的生日》里的《墨香的永靖》一文中如是说："他是永靖名人。我第一次和他会面时，却大吃一惊——就这么个半农村半城市的半老头儿？没有一点当代'家'们的酷劲儿。"从此，先生便有了"三半居士"的雅称。

在我们这些学生眼里，先生是个和蔼可亲、知识渊博、童心未泯的领路人。每当先生的新诗词出现在我们的手机上时，我们边学习边相互调侃：我们写不出像焦先生那样隽永、深邃、清秀的诗词，是因为没有一个那样充满雅趣的北堂作为书房。然而，当我们叽叽喳喳叩门穿过花草葳蕤的小院，踏入书房时，大家恍然：非然也！先生书架书橱里的藏书，着实吓人一跳；书案上的诸多毛笔、临习过的历代字帖，让人顿生惭愧：越王十年一剑，而先生大半辈子在临帖——创作，创作——临帖中迂回突破，寻找新的自我。

先生其诗

每当春暖花开，天气转暖时，先生便由楼房移居平房，开始了他的北堂修炼之涯：于晨雾朦胧中行散雾宿山，以致高远；于红日喷薄中搦管挥毫，恣情翰墨；于山鸟鸣翠中品读华章，以润焦渴；于樱白桃红中收获灵感，蓄势待发，从而有了《清心集》《赏心集》的结集而出，让文艺界的人们更进一步了解了先生诗词的神韵和魅力。

"小女将成礼，婿家促妆急。亲人惜时短，阿娇举步迟。轻试娘脸泪，细倚爹肩语。即便成礼后，朝夕犹绕膝。"此是先生的千金出嫁时所作三首诗之其二，每次读来，必两眼潮红，默思良久。一次文友小聚，将这首诗朗声念出，满桌文友竟泪洒酒宴，气氛在熊熊炉火的炙烤中骤然冷却。那一刻，大家想到的不仅仅是膝下儿女，更多的是生养自己的父母，人间至亲。

"薄暮惊雷撼长天，急雨敲窗夜无眠。捻灯细检旧诗稿，几多新词吟月川。""耿耿难眠夜，心事寄何妨？披衣坐即久，捻灯读汉唐……"看来夜不能寐是先生的家常便饭，这真是件恼人的事！我想，这恰恰成就了先生的诗词文赋：漫漫长夜一切归于岑寂，心底的人事渐渐浮上心头，思绪愈加清晰，情绪愈加激昂，如滔滔黄河水不能阻挡——"……剑戟交错金石裂，十万铁骑仰天鸣。厮杀声急呼声高，惊起尘氛护战魂……"北方肆虐的沙尘，席卷着诗人无寐的书案，这更是一种让人陶醉的浪漫情怀；"……豁齿老翁，挥烟杆于柳荫，垂鬓桑女，运风箱于厨内，院中有顽童喧笑，户外乃鸡犬吠鸣，水车输无尽之波，船磨研千家之麦……"故园的一草一木、一人一事，无不照亮暗夜里深藏的故乡情结；"……正是野丁香开到极致的时节，成片的花枝举起来，齐刷刷地挡在绿叶前，仿佛是大胆的书家把蘸饱粉红的书笔狠狠地从深绿底色上拖过……"深山古刹岗沟寺居然藏着这么多花红柳绿、满目诗意呢！

移步换景，我们是用双眼去看，用双耳去听，而先生是用心灵去捕捉，用心灵去润泽，用心灵去描绘生活中每一个令人感动的瞬间。无论是李清照似的婉约，还是屈原般的浪漫，抑或苏轼、辛弃疾的豪情奔放，或者博采众家之长兼，都是先生从现实人生到艺术人生充满艺术审美情趣的转化和演绎，贯穿在先生丰富多彩的文学作品中。大到永靖五怀古"二十四关起腥风，狼烽冲霄作阵云。河湟形势烟尘里，汉家山川杀气中"，小到空斋书法论文收笔后吹箫自娱"书论一纸天尽头，红果黄叶醉清秋。闲弄琥珀玉屏箫，古曲吹到月明楼"，先生都会以诗词来抒发当时内心的感触。

作诗、填词、著文已成了焦玉洁先生生活中不可或缺的平常事，甚至，他说出的话就折射着唐诗宋词的遗风。因此，先生在情趣高涨时，不免有绝妙诗词脱口而出，常令人鼓掌叫绝！"……脱帽弃衫，披发狂吟，一任莲风荷雨，洗涤久渴之胸臆也……"那是雨中赏荷欲癫欲狂的极致风情。

先生其书

　　只要接触书艺的人都知道，书法是一条寂寞之道。一旦结缘于书法，注定你要放弃许多浮华的生活，甚至拒绝一群浮躁的朋友，这是书道筛选的结果，也是书家的无奈。在寂寞中咀嚼书艺的精华，在痛苦中否定现有的成绩，在更为寂寞的踟蹰徘徊中寻找自己的突破口，这无异于蚕蛾一次次在不吃不喝中蜕变，而重生后的快感只有自己知道，实难为外人道得清楚。

　　雾宿山麓的北堂是焦先生铸就寂寞之途上的一间蜗居，也是漂泊在寂寞之河上的一叶小舟。他一直固守着这份属于自己的寂寞。硕大的书案，配以一张墨迹斑斑的书画毡，案头一堆印章，几摞法帖，总也不干的墨池和满架秃笔，写不完博大精深的真、草、隶、篆，道不尽心中的山高水长。

　　先生的隶书和草书别具一格、独具魅力，这得效法先贤，而又自成一家。永靖文艺界推崇唐楷的极致——"颜筋柳骨"，也看好先生的隶书和草书，大家戏称之为"焦体"。书法爱好者中，争相模仿"焦体"者大有人在，先生一旦发现，总是正色制止，辅之循循善诱：一定要取法乎上，临习古代大家的书体，体味他们用笔的特点和章法的变化，力争学以致用，将心得揉进自己的书法创作中，这样才会走出一条真正适合自己的书写之路。听者无不茅塞顿开，继而动容称谢。

　　回眸他早期的书法作品，再看眼前风格迥然的书风，不难发现：先生早年用笔精到，随着学问、见识的进一步积累，胸襟、修养的日臻坦达，其书法风格渐趋丰腴跌宕，自然浩瀚。观其书法即可想象其人，先生已进入人书俱老的境界。

　　其实，焦玉洁先生书法中不仅仅掺进许多自己的想法和追求，更体现书法的独创性和表现力，其中不乏文理自然、姿态横生的忘我境界，难怪一次参观完焦先生的作品，有一同道中人慨然长叹："要想达到先生目前的艺术境界，我今生无望啊。"

有人发急："你都写了几十年，还如此说，那我们岂不都要自杀？"说笑归说笑，大家心里清楚得跟镜子似的：先生在书法方面用功之深切，用心之良苦，我们确实望尘莫及。与其说他在北堂书房读书、习字、作文章，不如说他在那儿闭门悟道苦修。

　　文友小聚，不免谈谈人生苦短，砭砭世风时弊，发发满腹酸牢骚，展望展望美好而渺茫的未来，甚至试探几句来生来世的自主选择。有人问："假如有来生，你想干什么？"其中，有年龄稍长者其言灼灼："拜焦先生为师，从小学写字，练书法，让今生无望变成有望！"年少者，踌躇满志："立大志，做大官，写大字，给先生出书、办书展。"噫，斯言诚也！

2009年4月12日

《云的锦书》之细语

那时的疼痛

　　立冬了，我开着车在雾宿山下的田野间四处瞎逛。清晨，或淡或浓的白雾在河面上袅袅娜娜，触手可及。随之，狂风横扫，落叶纷飞，满目是收完庄稼的大地。杂草、枯叶、砍倒的苞谷秆，焚烧留下的灰烬，斑驳黝黑的土地坑坑洼洼，我几次差点跌倒。蔓延的芦苇荡沙哑干枯，摇摇晃晃。我发丝飞扬，站立不稳，心开始一阵阵发紧，满心苍凉：这就是大地的真实，一种简陋乃至丑陋的真实，是删繁就简之后，再也无法删除的存在。

　　这种存在无遮无拦，无论我这个看客的好恶。接受了这个事实，渐渐地，我居然适应了它，进而开始欣赏它。无端地想起一个人，一个写诗的妹子——崔云琴。"一场变故/我变成一个闭门修行的人/剪断三千青丝的烦恼/躲进小楼读书、悟道、打拳、静坐 /不闻窗外雁叫阵阵 /不见人间四月花草芳菲。"这只是"变故诗"（权且将她患病时写的诸多诗作冠以此名吧）中的一首，以上是其中的一小段。其实，她的QQ空间里，那段时间，如泉涌一般汩汩而出的黑色诗句足可以装满一箩筐。但即将付梓的诗集中，她象征性地选了一两首，以纪念曾经。

　　记得那段时间，我正频繁穿梭于省城和小镇之间。一次在县妇幼保健站免费体检的机会，带给我一场毫无预料的惊骇：妈妈疑似患了宫颈癌。当时一个人木然地移出医生办公室，下了两级楼梯，再也移不动脚，只好坐在冰凉的台阶上，眼前一片虚无。半晌，才反应过来应该跟弟弟说一声，颤抖的手不听使唤，怎么也伸不进衣兜，只好脱下衣服，将手机、钥匙、发卡一股脑倒出。捡了手机，却又想不起弟弟的电话——一个六位数的集团网号，指尖慌乱地在屏幕上戳来滑去……

坐在省妇幼门诊楼前的木椅上，忐忑地等待妈妈的复查结果。突然想起朋友说云琴也在兰州，似乎刚刚做了手术，遂拨通云琴的电话："妹子，听说你动手术了，不严重吧？""就一个小瘤子，割了就好了。"还是那憨憨的声音，她呵呵地笑着，风轻云淡，我极其放心地挂了电话。其实，我当时也不知道她割的是哪个部位的瘤子，以及瘤子的来意是善是恶，提及她病情的是位男同胞，所以细节一晃而过。何况这年头，哪个女同胞身上没有一个半个瘤子、结节、增生之类？所以，对一切一笑而过。

拿到妈妈诊断结果的那一刻，我喜极而泣，一脚油门载着妈妈飞回了家！接下来的日子，又恢复到原来。每天上网都要关注一下云琴的空间，一边读着诸如"送走本命年的我 / 刚脱下弟弟买来的红衣 / 突发的恶疾 / 让我躺倒在母亲的眼泪里 / 冬至，我捎去的棉服 / 父亲始终不肯穿在身上 / 父亲说，女儿还在难中 / 这一年，我如何安然"，以及 "我曾多想一小步一小步地 / 走过那片青草地 / 一小口一小口地偷吃 / 岁月结成的果子 / 可是 ，厄运砸伤了我 / 在我的灵魂和肉体之间 / 练习着跨栏 / 就连我用诗歌喂养多年的月亮 / 也挂着一弯闲愁 / 冷眼看我 / 朝是青丝暮成雪"的诗句，一边对着电脑默默流泪，陪着她的诗一起心酸、心疼、心碎。总是茫然自问：刀口一定很疼很疼，眼前一定很黑很黑，双手一定很冷很冷，心底一定很虚很虚——一切苦痛，她要一个人面对！

这段最牵挂她的时间里，却没有给她只言片语，每当有留言或打电话的欲望时，总是前怕狼后怕虎：该说些啥？能说些啥？她的心情谁能体会？即使今生忘不了水泥台阶的坚硬和冰冷，还有那片虚无，也总是决绝地认为：别人的只言片语对经历过那番痛苦的她来说是苍白的，言不由衷的，甚至是打扰，抑或是另一种伤害。因此，从她家小区门口经过，我总是一再踩刹车，纠结的车轮像在搓麻绳，直到后面的车愤怒地摁喇叭，我才幽幽离去……如此几次，终没成行。

其实，我的担心并不是完全没有理由，"不要再来探视我的心伤/泪泉早已干枯/就像龟裂的麦田/凝固的笑容/犹如撒旦的谎言/连心底最柔软的地方/都已做好了伪装/这个世界早已习惯了我的无语/我缄默不言"，你不告诉我，我自知你意——对一个重新认识四季变换、参透人生起落的心灵，给予最大的宁静，便是给予了最大的尊重。或许她有时候也会寂寞孤独，但这是一个人必须经历的。唯有如此，她才会在人生的下一个路口，不依靠参谋，在急急忙忙、慌慌张张的世界里气定神闲，诗意地行走在回家的路上，顺带发现那些藏在生活里的诗歌。

尽管如此，网上的牵挂和守候一直没变，潜意识里我一直在期盼、等待，怀着十二分的耐心和虔诚！直到有一天，我读到了这样的句子："被寒流击中的我/在第一场雨水中复活/交出心底的石头与暗河/我用残败的身体/完成了一次生命的跨栏/我依然动情/为这新生的嫩丫与花蕾/我依旧歌唱/为这相同的季节/和不同的花开。""好吧，答应你/做个快乐的小女人/不写忧伤的诗/不再对着天空发呆/不在夜的暗流里放空自己/只是，你得允许我有梦/允许我在梦里/寻找花叶间滚落的露珠/以及那一弯弦月的心事。""突然发觉，日子如野火烧过的草/可以反复生长。"哈哈哈，我一拍大腿，倒头睡了一个甜甜的午觉。

爱以及爱

以后的日子，冷不丁会碰上云琴：大街上，或者文友的小聚会中，或者朋友没有叹息的闲谈中。深秋的时候，看见她穿了黑色蕾丝裙，配着坡跟的短靴，从飘着金丝带般的垂柳旁走过。彼时，我在家中阳台上，她在冒着金花的朝阳中，温润的背景里她宛如一朵墨菊，款款移步！那时候，我正默诵她的情窦初开："我黑发及肩/身穿碎花袄/心底埋着小火种/穿过熙攘的人群/看云，听风，闻花香／你躲在一棵树后，一声轻唤／我莞尔回首／接住你眼中的闪电。"还有她的豆蔻年华："在我细柳般嫩绿的年龄／让你遇见我／你若伸出手／我定会跟着你走。""那时候，村庄年轻／羊群在向阳的山坡上啃草／那时候，父亲高个直腰／扬手就背起半扇猪／母亲腰肢柔软，手指灵活／身过之处，庭院都开出了花／飘着香"我觉得甘之如饴，妙不可言！

　　如果没有这样深的爱恋："沉醉在自己的冥想里／把人间当天堂／把你看成三生石上的誓约／就连你望我的目光／也被我种成十亩荷塘／爱在荷叶间滚动／月是一曲长调"，"挖出冰冷的石头／剪去旁生的枝蔓吧／用一只鸟的尖喙／撒下树种、麦粒／我要借那阵小春风／再疯长一回"；如果没有如此沉的亲情："人到中年／就变成贪心的蜗牛／开始背负一些沉重的词汇／譬如父母、孩子、梦想／即使寸步难行也不想丢／牵着另一只手／只想把青丝／走成暮雪"；如果没有让她一生无法割舍的爱情："你说，我是你的生命／我知道，你也占据了我的所有领地／我们是打碎后重新捏成的人／我们不分彼此"，那么，我坚信云琴不会是那个在炳灵湖畔吹埙送别、等待、做梦的小女人。这些被爱浸透的诗句，犹如和一个闺密彻夜长谈，没有设防，无须伪装，斜躺横卧，信马由缰，不必为写诗而写诗，不必为读诗而读诗。即便稀松平常的日子里，我们酷似一只小小的蜗牛，背着重负，揣着火热，打理一个又一个白天和黑夜，但此时此刻，我们的肋下是一对透明的翅膀，它带着我们飞，飞过绝望，飞向太阳……真诚的感动和单纯的快乐，处处折射着一个女儿的脉脉温情，一个妈妈的义无反顾，一个妻子的勇毅担当。

　　还清晰记得，在云琴的黑色岁月里，贴在QQ空间的每一首诗，必定有一个叫"风的告白"的人在第一时间跟帖，回复得情真意切，小心翼翼，且十分揪心。后来无意中发现"风的告白"是她的夫君，一个中学的金牌班主任，这让我踏实、放心了好多。真的像一位同胞姐姐，生怕那个半路将小妹抢走的男人，随着时间的推移，愈来愈粗枝大叶、漫不经心。看多、听多了这样

黄河浸润的时光

的人和事，难免变成惊弓之鸟，不由自主杞人忧天起来。好在，云琴不是此类故事的主人公。

我们面对的生活如此相似，相似得像眼前飘落的黄叶。如何面对这样的落叶碎片，如何在诸多碎片的相互回忆及关照中重建整体，这是每一个写作者必须思考的事。这方面，云琴无疑具备了一些骨子里的优势：她是个知性、自然的人，写出的诗句就像清泉。读诗的人即使捧不到手里，也可以切实感受到泉的甘醇和清冽，乃至泉在心田缓缓流过的美好，直至宁静的种子探头探脑，开始萌芽。对一位读者而言，这已足够！

春暖花开

如果我们能获得另一个与现实并行的空间，我们把现实里被称为成果和垃圾的东西移入这"另一空间"，现实空间里还能剩下什么呢？我想那是人与自然。文学就是这样一种与现实并行的"空间"。现实里滞重的生活，在文学空间获得释放和重建。五颜六色，原本就是生活的颜色。那么，允许我们在诗歌里寻觅一枚针，戳破心上的脓血，让毒素流出，种下良善和快乐的种子，一起等待春暖花开，等待生命出现亮色，乃至五彩斑斓。

"我把手伸入泥土/想触摸大地的心跳、温度和疼痛/我擦燃手中的火柴/想用它点亮飘雪的春天。""一入春/就有一架犁铧/从胸膛犁过/划开根根错位的肋骨/直掘心的领地。"好吧，就这样素面朝天，直接进入春天。

"天空的颜色一点点生动起来 /麦穗的身子一天天丰满起来 /麦田尽头，我听见自己如麦秸般/从骨缝里发出拔节的声音。""不管是粉身碎骨，成为明天的早餐/还是囤积仓内，做春天的种子/都露着金黄的微笑。"让我们手牵手，摈弃白天的言不由衷，清空黑夜的细碎伤痕，轻巧地过好眼前的每一天；保持热泪盈眶，做最真的自己，在无知无畏的前行路上，永远感动自己。

诚然，像"旧日模样 /栏杆拍遍不见归人 /看千帆过尽 /心有千千结 /月上柳梢头"这些从唐诗宋词里信手拈来的精华，或许被好多写新诗的作者所不齿。我还是那个观念：只要相得益彰，没有刀刻斧凿之痕，未尝不可！但凡喜欢文字又苦苦经营文字的人，谁没有将唐诗宋词嚼来嚼去，像极了一头打着饱嗝的老黄牛？

　　还有，题材单一，思路狭窄，文字清浅，一味停留在小女人的叙述里，不错，是这样的，但这妨碍澄明如泪珠的心境和"沉醉在自己的冥想里 /把人间当天堂/把你看成三生石上的誓约"的自我陶醉吗？不会，她依然"关上窗 /关上耳朵 /整个世界只剩下我和诗歌"，已然华丽重生，"选择回到母亲的子宫"，继而发现"原来/幸福如此简单"。倚着这些思绪，让自己一天天丰富、强大，不畏将来，不念过去，云琴和《云的锦书》就这样雅致地栖居，惬意地行吟。

　　上次见面的时候，忍不住将她的短发揉乱，戏谑道："别以为顶了一张羊羔皮，我就认不出你了！"说话间，眼前一亮，一把抢过她手里的毛边纸，后面的话生生噎在了喉间：柳公权的《玄秘塔》散发着淡淡的墨香，兼有些诗意的晕染。虽然尚在临摹起步阶段，但一笔一画、一招一式极具姿态，我不禁暗暗欢喜！

　　这次见面，她喜悦地告诉我，目前正着手准备出书的事，书名是《云的锦书》。我一听，毛遂自荐，拍着胸脯要给她写点文字，以期从一个朋友、文友、女人的角度，透露一些《云的锦书》之外的生活内核。我知道，我的脸颊和眼里闪着粉色的光芒：或许，云琴借着《云的锦书》的小春风一发不可收，再一次华丽转身，散文集、小说集蓄势待发。我不禁暗暗期待！

2014年11月20日

小墨斗弹出大人生
——记白塔掌尺李良栋

　　"班门弄斧"这个成语，可谓大江南北妇孺皆知，但"白塔的木匠，吾屯的画匠"仅是一句在甘青地区广为流传的民谚。如果追溯白塔寺川木匠的渊源，那也是名门之后——师出鲁班之门。长期以来，他们能吃苦，不怕累，以掌尺（就是掌握尺寸的意思，指技术负责人）的身份走天崖，确实没有辱没鲁班祖师爷的大名。这些能工巧匠中，李良栋是一个不可忽略的掌尺。

　　李良栋，男，汉族，1944年11月8日生，永靖县古典建筑艺术协会会员，甘肃永靖县白塔川红庄村人，1968年因刘家峡库区蓄水，迁至永靖县三塬镇新建村。

　　李良栋出身寒微，不到五岁时，父亲不幸染病去世，留下他和不足三岁的弟弟。后来，由于生计所迫，母亲改嫁他乡，兄弟两人由爷爷一手拉扯成人。在这样的家庭背景中长大的李良栋，从小养成了吃苦耐劳、任劳任怨的性格。

　　1958年，适逢刘家峡水电站动工兴建，刚刚十五岁的李良栋便虚报岁数，积极报名参加，被招录到中国水利水电四局刘家峡分局，分配至工程处木工队当学徒。这成为他一生木匠生涯的开始。

　　在木工队，他手脚勤快，吃苦上进，深得师傅及同行的喜爱。由于师傅的悉心指导和自己的勤学好问，他逐渐掌握了锯、刨、砍、用刀等基本的木工知识，掌握了斧头、推刨、凿子、锯子、尺子、锛子、墨斗这些基本工具的构造原理及其功能，并学会了熟练运用它们。

1961年，刘家峡水电站停建，李良栋只好回家务农。

李良栋回家的时候，正值三年困难时期。当时的白塔寺川，每个家庭都面临着吃不上饭的难题。他的返家，无疑给吃了上顿没有下顿的家庭添加了额外的负担。为了减轻爷爷肩上的负担，自己能吃上一顿饱饭，李良栋开始寻找一切能吃饭的机会。于是，村庄邻里，谁家筑基建房、拆旧换新，他总是主动前去搭手，义务帮忙。无论是旧门板上拔钉子，还是给泥瓦匠丢砖头，李良栋眼里看见的都是活，手下总也闲不住，想法只有一个：不能白吃人家一碗饭，这饭要用加倍的劳动来换取。

几年下来，李良栋对村宅民居中挑檐、出檐、二出檐以内的挑檐、二出檐以外的挑檐的修建规格，各种树木木质的软硬、密度的疏松，以及对梁柱、描檩画牵等等木料的选取和加工，诸如此类，一个标准木匠所应具备的基本技能，他一一铭记在心，逐步熟练掌握。在下料的时候，他一贯遵循一个原则：尽量不浪费东家的木料，最大限度节约修建成本。随着干活数量的增多，人们越来越赏识他、信任他。慢慢地，"尕掌尺"的雅号一传十、十传百地叫开了。以后凡是大队、公社，乃至县里的修建工程，大队都派他去设计、承接。从此，他开始带领一些本村的劳力，到外面干些木工方面的活儿，一是解决了自己的吃饭问题，年底还能给爷爷带来一点补贴家用的口粮；二是帮助了别人，解决了一部分人的吃饭和家庭的口粮收入问题。

本村的李仓仓是二十世纪白塔寺川有名的大掌尺，解放前修过十几座大寺，声名远播。年轻时，常年在青海藏区搞修建，和当地一位藏族姑娘结为夫妻，遂在青海省东南部的同仁县安家落户。李仓仓熟悉藏区的人情乡俗，一直在青海地区修建藏式寺庙。这位大掌尺和李良栋家是本家，论辈分，李良栋应叫李仓仓为叔叔。

随着工程数量的增加，人手越来越紧缺，经多方打听，李仓仓知道了有一位本族侄子"尕掌尺"，遂捎信叫李良栋去搭手帮忙，一起修建寺院。这个信息，给他带来了千载难逢的机遇，促使他一步步掌握更高水平的木工技艺，使他在更广阔的天地间挥尺舞刨的理想得以实现。

李良栋得信后，二话不说，收拾简单的行李，带领十多人踏上了西进青海的路。初到青海，高原反应强烈，整天晕晕乎乎，头疼欲裂，嘴唇发紫，但他咬牙挺住，从不说一声，怕大掌尺叔叔知道后让他回家。终于，这些症状慢慢消失，李良栋已经适应了海拔高、空气稀薄的环境，扛住了青海对自己的一次考验。

经过一段时间的观察和考验后，李仓仓决定收李良栋为徒弟。在祖师爷鲁班的牌位前，李良栋虔诚进香、燃灯、磕头，郑重拜李仓仓为师父，正式成为白塔寺木匠魏青山支系的第六代传承人。在一次维修供桌的时候，他一边念着"方五斜七不算七，一尺加上一分四厘"的口诀，一边拿斜尺丈量供桌侧面的斜度，正在下料的师傅李仓仓走过来问李良栋："你手里拿的是什么？我们白塔掌尺独创的木匠工具有哪几种？"李良栋知道自己手里拿的是斜尺，但第二个问题他回答不上来。原来，白塔掌尺经千百年总结，独创出自己专有的工具——尺子：门尺，六棱尺，斜尺。其中门尺，长度一尺相当于现代尺子的八点八寸。门尺又分红尺和黑尺两种。凡是长度为一点八寸的倍数的，为红尺；其他数字为黑尺。藏族同胞很讲究建筑，凡使用"红尺"量出的建筑，被视为吉祥，反之，是不吉祥。六棱尺为做蜜盘彩（斗拱）的专用尺。其口诀为：横五竖九六棱就有，一寸三、二寸三，六棱在面前。斜尺的口诀为：方五斜七不算七，一尺加上一分四厘……李仓仓师傅总是能找到适当的契机，将一些知识不动声色地灌输，将自己肚里的木工技艺和经验逐步渗透给"尕掌尺"，这让李良栋百感交集。

随着时间的推移，李良栋清醒地认识到一个残酷的现实，那就是自己在木工队、家乡村宅、民居中掌握的木工制作技艺，其实仅是一个木匠的基本手艺，离师傅李仓仓的期望和要求还有很大差距；另外自己还是一个没有登过学堂的"睁眼瞎"，学习领会师傅的本事自然比别人慢……他的心像压了一块石头，整天愁眉苦脸，甚至精力不集中。师傅发现这一苗头后，及时找他谈心，了解情况后，给他列举了第一代掌尺魏青山学习木匠的事迹和成长经历，最后语重心长地说："娃，我们白塔寺木匠是磨盘碰磨盘——实打实苦学苦干出来的，只有不学不干的混混，没有学不成的掌尺。"一番促膝谈心的话，把李良栋心头的负担卸掉了，他暗暗给自己定了一个目标：成不了真正的掌尺，绝不回家见爷爷。从此，他抛开一切杂念，一心扑到对藏式建筑的特点及其规矩的钻研中，白天干活，晚上学习建筑方面的理论知识。

师傅李仓仓总是忙中偷闲，带着李良栋实地学习前人的佛教建筑作品，以帮助他吸收消化佛教建筑的技艺特点和文化特点。经师傅耐心的口传心授，加上自己的刻苦学习，李良栋很快掌握了以藏式风格为主，融合汉式风格的藏汉结合建筑，这是一直深受广大藏族同胞喜爱的寺庙、居家风格。这为即将修建的青海黄南的美秀寺、宗喀巴寺、活洛寺打下了坚实的基础。

美秀寺、宗喀巴寺、活洛寺三座寺院，是1978年到1981年先后完成的。这是李良栋和师傅李仓仓师徒二人的第一个联袂之作——师傅任掌尺，李良栋任贴尺。对每一座寺院，他们从不放过任何一个关键环节，都是亲力亲为、毫不马虎。为了不耽误工期，更为了保证修建质量，三年时间里，李良栋从未回过一次家。至此，李良栋平日积累的理论心得和这次实践达到了完美结合，他终于对纯藏式、藏汉结合式的建筑结构技术完全心领神会，并能融会贯通。

直到1981年下半年，李良栋终于回到家，可等待他的又是一项不轻的任务——永靖白塔寺的重建。白塔寺，在藏语中为"乔迁孕饶"，是我国西北佛教圣地之一，其声名并不比炳灵寺逊色。据传说，佛教鼻祖释迦牟尼的一颗舍利葬于白塔寺之内，所以它脉接昆仑山，背靠长夷陵（俗称王家大山和黄家大山），上接蓝天，远衔"丝绸之路"的明珠——炳灵寺，风光堪称一绝。原白塔寺因刘家峡水库蓄水而被淹没，如今傍炳灵湖等待重建。

黄河浸润的时光

李良栋任掌尺，用一年多时间，按原规模样式，在白塔寺川以北的岘塬镇源头村，重建了白塔寺。寺院正殿占地二百一十六平方米，供奉有燃灯、释迦牟尼、弥勒古佛。寺院东侧建有"百子宫"，西侧是"刚锁堂"，面积各为六十平方米。院中白塔耸立，高十八米，塔基占地一百八十平方米，飞檐挑角，是典型的藏汉结合式建筑。塔身四周雕有佛祖、观音菩萨、白卓玛、绿卓玛等千余尊石佛造像，亦名"千佛塔"。

1982年下半年，修复完白塔寺，李良栋便背着简单的行囊出发，重回青海，在黄南州、海南州开始着手修建幸福滩班禅讲经台、班禅办公室、本本子寺、塔秀寺等。随着建筑作品的增多，他的声名开始为人所注目，承接的活儿慢慢多起来，这为他在青海地区进一步发展打开良好的局面。

1986年，他应邀承接了青海果洛州甘德县下贡麻乡的龙恩寺，接手其中的一部分修建工程。龙恩寺，全称为"龙恩图丹曲库林"，意思是"佛法法轮洲"，另有一名为"乌金康卓囊"，意思是"乌金刹士"。二十世纪八十年代初，白玛登宝法王选定了这一位置，带领僧众以及现在龙恩寺住持红格尔多吉仁波切，从1985年至2004年对其进行了规模较大的建设和修复。

龙恩寺是果洛地区最大的寺院，属寺很多，李良栋以该寺为基地，先后修建了多卡、让让、龙日家、岗龙、古地、塔秀等大寺院。在二十多年的时间内，该寺由帐篷式寺院建设成集印度、尼泊尔、中国藏族建筑风格为一体的综合型寺院。这进一步夯实了李良栋在青海地区古建筑行业打下的坚实基础，提高了他的知名度。

在青海打拼的时候，李良栋带领自己的三个儿子一同出门，希望将来自己的衣钵有人传承。

2004年初，李良栋召集李宝山、李宝林、李宝胜三个儿子，郑重宣布一个重大决定：青海黄南州、果洛州的工程由三个后人接管，自己则解甲归田，颐养天年。三个儿子理解父亲的良苦用心，欣然接受他的决定和建议：大儿子李宝山为四人组合董事会的董事长，宝林、宝山、徒弟魏明俊为成员；财务制度上，实行阳光原则，会计、出纳明确分工、责任到人，财务收支每月公开，以便形成相互监督、相互制约、相互信任的良性运转机制；一切工程的承包和资金的投入等情况必须以董事会全部成员举手通过、签字画押为依据，否则不能开工建设。

当古稀之年的李良栋掌尺卸下肩上的担子的那一刻，他本人其实吃不准自己苦心经营了大半辈子的江山，会不会被三个儿子和徒弟魏明俊牢牢守住，并且发扬光大。

自1998年至今，"李家四人董事会"率领一百多人的木工建筑队伍，活跃在青海黄南、果洛及甘南夏河等地，先后修建了龙恩寺诸多建筑，其中包括母亲大殿、洛桑求杰活佛大殿、拉玛登宝活佛九层宝塔及其八角楼、释迦牟尼二层宝塔、仁青尘措活佛大殿、无名佛学院及其大殿和僧舍等。

行文至此，李良栋老掌尺最初的担心和忧虑早该烟消云散了，剩下的就是尽情享受儿孙绕膝的天伦之乐了。这也是我的心愿和祝福。

2017年10月12日

让刀下的花木慢慢呼吸

——记白塔掌尺金光顺

在永靖白塔古建行业中，金光顺的名字可能鲜有人知，但细数其近年在各地的建筑作品，以及由此引发的社会各界的反响和好评，不得不承认他是白塔掌尺中的后起之秀，是永靖古建行业的一支潜力股。

初出茅庐，安多学艺

金光顺，男，1970年出生于永靖县三塬镇向阳村的木匠之家。父亲金永宽是十里八乡小有名气的木匠，所以身为长子的金光顺从小对锯子、凿子、推刨、锛子、斧子、尺子、墨斗这些木工工具耳熟能详、信手拈来。由于姊妹多，家中生活拮据，小学没毕业，他便给父亲打下手，跟随父亲修建民舍，筑基建房。农闲时，帮父亲制作炕柜、板柜、供桌、炕桌、五斗柜、八仙桌、椅子、板凳、风箱等生活用具，以此贴补家用。几年下来，他初步掌握了村宅民居修建的技术，同时对各种工具的使用方法，以及简单的用料、下料的换算口诀熟练掌握，牢记在心。

改革开放以后，十六岁的金光顺给鲁班祖师爷磕完头，背着父亲准备好的木工家当，跟随堂叔金永吉师傅到青海省各地。最初到达的是青海省黄南藏族自治州州府所在地隆务镇镇西脚下的隆务大寺。该寺是隆务地区十八个寺院的主寺，在安多地区其规模、地位、影响仅次于甘肃省的拉卜楞寺和青海省的塔尔寺。1980年底，本寺被批准对外开放，各种后续修建工程如火如荼地展开。金光顺和堂叔紧抓该寺大兴土木的机遇，历时三年，修建隆务大寺纯木质活佛昂欠两座十八间，佛堂四座二十间。

在隆务大寺干活的三年中，每当看到结构不俗、感觉不错的木结构建筑，金光顺就潜心揣摩、牢记于心，甚至搬到纸质笔记本中。每逢下雨天或是晚上，他总是抽空和一起干活的前辈交流心得，取长补短，使自己的技艺得到长足发展。值得一提的是，在这三年时间里，金光顺没回过一次家，一来摆在手头的活很繁杂，工期短，需要他事无巨细地操心；二来临行时，他在鲁班祖师爷前暗暗发誓：不学好木匠的看家本事，绝不回家见娘老子。就是凭这股拧劲儿，他一次次将回家的念头打消，扑下身子沉下心，钻研那些看似简单重复实则复杂多变的木工技艺。

一起干活的人都知道，金光顺有个与众不同的"嗜好"——每当干活当中遇到难点和瓶颈问题，他都会逐一记在随身携带的笔记本上。这个好习惯的养成，一方面让他学会、学懂了好多原来不会的字词，拓宽了知识面；另一方面疑难问题摆在眼前，他必然会想尽一切办法解决这些问题，这无疑为他准备了关于各类木工知识方面的难点和重点的第一手资料。那些年，他出门可以忘带钱，但绝不会忘记带手掌大的《新华字典》和厚厚的绿塑料皮笔记本，还有一支笔头分叉的钢笔——他戏称这是行走于藏区的"白塔三剑客"。正是这三年的潜心学习和历练积累，使他比较系统地掌握了各种榫卯结构及木椎技艺。

1990年，刚满二十岁的金光顺结束了学徒生涯，开始单干，成为真正意义上的掌尺。他接手的第一个活儿，是黄南藏族自治州同仁县隆务镇以北七公里吾屯村吾屯下庄的伙房修建。这个伙房不是一般家庭用的伙房，是五屯下庄八个生产队、近两千口人，在农历九、十、十一月念活金时，供忙假活动所使用的公共伙房。伙房虽只有两层，但房间多，每层有是二十二间房，上下是四十四间房。此活儿不仅工程浩大，而且涉及的民众多。金光顺掌尺年龄小，下庄村好多人并不看好这个瘦弱的乳臭未干的毛头小伙子，更不相信他的手艺和为人，好多人建议另选他人。这时，当地一位德高望重的藏族老者——尕藏成里出面说话："我注意这尕娃好长时间了，我看他为人忠厚老实，干活卖力扎实，不偷奸耍滑，而且价格公道，我们为什么不让他干呢？"大家听了这番话，只好点头应允。其实，金光顺和尕藏成里根本不认识，更不知道他在何时何地考察了自己。

吾屯下庄伙房完成后，由于工程结构牢固，做工精细，价格合理，人们一传十、十传百，大家结伴前来参观，一时间人来人往好不热闹。很快，金光顺的名声在周边地区散播开来。大家有活儿都愿意找他，都想和他商量商量，听听他的想法和建议。当地的藏族同胞和在当地干活的永靖白塔的同行，也开始有意识地和他接触、交往，想和他成为朋友、熟人。

黄南州同仁县的唐卡大师扎西尖措，看完金光顺的作品，当场拍板决定由金光顺任掌尺，修建他所辖范围内的僧舍和佛堂。吾屯侯家村的才让扎西，邀请金光顺前去为他修建宅邸。当斑马压条间的花草枝叶逼真、造型豪华大气的府宅修完时，东家无不自豪地对众人说："我看准的就是金光顺的这些花草雕刻！看看，这些花花草草，一个个都像真的一样，还有这屋子的间架结构，多紧凑，多精巧，你们再看看这活干得多细……"

其间，他给吾屯下庄的年轻活佛赤干仓修建一院昂欠，给大师扎西尖措修建一处僧舍，包括家里的所有佛堂。这些活，深得东家赞许。

无巧不成书，青海省黄南州很有声望的唐卡大师曲至、扎西尖措等人，都是他在此期间的修建工地上认识、结交的，一来二去中他们逐渐成为志同道合的好搭档。至今，他们都是金光顺随时切磋木雕技艺、交流彩绘心得的挚友。

那时候，金光顺常年带领二十五个同行弟兄，在青海黄南州隆务大寺、吾屯上寺、吾屯下寺修建僧舍、佛堂、大雄宝殿及新建宗喀巴殿、龙王殿等工程，往往是这家的活儿还没有干完，另一家主事的人就上门协商修建之事了。

1996年，他修建了吾屯下庄的龙树画院，这个建筑主体是水泥框架，门窗、佛堂、大门是木质材料，这在很大程度上避免了火灾、人为破坏等等事故的发生，甚至最大程度减少了地震带来的破坏。该画院高三层，整栋楼雕梁画栋，顶端是四角飞檐，凌空架彩，无论远观还是近看，都显得宏伟大气，蔚为壮观。

热贡画院院长是金光顺的好友娘本，他让金光顺修建的二层画廊，设计新颖，构造坚固，嵌有各种鸟兽花草及藏八宝木雕画纹，惟妙惟肖、栩栩如生，深得当地藏族同胞的喜爱。

羽翼丰满，志在四方

小型家用佛堂，是最近几年佛家比较推崇流行的建筑。金光顺修建的小佛堂，在藏族同胞中间比较走俏，这源于一个事实基础：他的佛堂，将汉族的典雅庄重和藏族的华丽高贵巧妙地融入一体，这里既有藏族同胞喜爱的"吉祥八宝"，也有汉族人崇尚的琴棋书画，这使得他的佛堂和别人的佛堂有所不同。经唐卡大师娘本等好友的介绍，他修建的佛堂销往北京、上海、海南等地。近几年，不断有人登门考察他的佛堂，更有甚者追随到五台山拜访金光顺，和他签订修建佛堂的合同，一时引起同行的好奇和称赞。

1998年，金光顺接受相关单位的邀请，参加北京宣武区琉璃厂文化街的参观学习活动，同行的人中只有他是甘肃人，其余人都是来自全国各地的行业高手。其中有些人长期专门制作或修理藏式家具，有些人是专业木雕能手，但既能做藏式家具，又能雕出"吉祥八宝"图案和各类花草，兼涉及汉族的琴棋书画的匠人，非他莫属。这让同行的各省行家对这个甘肃人刮目相看，大家纷纷围拢过来，和这个其貌不扬的年轻人攀谈起来。

1999年，经朋友介绍，金光顺离开青海同仁到湟源，接手那里的赞普林卡工程。此赞普林卡高十九米，里面供奉有松赞干布、文成公主、赤尊公主的塑像。从木料装修、门窗、大门、佛堂的修建到供桌的制作安装，耗时近一年时间，最终按期、高质量完工。

在辗转于青海同仁、黄南、湟源等地区的十九年时间里，金光顺从一个懵懂少年一跃成为行家眼中的准掌尺，靠的不是偶然和投机，而是日积月累的吃苦耐劳、任劳任怨和厚道、诚信，这和他不断积累、摸索，善于学习、喜欢改进、及时总结经验等好习惯是密不可分的。

2002年，金光顺带着八个徒弟，背上行囊和木工家什，远赴内蒙，在阿拉善左旗南寺旅游区修建了一座千佛殿。该店单檐歇山顶，面宽三间，三出廊，阔12.6米，进深9.3米。千佛殿刚结束，又接到陕西柳林县的华严寺修建工程，其中的观音殿、地藏殿以及供桌，都是从一无所有到一应俱全。

在青海黄南州同仁一带修建农村民宅、寺院经堂的工地上，金光顺的身影不断出现，在当地同行中逐渐崭露头角。随之，"金光顺"三个字不胫而走，在人们茶余饭后的闲谈中频繁出现，受到当地业内人士的关注和青睐。

2008年的一天，金光顺的一位喇嘛朋友向他透露了一个重要消息：河北五台山佛林寺要修建一座大殿。他立刻请青海的佛界朋友牵线，联系到佛林寺住持师父果光。果光师傅没有急于和他相见，首先对他的为人和技艺进行了侧面了解和打听，实地查看了他的几个建筑作品，然后决定和他见面。经过几次长谈和倾听，果光师父最终决定让金光顺担任佛林寺大殿的掌尺，和他签订了修建大殿的合同。

佛林寺依山而建，坐落在河北省五台山县石咀村通往阜平县的公路边。大殿建在最上面的一处平台上，共有三层，三檐，是一座藏汉结合式的建筑。前五间出廊，里面是九间，面阔十九米，进深二十三点一米，一层共有柱子七十六根，檐柱高四点六米，金柱高九点二米。整个建筑用木料一千三百六十方，占地面积七百平方米。该殿有一奇特之处：它的四角，底层有八个角，二层也有八个角，三层四个角。这种角做工复杂，技术要求高，但做成后看去两角阴阳相对，气势宏大，给人以力量和美感的享受。

此殿落成后，不仅本寺僧人和居士大为惊叹，在五台山也引起很大的影响。很多寺院师父纷纷找到金光顺，和他签订修建合同。

其中的憨山寺距离台怀镇三公里，坐北朝南，东西宽一百米，南北长二百米，计划建五重殿宇。目前，已修建了最里面的藏经楼、文殊殿，还有大雄宝殿、天王殿、山门。该寺已经修建了六年，还在修建中，至少还需六年才能全部建成。近六年来，金光顺和憨山寺结下了不解之缘，一切设计、施工，乃至木料的选用和进货，他都亲自把关查验。他对待工作严谨、缜密，深得憨山寺上师释明波的赏识和厚爱。

憨山寺藏经楼面阔三十米，进深二十三点一米，三檐三层，前出廊，有七间，里面有九间，中间是藏式大门，门周围有七层彩枋。檐柱是十二楞，上面刻有花槽，柱子顶上有二龙戏宝的雕刻，二层上去有二面廊道，中间天井，三层是藏经楼，刻有各种经文，中间摆放五个坛城。该大殿总高二十五米，上面用钛金板覆盖，在太阳下金碧辉煌、富丽堂皇。藏经楼前面是四合院，对面中间也有一藏式大门，出门后拾级而下，就是文殊殿。文殊殿面阔七间，三面出廊，宽二十五点二米，进深四间十五米，重檐歇山顶。

文殊殿供有东台聪明文殊，西台狮子吼文殊，南台智慧文殊，北台无垢文殊，中台孺童文殊，佛像都被圈口包围，顶台有牌煞，左右墙装有千佛洞，顶棚用木板装饰，明间有天圆地方形的藻井。文殊殿的中三间全部都是红花梨做的格子门，上明下暗，两边间装有花窗，柱子头上斗拱密致，雕梁画栋，飞鸟走兽，形象逼真。

2015年，五台山附近的千钵寺师父找到金光顺，和他协商，要修一座大雄宝殿。虽然时间已迟，快到农历八月，但他还是慷慨应允。经过大家的努力，尤其是在金光顺的合理安排和巧妙规划下，终于在天气变冷之际将千钵寺大雄宝殿的框架竖立起来。

黄河浸润的时光

该大殿和憨山寺文殊殿外形基本相似，只是比文殊殿高两米，重檐歇山顶，九檩六椽，四周斗拱密致。

值得一提的是，金光顺修建的五台古刹吉祥寺文殊殿。这座大殿高达二十六米，四檐三层，前五间出廊，阔十九点四米，进深十七点九米。里面有九间，此殿檐柱顶上放一大斗，斗上面是元宝、小棹木、大棹木、斑马、钱枋、蜂笛，十二棱檐柱嵌有各式木雕。这些雕工极细致，花草鸟兽，无不形象逼真，集中体现了金光顺高超的雕刻技艺。

此殿完工后，得到师父们的夸奖。以后陆续修建了各式亭台、楼阁、桌椅等。

淬火成钢，纵横驰骋

由于工程涉及的地域广，风雨兼程成了金光顺的常态，飞来飞去更是家常便饭。2014年，在五台山各工程如火如荼进行的同时，他还要兼顾郑州云城寺天王殿的修建工程。当时是农历八月，五台山已经朔风凛冽，但郑州的天气非常炎热，蚊虫肆虐，附近没有带锯机，檩子、柱子都是用锛子砍出来的。此殿面宽五间，阔二十一点六米，进深三间十一米，单檐歇山顶，四角飞檐，旋风彩四围密致，雕梁画栋，结实壮观。

近几年，金光顺对木雕的研究可谓如痴如醉。他说："雕刻就是刻形，刻神，刻情。在木雕创作中把握形，刻出神，倾注情，只要你对手心的一花一木倾注了亲情和深情，和着心底的一呼一吸，乃至唐诗三百首朗朗上口的韵律，你刀下的花木一定会慢慢呼吸、苏醒，这是我追求的匠人的样子，也是我奋斗的最终目标。"随着眼界的开阔，雕刻作品的增多和涉及面的逐渐扩大，金光顺觉得仅仅满足于白塔同行业中盛行的雕刻技艺是狭隘的，沿着这条路走下去，会越走越窄，甚至是死路一条。

于是，金光顺开始借助互联网放眼国内外，以提高自己的雕刻技艺。他还注意搜集研究东阳木雕的历史、现状和发展趋势的资料，对冯文士编写的专著《东阳木雕技艺》和相关论文潜心研读，从中获益匪浅。有了这些理论知识的支撑，每当他手握刻刀，面对前期勾勒的物象不再是脑中空空，为雕刻而雕刻，而是胸有成竹，运筹帷幄，恨不能一口气将自己心中的蓝图绘制于散发着淡淡清香的木材上。

为了让自己的技艺得到传承，他刻意做通儿子和闺女的思想工作，让姐弟两人在选择大学和专业方面靠近古建筑行业，将来他们一方面可以做自己的左膀右臂，另一方面可以继承自己的衣钵，不至于让古典手艺在自己手中失传。可喜的是，一双儿女听了他的话，遂了他的愿，正在各自的大学中学习、深造。

这个想法和行动源于金光顺长期思考的结果：第一，由于人们观念的变化和需求的多元化，古典建筑受到现代建筑不小的冲击，所以出现了目前市面上的急功近利和粗制滥造，市面上充斥眼球的以次充好和粗枝大叶，每每让崇尚中国工匠精神的金光顺很痛心，却很无奈。第二，市场的木工材料越来越紧缺，古建筑工程的投入相应地越来越大，工期又长，木匠行业又是苦力劳动，所以古建筑行业后继乏人。第三，木工人才培养周期长，出师慢，学徒收入低，新一代不愿学习累人又不挣钱的木工技艺。第四，至二十世纪末，很多能工巧匠已经离世，白塔木匠技艺多是通过口授心传，在家族中传承，目前很少有文字记录这些宝贵经验，这意味着不是从事白塔木匠行业的人越来越少，而是即将归于一片空白——这时候，万能的百度也会无能为力。

三十年来，金光顺带领二十多个徒弟，在祖国大地造就了一个又一个白塔木工的古典杰作，给人们留下了一件件不朽的艺术品，传承和发扬了我们甘肃永靖古老的建筑艺术和木雕技艺，使其源远流长，发扬光大。

2017年10月20日

黄河浸润的时光

甘当铸造领头雁

——记王氏铸造传承人王业信

　　"古城之钢钟锅，灵是灵之呃……"这是流行于二十世纪七十年代甘肃省永靖县太极川（大夏河、洮河在刘家峡水库汇入黄河，出大坝，到牛鼻子峡口，短短十公里形成华丽的"S"形大转弯，宛如太极图再现，故黄河两岸的这个地区被称为太极川）的一句叫卖词，记得后面还缀有一连串锅中煮上洋芋、苞谷等等是如何如何灵的大俗话。说唱的人朗朗上口，听的人不免心痒痒，忍不住要摸摸架子车厢中或大或小、或薄或厚的钢钟锅（指铝锅）。真心想买的总要逐一掂量对比，认真检查有没有砂眼，敲一敲听听有没有破碴声（裂纹），甚至要看看两侧的锅耳是不是一样大，提起来是不是顺手，再经过一番讨价还价，最后买主提着挑好的锅喜滋滋地回家了。卖主继续推着古城的钢钟锅走街串巷，一边说笑，一边招揽生意。这些推着架子车（后来逐渐换成大链瓦的自行车，乃至三轮摩托车），隔三岔五穿行在大川、中庄、小川、红柳台，乃至孔家寺、魏川、白川、罗川、刘家峡大小巷道的买卖人，各村庄的人不用打听询问，都知道是炉院家。

　　在甘肃省兰州市中山桥南侧矗立着一根高五点八米、直径零点六一米、重十吨的钻天铁柱，人称将军柱。翻开它的历史，豁然发现将军柱经历了六百多年的风雨洗涤。虽然此时显得锈迹斑斑，但恰和连通南北的中山桥组成兰州一道不可或缺的独特风景。每当来自五湖四海的游人在甘肃省会的黄河两岸畅游时，兴味盎然地举起相机留影，背景中总是少不了将军柱和中山桥。但少有人知道，历经沧桑的将军柱是甘肃省永靖县古城村王氏的先祖负责铸造的。这四根铁柱托起了"天下黄河第一桥"的美誉，为当时边塞的安定立下了汗马功劳。

明代洪武初年，征西将军冯胜为追击盘踞在兰州黄河北岸白塔山附近的元朝大将扩廓帖木儿，准备在黄河上架设浮桥，以实现天堑变通途的愿望。于是，洪武二年（公元1369年），王宣、王训二兄弟从山西平阳府白土坡被征调来兰州，成为"将军柱"的铸造者。

那时，在兰州黄河南北先后开设了浇铸场地，据说当时南北各筑二十四座土炉，用来熔化生铁，场面极其壮观。在当时简陋的条件下，铸造如此巨大的铁柱，是一件非常困难而冒险的事情。第一次浇铸时出师不利，发生了意外，死伤好几人，浇筑工程因此被迫停止。经过对此次事故的认真研究、分析、评判，大家各抒己见，总结了事故的原因和问题的症结，制订了从根本上解决此类问题的技术方案，又开始新一轮的浇铸战。明洪武四年（公元1371年），终于在黄河之南成功铸成两根将军柱。洪武五年（公元1372年），在黄河之北铸造完成第三根，又于洪武九年（公元1376年）铸造了第四根铁柱。

四根将军柱铸成之后，开始在白塔山下、金城关前的黄河水面上着手建浮桥，南北各竖立两根大铁柱和六根木柱作为揽桩，用两根铁索将二十五艘木船联成桥基（另有三艘备用），船下以石鳌固定，船上加盖木板、栏杆，整座浮桥"随波升降，帖若坦途"。清代光绪三十三年（公元1907年），镇远桥被改建成铁桥。1942年，为纪念孙中山先生而改名为中山桥，桥名沿用至今。

王氏族谱中记载，王宣、王训两兄弟在兰州滞留了十几年：二人先在五泉山下鲁家巷居住，再迁居秀河沿，后来落户到黄河北的王保保城，数十年后迁移到皋兰西半个川（即今天的永靖畔个川），这便是古城王氏铸造的先祖之源。

王宣、王训在半个川一边广置田产，耕读传家，一边将自身掌握的铸造技艺传给后人，敦促后辈继承祖辈衣钵，以期在后世子孙中发扬光大。王氏子孙不负前辈的厚望，人丁兴旺；王氏生铁铸造的技艺日臻完善，铸造队伍也日渐庞大。如今，王氏子弟先后开设了十几个铸造厂。

王氏铸造第十六代孙王永禄，以"一筛二搓三捏"的独创方法挑选出理想的衬沙，身怀一套生铁铸造的绝技，兼以厚道低调的为人和简朴节约的家风，被半个川人送"铁富汉"的雅号，在王氏家族中颇有声望。据永靖县岘塬镇芝家湾村的村民回忆，芝家湾方神殿最早的一口铜钟，系半个川的"铁富汉"所铸，可惜"破四旧"时被销毁了。

第十七代孙王大年，1953年进入兰州兴隆农机厂（兰州钢厂的前身）工作，先后在石家庄、张家川、天水、永登、红古等农机厂做铸造技师。这期间，他认真系统地学习了铸造、翻砂的各项技术，并将所学的知识运用到实践中，积累了一套丰富而实用的铸造经验——"横五竖八打线"外模分块法，此方法的率先应用，使他的返工率大幅下降，他一时成为王氏铸造行业的翘楚。八十年代，王大年从兰州红古机械厂退休后，到儿子王业信创办的铸造厂做技术指导。这给刚刚起步的王业信吃了一剂定心丸，让举步为艰的永靖县刘家峡铸造厂有了一线生机。

出生于1943年的王业信，是家中长子长孙，从小对爷爷王永禄和父亲王大年的铸造技艺耳濡目染。爷爷对这个长孙格外疼爱，每次设计、制模、点炉化铁、浇铸、抛光打磨，乃至彩绘过程中，都要让王业信伴随身旁，好使王家祖传的铸造手艺像种子一样种到他的脑海中。通过这种方式，爷爷将祖传和常年积累的一整套手艺毫不保留地传授给了王业信。

就这样，王业信一边帮家中干铸造的零碎活，一边读完了初中。由于写得一手漂亮的钢笔字，又能识文断句，从1964年开始，二十一岁的王业信成为古城最年轻的村主任，至1975年卸任，他在村主任岗位一干就是十二年。其间，他兼任刘家峡公社副主任、常务委员会委员长达十年。1964年至1969年，他还兼任古城小学民办教师。

1975年6月，王业信成为一名中国共产党党员。1976年初，他被推选为村支书，直到1992年卸任。长达二十八年的村干部工作中，他协调解决了不计其数的邻里纠纷，以及村里的琐碎问题，使古城村一直被公认为永靖的和谐新农村，多次受到永靖县县委、县政府的表彰。他个人也多次受到嘉奖：2001年、2012年被中共永靖县委评为优秀共产党员；2006年被中共永靖县委评为优秀党务工作者；2006年、2007年被中共太极镇委员会、太极镇人民政府评为优秀共产党员；2000年被永靖县精神文明建设委员会评为春节文化活动先进个人；2002年被中共太极镇委员会、太极镇人民政府评为农村科技致富先锋。2009年，他参加了中共临夏州委统战部、临夏州社会主义学院组织的短期培训班学习，取得了临夏州第二期非公有制经济人士培训结业证书。

那时候，王业信虽然身兼数职，忙得不可开交，但他从小积累的诸多铸造技艺和经验一直在心底，为迎接他的铸造事业的春天做好了准备。二十世纪八十年代，王业信敏感地嗅出了时代的气息，及时调整思路，率先摆脱小作坊的束缚。1981年5月18日，以王业信为厂长的永靖县刘家峡铸造厂正式挂牌营业，这是由十户农民以入股形式创办的合资企业，为古城村乃至永靖县的铸造行业开了先河。从此，王业信脱离了在家中院子里翻砂铸造的窘迫境地，开始步入正规化、规模化生产的渠道，为日后抢先占有市场奠定了一定的基础。

永靖县刘家峡铸造厂开始点火化铁时，本着就近、扶贫的原则，从本村招收贫困家庭的劳力，这些人农忙时节务农，农闲时做工，一定程度上改善了古城村一部分贫困家庭的生活状况。四社村民王有成是个二十出头的小伙子，但身体有残疾，家中只有母子两人相依为命。当时母亲生病，没钱看病买药，生活一度陷入困境。王业信了解到这一情况后，一边让王有成为本厂干一些力所能及的活，一边拿出钱让王有成的母亲及时就医治疗，为王有成解了燃眉之急。二社的村民王五十得是王业信牵挂的另外一个人，他为人忠厚老实，却一直是个单身汉，家中还有八十三岁的父亲。1998年，王业信为王五十得当月老牵红线，促成一桩好姻缘，并派人为王五十得修缮旧房屋，让他步入而立之年时将新媳妇娶进家门。婚后，一家人团结和睦，耄耋之年的老人含笑归西。古城村上了年纪的老人说起这件事，都竖起大拇指说："那可是一件大好事，王业信确实费了心。"

半个川群众的生活用水，自古以来要么赶着毛驴去黄河边驮来，要么肩挑手提，要么收集雨水，撒些白矾粗略澄清后直接饮用。王业信将这一切看在眼里，记在心里，通过多方筹措，在他的牵头和带领下，终于于1972年实现了古城村自来水的全线贯通，这从根本上解决了全村的人畜饮水问题，再次创下了半个川的第一。

1987年，下古城村展开道路硬化工程，王业信率先捐款五千元，以实际行动表明自己对此项惠及全村民生的工程的支持。一时间，古城各界人士纷纷慷慨解囊，使乡村道路硬化工作顺利展开，并以最快的速度完成了村道路硬化到家门口的目标。1988年，古城小学开始重建，王业信积极响应，拿出一万元资金助推本村的教育事业。他的想法是：再穷不能穷教育，再苦不能苦孩子。诸如出资鼓励本村举办各类文体活动、向省内外宗教场所捐款捐物等事，王业信做得着实不少，可细问数目，他却淡淡地说："这都是分内的事，谁还记得那么清楚。"

王业信一边为村里的事忙碌，一边操心着铸造厂的日常事务。厂子的各项业务一经铺开，王业信便尝试从最初的农具锄、犁、铧、耙、水磨的六角，马车、水车的转轴配件等，生活用具锅、碗、瓢、盆、炉子、烤箱等，以及锅炉配件、水泵配件、水管配件等小型微利行业中跳出来，放眼古典法器钟、鼎、磬、香炉、宝塔、云板、碑、匾、神牛、神马、神狮、佛像、神像、历史人物及艺术形象，乃至拓展到各种材质的动物形象和其他装饰品。总之，他已经腻烦了那些小打小闹，以及爷爷辈、父辈手把手教出的老一套，他想制造出一批他原来会做却做得不太理想的物件，譬如钟、宝鼎、香炉。

　　每每抬头望见绵延逶迤的雾宿山，想象清晨禅院幽静，旭日初升，透过松柏筛下碎金点点，竹林掩映的小路通向白云深处，禅房前后花木繁茂，山光明媚，飞鸟欢悦，潭水清澈透亮，心底、眼前万物皆美好，暮鼓晨钟悠扬，磬声纯净，世间一切烦恼随风而去，何其妙哉……想到这里，王业信犹如醍醐灌顶，他暗下决心：一定要铸出一些具有代表性和典型性的拳头产品，让印着"王氏铸造"四个字的钟、宝鼎、香炉、磬、烛台、佛塔、香盘在神佛的灵秀之地安家落户。

　　王业信的铸造技艺，采用的是祖上沿袭下来的传统翻砂工艺流程，包括筛砂、罗砂、拌砂、筑模（内模）、璇模、筑外模、烘干、卸外模、外模刻字（刷铅粉）、减模（内模）、内模刷铅粉、合模、化铁、浇铸、打磨、彩绘。在选料阶段，做模的沙料，凭手感判断合适与否。内模多挑选得天独厚的当地黄河沙和雾宿山的细沙，外模沙选用兰州沙井驿的粗沙，经筛、选、和、晾、晒等多道工序，提前备好，随用随取。

　　随着时间的推移，王业信对古典法器——钟的铸造越来越有心得，也越来得心应手。钟分梵钟和半钟两种，梵钟又称大钟、钓（吊）钟、撞钟、洪钟、鲸钟、蒲牢、华鲸、巨钟，梵钟是佛教盛行、寺院兴起的产物。梵钟就是佛钟，顾名思义是供寺庙做佛事用的。半钟又称唤钟、小钟，吊于佛堂内之一隅，因其用途为普告法会等行事之开始，故亦称行事钟。王业信觉得，钟可以提醒人，让人警醒，所谓警钟长鸣就是这个道理。有了钟，人可以适时停步、住手、沉下心，这就是守住底线，守住做人的底线和做事的底线。

　　铸造钟，必须懂一些金属工艺学和力学的原理，譬如为了让钟体的强度达到最佳值，要做到青铜的科学配比；而钟悬挂在主梁上，全靠一根高十四厘米、宽六点五厘米的铜挂钩，要考虑挂钩的牵引力和受力方向。只有综合考虑到诸多因素，铸成的钟才能接受长时间的碰撞，保持平衡。另外，钟的音色也是至关重要的。通过长期的揣摩研究和查阅资料，以及多次请教王氏铸造行业中的能人，王业信慢慢悟出一个道理：钟的下部和钟唇加厚外张，使声音向外辐射的能力加强，就会使钟声洪亮。所以，大凡具有感染力的佛事钟的声音，都是由形大体重、钟唇厚而外张的青铜钟发出的。明白了这些道理，他就有足够的信心和能力铸造自己理想的钟了。

1982年，永靖县刘家峡铸造厂为本县徐顶乡干沟岘方神庙铸造的一尊带雨菩萨（金花娘娘）坐像，让王业信颇费了些心思，这无异于专门为他举行的一次"高考"。对方要求整座菩萨重量为七十二公斤（按照本地寺院的讲究，佛像的重量一般是数字八的整数倍），不能少，也不能多。王业信尝试了几次，可佛像的重量总是凑不到七十二公斤，不是少了，就是多了。正苦思冥想不得其解的时候，他看见一个工人提着一杆秤要出门，他灵机一动喊住，拿过秤盘抄起一些沙称了半斤，倒在一旁，又称了半斤铸铁，然后将才称的沙放上，刚好是一斤。王业信茅塞顿开：一斤沙等于一斤铸铁，可以在沙上做文章，以达到铸造的佛像恰好是七十二公斤的目的。这个发现很快在王氏铸造行业中推广开来，解决了不少当时困扰大家的铸造方面的瓶颈问题。

说起1984年为宁夏沙坡头景点铸造的一口钟（口径一点二米，高一点五米，重零点八吨），王业信呵呵笑起来。钟身上不仅铸了莲花、宝剑、二龙戏珠、太极八卦这些大家耳熟能详的图案，而且将大家习惯的"国泰民安"和"风调雨顺"换成了清新娟秀的铭文——"敲敲敲，敲出代代人杰；打打打，打尽辈辈晦气"。就这十八个楷书汉字，让此钟的身价倍涨，游客只要花一元钱，就可敲一次。一块钱，谁不敲？何况敲敲打打，打走了晦气，敲来了自己或儿女的好前程。再则，举槌敲打的时候既可以来一张特写，又可以听听悠长的钟声，实地感悟一番"姑苏城外寒山寺，夜半钟声到客船"的苍凉。这一块钱，花得值！

"铸这口如意钟，我收了五千块的本钱，可它为景点带来的利润，何止一个五千元？"王业信说完，又补充一句，"不过话又说回来，景点也为我做了不掏一分钱的广告。"将买卖双方的利益最大化，应该是双赢了。

1988年的新疆库尔勒之行，是王业信最引以为豪的一次壮举。正值盛年的他和同村的两个人，开着一辆装满古典法器的大卡车，为新疆的客户运送铸造的产品。车上装的是一个高一点二米，口径一点一米，重零点八六吨的铜钟；三个长二点二米，宽零点六米，重一点二吨的铜香盘；三个铸铁宝鼎，其中一个高五点二米，重一点五吨，另外两个高五点二米，重一点二吨。沿途一路颠簸，历经艰辛，来去共九天。

2006年，该厂为宁夏玉皇阁铸造的一口铜钟，口径一点一米，高一点三六米，重一点三六吨，其造型古朴庄重，工艺细腻精湛，声音洪亮悠长，撞击之，音色好，衰减慢，传播远。轻撞，声音清脆悠扬，回荡达一分钟之久；重撞，声音雄浑响亮，尾音长达两分钟，方圆一公里都能听见它的声音。这件铜钟，一经使用便得到了银川广播电视局的一致好评，银川电视台和永靖电视台对此作了专题报道。

近年，永靖县刘家峡铸造厂的如意钟因为声音洪亮绵长，器型美观大方，而被省内外寺院争相定制，宝鼎、磬、香炉、佛塔也不断销往青海、宁夏、新疆、内蒙古、山西、浙江等地。随着顾客和订货量的增多，王业信逐渐意识到一个铸造行业无法绕过的问题：熔铁的时候，人工操作不但工人容易被烫伤，而且劳动强度大，费时费工。经过多方听取意见，结合自身的体验，他决定筹集资金在厂区安装天车。去天车厂家订货之前，有人劝他不要拿钱开玩笑，天车买回来还要有专人操作。这也是一笔不小的支出，还不知道究竟有多大用处。听了这些话，他有点犹豫，是啊，万一买回来，放一个大铁家伙在厂里，碍手碍脚的，岂不是浪费？于是，他二话不说，背起背包坐班车去兰州、永登等地的厂子做进一步调研。回来后，王业信做通儿子王尕胖的思想工作，尽快安装了天车。事实证明，他的这个举措是对的，一架天车启动一次，可以节省五十个工人的工钱，当时工人的工资是每天五六块。没多久，半个川其他王氏铸造厂先后安装了天车。大家说，有了天车不但节省劳力、节省开支，而且更加安全了。

"原来谁家需要坩泥（做坩埚必不可少的材料之一，坩埚是化铁的容器），要赶着骡马去兰州阿干镇驮运回来，在姜窝子中捣碎，过筛后才能用，百分百纯手工。现在多好，一个电话，你要的货就送到家门口了，真是做梦也想不到的事哩！"七十五岁高龄的王业信，耳朵有点背，需戴着助听器和人交流，说起创业初期的艰辛和新时代的变化，不免感慨良多。

位于古城村口的永靖县刘家峡铸造厂，大门口蹲着两个生铁狮子，体态圆浑，阔嘴扁鼻，双目炯炯，旋涡般的毛发倾泻而下，猛而不凶，威严中透出一丝娇憨。一进门，迎面站着一佛二菩萨。观音似在一呼一吸中朱唇微启，欲语还休。菩萨慈眉善目，嘴角上扬，玉手如葱，衣袂飘飘，若清风徐来。驻足细看，心中顿觉清凉无比。室内的四大天王（有坐像、站像）、三清祖师像和十八罗汉，采用的都是新型材质玻璃钢。玻璃钢是本厂最新引进、专用以铸造人物形象的材质，相比于铜、生铁而言，成本低廉，而对人物面部表情、手指、衣服等细节的塑造，比铜、生铁更出神入化，不仅能达到形似，亦能体现神似。

听了现任厂长王尕胖和王小康的介绍，知道现在不仅坩土是现成的，随着近几年工艺水平的不断提高，王氏铸造中的好多环节都在悄悄发生着改变，譬如焦炭代替了清洁煤，鼓风机代替了原来的三格子大风箱，冲天炉代替了土平炉，优质焦代替了土焦。这些改变不仅大大提高了铸造效率，缩短了工作时间，而且降低了对周边环境和空气的污染。

长期以来，永靖县刘家峡铸造厂坚持以"铸生产生活用品，创古典法器名牌"为办厂宗旨，以"客户需要什么就生产什么"为承诺，进一步拓展产品种类，提升市场占有率。同时，一边抓产品质量，一边积极参加民营商会，多次被永靖县乡镇企业局评为先进民营企业。1995年11月，《临夏经济信息报》也对此进行报道。1999年8月26日，《民族报》以《弘扬民间传统工艺，铸造法器再创辉煌》为题目，整版报道了厂长王业信的事迹及其铸造产品。

随着客户认可度进一步提高，产品越走越远，好评和荣誉也随之而来，不但有寺院庙宇赠送的锦旗、寄来的感谢信，更有中国文联出版社出版、中国世纪大风采组委会组织编写的大型文集《世纪之光》对王业信及永靖县刘家峡铸造厂的专门报道。2007年，《永靖年鉴》对该厂有专版介绍，包括对钟、宝鼎等产品的图片宣传。

王业信是伴随着共和国的诞生而成长的一代，在那日月轮转的风风雨雨中，他逐渐被陶冶成一个农村好干部、杰出的农民企业家。虽然经过多年的打拼，他当初的抱负变成了眼前活生生的现实，但是他并未因此而陶醉和得意，他想的是未来的五年、十年，甚至五十年以后王氏铸造这块牌子能否在永靖县、甘肃省，乃至全中国、全世界，一如现在这样为人所熟知？王氏铸造还能像六百多年前的王氏先祖王宣、王训一样为后人所念念不忘吗？在今后漫长的征程中，王氏铸造第十九代玄孙王尕胖和王小康接过了他手中的接力棒，在铸造行业中能与时俱进、披荆斩棘吗？这或许不是某一个王氏子孙后代的担忧，而应该是考量整个王氏铸造"雁阵"的核心问题，也是决定王氏铸造业何去何从的关键所在。但愿在二十一世纪的万里长空中，半个川的王氏铸造业队伍越来越壮大，越来越精锐，向着心目中那"不落的太阳"翱翔得更高更远……

2018年8月20日

火中求财，取之有道

——记王氏铸造传承人王正胜

甘肃省永靖县半个川古城村王氏铸造之后裔，可谓名门之后，王氏铸造因先祖王宣、王训负责参与铸造了兰州镇远浮桥的四个将军柱而声名远播，至今被传为一段佳话。现今，原有的四根将军柱只剩一根，这根将军柱长五点八米，底部直径零点六一米，重十吨，其上所铸铭文清晰可见："洪武九年，岁次丙辰，八月吉日，总兵官卫国公建斯柱于浮桥之南，系铁缆一百二十丈。"1982年10月，此柱被置于黄河铁桥东南侧，并立碑纪念，被甘肃省人民政府定为省级保护文物。这根将军柱虽已锈迹斑斑，但神话般的传说和那威武雄健的神采，依然吸引着四面八方的人络绎不绝地前去观瞻。

长期以来，人们对这些靠铸造发家致富的手艺人总是高看一眼，他们靠金手银胳膊火中求财的绝活博得世人的称赞。六百多年来，半个川的王氏后辈薪火相传，可铸造小至几斤的风铃、火炉、炉齿、炉条，大至数吨的大钟、宝鼎、香炉、佛塔等，它们是传统手工翻砂工艺的活标本，承载着社会学、民俗学、宗教学、美术学等学科的文化基因。

永靖县古城村的一代代王氏后辈，扛起"王氏铸造"的金字招牌，将生铁铸造技艺一步步做实做大，以风格古朴、造型精美而名震西北，其铸造产品不仅销往青海、甘肃、宁夏、四川、浙江、陕西、山西、内蒙古、河北等地，还远销海外。

从相关资料中获知，2014年12月3日，国务院公布第四批国家级非物质文化遗产代表性项目名录和扩展项目名录，古城王氏生铁铸造技艺榜上有名。

王氏铸造技艺在明代获准专营，而且不传外姓人，所以甘肃的炉院家，必是半个川王家的后裔。据王氏铸造传人王正胜介绍，半个川的宣、训后裔，早年由于生活所迫，有百分之四十的人出门讨生活，留在了外地。他说，现在的临夏市新华街就是原来的炉院街，因为那里自古就有王家人在筑炉熔铁，打造生活用品和各式铸铁配件，至今还有四支王姓人家和下古城村王氏铸造的后人在红白喜事中相互来往，长幼有序，走动不断。

改革开放使沉寂多年的王氏铸造如雨后春笋，开始堂堂正正开炉化铁。自1981年出现了第一个农民合作铸造厂以后，王氏子弟先后开办了九个铸造厂。直到此时，人们才慢慢意识到，只有两千六百多人的王氏铸造后裔，已不是当年在家偷偷摸摸小打小闹的炉院家了。且看，沙井驿送细沙的车还没转头，阿干镇拉坩泥的车已在厂门口"嘀嘀"鸣叫，冲天炉中炭火灿若云霞，红红的铁水似巨大的朱笔一样，缓缓拂过松软沙丛中藏着的铸造模型。锄、犁、铧、耙、锅、碗、瓢、盆、炉子、烤箱，乃至钟、鼎、云板、罄、神像、佛像，开始在温润的大地深处慢慢醒来，脚下铸坑中的沙粒中便有暗流如血液般奔涌起来。此刻，刘家峡古城农具厂及永靖县光华铸造有限责任公司（后更名为永靖县顺发铸造厂）蓄势待发，厂长王正胜果敢迈出第一步，开始风雨一肩挑的创业之路。

按王氏家族的排行"国有仲汝元，周天世化民；万德正大业，保安永延清"来推算，王正胜为祖先王宣、王训的第十六代传人，生于1946年6月20日的他，在共和国的阳光下长大，是王氏铸造中不可或缺的传承人之一。

"我们王家人之间为什么没有隔夜仇？因为要点火化铁。"王正胜眨巴着细长的眼，似乎有点神秘，却藏不住一丝得意。化铁归化铁，又不是"化气"，貌似八竿子打不着。其实不然，长期以来，无论谁家要点火化铁，所有王氏铸造的行家里手都要齐聚东家，谁也不能不来，以帮助东家炉中的铁水安全注入模型，保证铸造成功。这种时候，王氏铸造的耆老会随时操心、关注铁水的颜色和火炉中的火候，因为对熔液温度的把握全凭眼功，而这种眼功不是一般人一朝一夕就可以掌握的，而是经过长期的摸索实践培养起来的。对熔液温度把握得准确与否，直接关系着产品质量的好坏。所以，哪些人钳坩埚，哪些人排废渣，哪些人扶手抬包，哪些人清理浇铸口，等等，都会提前安排，以达到各司其职、忙而不乱的目的。耆老结合当天所铸物件的材质、器形、大小，在坩埚内熔液温度降到恰到好处的时候，招呼大家进行浇铸。一般来说铸铁的温度以一千四百至一千六百摄氏度为宜，铜的温度以一千一百至一千二百摄氏度为宜，铝的温度以八百摄氏度为宜。浇铸完成后，浇铸口的熔液刚刚凝固时，立刻在排气口用明火将篷胎内所聚集的气体燃爆，排出气体，防止所铸器物在冷却收缩过程中因受篷胎内气体的挤压而产生裂缝。大约一昼夜后，等熔液温度降到一百至二百摄氏度时，挖掉铸坑周围的土和沙，去掉外模，取出铸件，将铸件吊起，清除铸件内模沙型。此时，器物就完整地展现在大家面前了，剩下的就是抛光打磨，经验收合格后，用画笔蘸上矿石颜料，对铸件上的图案和文字进行装饰彩绘。

因为化铁这天是铸造过程中至关重要的一天，东家自然备好了饭菜和酒肉，以慰劳大家。此时，如果新近有人因琐事发生了口角，耆老会提前大声喊话：谁谁谁，你们不许提前溜啊，今天安排了饭，吃完再走。这样，想回避的人也不好意思了，饭桌上两人在众目睽睽下举杯一碰，就万事大吉，接下来，该干吗就干吗，还像往常一样。这是王氏铸造点火化铁的精妙所在，凝聚了王氏铸造的大智慧：坩埚中铜、铁、铝等这些冷硬的金属在慢慢熔解时，王氏子孙的心便紧紧地连在了一起。

"宋太祖赵匡胤还杯酒释兵权呢，一杯酒之事。酒真是好东西哩，唉……"王正胜这声"唉"意味深长，他平日好喝两盅，喝高后喜欢说道别人。

"那时，王正胜喝醉了虽爱絮叨，人们烦他也躲避他，但他这人天生刀子嘴豆腐心，见不得人家受落怜（可怜或生活不如意），谁家娶媳妇正愁钱，谁家孩子上不起学，谁家老人生病买不起药，等等，只要他听见，总会掏腰包帮助，真帮了不少人……"古城上了年纪的人如是说。当我问及王正胜资助了哪些人时，他头摇得像拨浪鼓，连说千万不要提，人穷只是一时，只要有人在关键时候扶上一把，跨过那个坎就好了。人，只有在颠簸坎坷中参透了舍与得之间的奥妙，才会深谙退一步海阔天空的境界。

王正胜创业之初，虽有三个哥哥王正宾、王正栋、王正誌和弟弟王正统竭力辅助、帮忙，但在技术上值得依靠的父亲王得潘因病故去，给这个刚刚起步的铸造厂带来了不小的打击，而银行的贷款又无法及时还清，诸多因素导致厂子时停时转，慢慢进入一个恶性循环的局面。直到1992年，王正胜争取到一笔农行的贷款作为启动资金，加之儿子顺良已初中毕业，铸造厂开始慢慢步入正轨。此时，王正胜暗下决心，一定要让厂子活起来。

从此，他背着自己铸造的犁、铧、锄，走遍了永靖县十九个乡镇的生资公司，在签合同时主动让步做出牺牲，答应对方卖出多少农具，结算多少货款，尽量不占用对方的流动资金。这样的上门服务和利好条件，逐渐延伸到周边的东乡县、积石山县，乃至临夏州辖区的所有县、乡、村的农具代销点。

随着王正胜铸造技术的进一步提高，以及他的厂子出产的农具产品的市场占有率的逐年提高，账面资金周转率开始大幅提升，王正胜信心倍增，将市场进一步开拓到甘肃省农业生产资料公司，该公司农具科的铧一度为王正胜一家所独供。据统计，那时他每年至少要给省生资公司供应五千件铧，临夏州属六县两千件，永靖县两千件，而犁、锄、耙、水磨的六角，马车、水车的转轴配件的销量也逐年增加。

王正胜的眼界和思想是用脚步开拓出来的，所谓读万卷书不如行万里路就是对他的最好注解。他及时捕捉到市场经济带来的变化和有利讯息，将该厂的主要产品转向古典法器，同时将眼光投向了甘肃及其近邻青海境内的大小寺庙，之后又遍及宁夏、陕西、山西、四川、湖南、湖北，以及新疆、内蒙古的道观古刹，这些都是他必须要去的地方。在各地寺庙推销本厂法器的行程中，他广结善缘，和各地信徒建立了深厚而纯洁的友谊。

2006年初秋，浙江温州的一位佛教信徒带领日本和新加坡的两位同人专程来拜访王正胜。客人参观该厂铸造的器件时，对那些小型的钟、磬赞赏不已，觉得它们外形精巧，铭文古朴，音质清远，适合收藏把玩，出门便于携带。临别时，三人带走十个钟、磬，并留了王正胜的电话号码。至今，如果佛门弟子到兰州的五泉山、白塔山来参加善事，总会专程来拜访他。

以后的日子，有源源不断的客人前来实地考察，和他洽谈合同细节。顾客有了第一次的登门考察，打消了以假乱真、以次充好的顾虑后，有事在传真、电话中协商就行，双方在友好信任的前提下开始交易。买卖做到这个份儿上，少了些商人之间的尔虞我诈，多了些人世的温情和愉悦，这应该是佛道中所说的善缘吧！

俗话说得好，箍拢匠有饭吃。在生铁铸造中有个行将消失的古旧名词——箍拢锅，顾名思义就是通过补修之后再利用的铁锅，从事这个行业的人被称为箍拢匠（据古城王氏铸造的耆老王大一先生考证，现在临夏州积石山县银川乡箍拢锅岭的王家人，是古城王氏铸造的后裔）。王正胜的爷爷王万印和父亲王得潽当年就挑着一副箍拢锅的担子，在太极川各村及外乡走动，修补破锅以贴补家用，养活王正胜姊妹六个。这门技术投资不多，设备简单，工艺要求不是很高，技术容易掌握，是当时王氏铸工在无资办厂的情况下养家糊口的一条实用门路。

箍拢锅工艺所需的器具有：熔铜小炉子一个，高三十五公分，直径二十公分。钳子两个，大钳子长四十公分，带鹰嘴；小钳子，一般家用的即可。风匣（风箱），长六十公分，宽二十公分，高二十五公分。炭铲一把，长四十公分。坩埚两个，大坩埚高十二公分，直径六公分；小坩埚高十公分，直径五公分。坩勺两把，大坩勺长十二公分，小坩勺长十公分。手锤一把。板锤一把。大、小冲子各一把。大、小修理铲各一把。

所需材料：炭适量。铜片或碎铜适量。毡块，二至三片。麦麸子适量。毡卷压子，圆形的两个，长条形的两个。

程序如下：一、用麻绳将铁锅箍拢（捆绑）住，让破损的锅大致恢复原状。二、找出要缝补的接点或裂缝，在接点处锉一小孔。三、生火熔铁。给炉子安好风匣，生火烧旺。将坩埚置于炉上，周围续半炉槽炭，坩埚内放入适量的碎铜或铜片。抽动风匣吹风，使炉内炭火逐渐燃烧，逐次加炭，让坩埚温度持续升高，至锅内铜熔化成液体，以备用。四、焊接点缝。在毡片上置麦麸适量，压一小窝，用坩勺从坩埚内舀出适量铜液，倒在麦麸上，立即按在接点孔的外面，让铜液填满接点孔后，边压边旋转，最终形成铜铆钉（焊接缝子的程序和焊点的程序相同）。五、用修理铲修理凹凸不平的焊接处，使之光滑平整，不影响使用为宜。其中，羊毛毡子和麦麸子各有妙用，不可或缺，这是王氏铸造一代代传承人在实际操作过程中摸索、总结出来的经验，是在继承基础上的创新，是从半个川土壤中浓缩出来的精华。

因为生铁的物件不能承受砸、锤的击打，所以只能靠箍拢的技术来补漏。稍大的缝子用箍拢法，而细小的缝子则要用另一个办法：取清油泥子和本地的细白土（含锡量较高）适量，将以上两样搅拌成泥状，然后用泥抹住缝子，晾干即可。

大家都知道，王氏铸造的产品之所以那么出挑，除了得益于它的一脉相传、秘而不宣的独门绝技之外，其中的一些独特用料也是很有讲究的。铸造出一块理想又耐用的铁匠砧子并不是一件不容易的事，按常规铸出来的铁匠砧子，总会砸一锤掉一块，砸一锤凹进一个坑，或者使用不了多久就会出现裂缝。铁匠的砧子，讲究的是千锤百炼不变形，还要耐高温。铸造这类砧子，科学的铸铁配方是前提，沙模子加一层木炭粉和坩泥是必不可少的环节，还有一个至关重要的步骤是一定不能忽视的，那就是必须在内模先刷一层豌豆面水，再刷两三次水铅粉，上一次干磷粉，这样做的目的是避免沙粒粘连，保证铸件表面的光滑与铸件花纹的清晰。如果少了豆面水，这个砭子必有瑕疵。

模具质量的好坏，直接决定了成品的优劣。在制模的时候，所选的沙要达到干净、颗粒均匀、透气性好的要求，河沙、旱沙亦有区别。对所需的水也有一定的要求，雨水、井水，还有刷锅水，都是不能直接用的，必须经过日晒后方可使用，唯有黄河水是可以直接用的。

中国的人物画讲究意境，追求画外有精神，画外有画，而不太注意人的头、身子、四肢的比例，受这个传统的影响，在铸造佛像、神像、历史人物形象时，一不小心就会落入年画中类似大头娃娃的俗套中。为了避免出现这样的尴尬，使人物身首协调、栩栩如生，王氏铸造以人物脸部为基础，以手掌为准，总结出"立七蹲五坐三"（站立的人物头和身子的比例是一比七，蹲着的人物头和身子的比例是一比五，坐着的人物头和身子的比例是一比三）的比例，直观地解决了这个难题。这样，即使你对绘画一窍不通，只要记住这个尺寸，塑造的人物就不会出现硬伤。为了使铸件中的铭文更有古味，人物和花鸟更富有艺术生命力，近几年，王正胜敦促儿子顺良、顺义跟专业书画老师学习，学习人物素描的基本功，临习真行隶篆，将传统文化艺术渗透到铸造的方方面面，让产品能长久地被大家认可并接受。这是王正胜的最大愿望，因为铸件更能经受得住时间的考验，更能成为后人眼里历史的见证。若干年后，它就是历史。

王正胜的办公室里有不少锦旗和知名人士题名的匾。"大概两百多面吧，那只能代表昨天，关键是今天和明天。"他时刻告诫自己，商人不应该把利益最大化作为自己的终极目标。人除了钱还应该有别的追求。正如他在自己编制的小册子《勤奋录》中所言："要充分发挥自己的聪明才智，用勤劳的双手为家乡群众多做好事、多做善事，做一个王氏家族的好儿孙。"这些话语看似平常，没有什么深刻的大道理，但一字一句都是他对儿女和后人的殷殷寄语，是一个家庭最宝贵的财富。"关于兄弟三人的技术问题，顺良在翻砂、科研上钻劲大，制作的烤箱、模具、大钟及香盘等质量较好，比前几年大有进步；顺义要在开好车的同时，要把铸造技术学得更深一点，为厂子发展多出力，以提高经济效益；顺平也要勤奋努力，不要怕吃苦，更不要怕累……"与其说这是一本王正胜的勤奋语录，不如说是一个父亲对三个儿子的谆谆教诲和殷殷嘱托。印刷于2010年的这本小册子，字里行间体现出王正胜的远见和家风教育。他时刻引导规劝子孙后代要有担当、有作为，积极向上、向善。他是一个有远见、有思想的父亲，像钟一样，随时提醒后人。

《勤奋录》封面上是2007年发表在《民族报》的一张图片，图片上是对王正胜及其铸造产品的宣传和介绍，可以想见，十年前的永靖县顺发铸造厂是何等热闹红火。

永靖县顺发铸造厂以祖传工艺为基础，结合现代的先进工艺，先后为甘肃兰州、白银、武威、酒泉、平凉、定西等地的寺庙铸造了不同的法器，也为陕西、宁夏、青海、内蒙古、新疆等省外的寺院提供了大大小小的器物，甘肃靖远县水泉镇九龙寺的大钟、平凉泾川大云寺的大钟、内蒙古临河慈云寺的宝鼎尤为人所称道，以其古朴的造型、精美的铭文、清幽的音色，深得宗教界人士的好评和信赖。

看着王氏铸造博物馆的橱柜里的姜窝子、唐瓶、焌锅、碾槽、铜脸盆，乃至佛龛、生铁炉子、烤箱、大响钟，以及香炉宝塔，很难想象这些铸件主要是靠人工和一些简陋的铸造工具制成的。

悬挂着"尊圣敬祖"匾额的王氏宗祠中，供奉着半个川古城王氏第一、第二代先祖的牌位，中间是红脸长须的关老爷，大殿墙面上书写的《重建古城王氏宗祠序》和《太极川古城王氏源流序》，记录着王氏家族的源流和辉煌。

王氏铸造已从农具、生活用具、工业配件成功转向了古典法器、人物造像、工艺品等，在冲天炉前练就了一双火眼金睛，已经具备金手银胳膊的王正胜及其后起之秀，他们都明白一个道理，那就是传承中一定要有所发展和创新，唯有将开放的心态、多元的视角、超前的观念融入铁器铸造的每一个环节——设计、制模、合模、化铁、浇铸、抛光打磨，甚至彩绘，才会出现"炉火照天地，红星乱紫烟。赧郎明月夜，歌曲动寒川"的新炉院景象。

"非要说我有什么优点，那只有能吃苦、不怕苦，别无长物。"王正胜望着绵延不绝的雾宿山，对自己的创业之路做了一个客观的总结。我想，这也是第十七代王氏铸造传承人王顺良和王顺义该继承的优良传统吧。

2018年8月24日

揣着爱心去驻村
——记永靖县关山乡徐家湾驻村帮扶工作队队长孔德国

早晨热馒头就牡丹花春尖茶，中午洋芋丝、手撕莲花菜拌长面，晚上肉臊子揪面片，这是甘肃省临夏州永靖县徐家湾村驻村帮扶工作队今天的菜谱，通常由孔德国下厨。因此，村民和队员们都亲切地称他为"孔大厨"——他既是驻村工作队队长，又是负责大家一日三餐、管饱肚子的人。

"多吃点啊，今天要串的'亲戚'多着呢。"孔大厨一边给大家盛饭，一边嘱咐道。餐桌上，大家开心地笑着，话题自然转到某一个"亲戚"家今天必须要完成的工作事项上。

孔德国和驻村帮扶工作队员口中的"亲戚"，指的是徐家湾的村民，特别是贫困户。"对待他们，我们就要像对待自己的亲戚一样。驻村扶贫，必须要揣着爱心、带着情怀，才能做好村上的事。"2017年1月，担任永靖县税务局党建办主任的孔德国，放弃城里优越的工作、生活条件，主动请缨，到徐家湾村担任驻村帮扶工作队队长。从城市到贫困村，从机关到脱贫攻坚一线，孔德国带着爱心全情投入，开始了徐家湾村的扶贫之路。

"'孔大厨'不光说到，还能做到。"

徐家湾村是永靖县关山乡的深度贫困村之一，2013年建档立卡，有三百二十四户人家，常住人口有一千三百一十七人。代家岭社是徐家湾最偏远的一个自然村，常住户只有二十七家，一百零二口人，距离村委会五点四公里。多年来，人们进出代家岭，只有一条二十世纪八十年代开挖的土路，道路仅容一辆农用机动三轮车通过，雨雪天气出行非常危险。

驻村以来，对代家岭的道路，孔德国没少花心思。孔德国和驻村工作队人员多次实地勘察，广泛听取意见和建议，逐户做思想工作，解除了一部分人对原来帮扶单位的遗留问题的误会。大家的疑虑和担心没有了，可道路的加宽、急弯道的改道，又牵扯到八户人家的百合种植田。孔德国专程到各占地户的家中，多次和他们谈心、讲道理，逐渐取得大家的理解和信任。

6月14日下午，孔德国在筑路现场勘查测量时，一不留神踏进一个表面毫无破绽的水坑中，这是早晨刚下完雨造成的。他几次挣扎却无法脱身，别人更是鞭长莫及。这时，路上的碎石开始往下滑落，他也慢慢下沉，工作队的同事将一棵枯树横放到坑上面，他才得以脱险。提起这件事，他至今心有余悸："那次真危险。不过，吃一堑长一智，这里的大白土无水稳定，遇水塌陷，这是湿陷性黄土的特质。"

这件事被村里的人知道后，涉及占地的八户不再讲条件、摆困难，而是无偿提供了道路所需的土地。村民们开始主动到修路的工地上帮忙，义务出工二十五天，累计节约资金七万元。但这条原计划投资三十五万元的路，仍有二十八万元的资金缺口。经多方努力，这笔钱由永靖县财政拨付到位。通过两个多月的连续奋战，距离关山乡政府最远的代家岭道路全线贯通，并铺了沙。

2018年，徐家湾遭遇了多年不遇的大雨，这项被群众称为"连心路"的工程经受住了考验，路基路面在多场大雨中安然无恙。现在，双桥大卡车在连心路上自由来去，村民也不用担心刮风下雨时的出门问题了。提及此事，徐家湾村支书张本明说："'孔大厨'不光说到，还能做到，他处处为我们百姓着想，我打心眼里认他这个'亲戚'。"

心中有底子，让亲戚和睦相处

徐家湾村陈家岭二社的王安明，因家庭琐事和本村四社的姐夫徐荣斌产生了隔阂，姐夫、小舅子互不来往已经两年多了。了解到这个情况后，孔德国多次上门做王安明和徐荣斌的思想工作，以消除两人的心病，化解越来越深的嫌隙。针对徐荣斌租种的地多、家中老人卧床等实际情况，他及时和乡政府协调，将徐荣斌吸收为护林员、本村垃圾清运员。这样，既方便了徐荣斌照顾老人，又增加了其家庭收入。

王安明是家中老小，在父母的呵护和三个姐姐的照顾下长大，二姐、三姐嫁得远，家门口的大姐夫徐荣斌夫妇对他帮助不少。近日，随着孔德国晓之以理、动之以情的劝说和王安明对孔德国的良苦用心的认可，王安明在孔德国的陪同下，主动上门给姐姐和姐夫赔礼道歉，两家人终于和好如初。王安明说："孔队长最理解人心，最会解死疙瘩，如果他不撮合，真不知该怎么了结这件烦心事。""你们的疙瘩再解不开，连我的鞋都不答应了。"大家这才发现，孔德国新买的皮鞋，不知何时破了一个口。大家不禁哈哈大笑起来。

2018年6月9日，帮扶人罗发江去四社的徐生义家入户了解近况，却被年逾古稀的徐生义老人莫名其妙骂出门。当时徐生义情绪很不稳定，边哭边埋怨："我是关山最可怜的人，你们这是欺负人……"不明就里的罗发江将情况反馈给孔德国。孔德国听后，立刻从代家岭的修路现场返回，召集村党委开会，大家根据徐生义的具体情况分析问题原因，寻找矛盾源头，探索化解办法。当天晚上，孔德国便上门做徐生义的思想工作。见徐生义怒气未消，他敬上一根兰州烟，惭愧地说："亲戚们的日子过不舒心，是我这个队长的失职……"他耐心解释国家的扶贫政策，以及针对徐老汉的情况的各项致富措施，让他明白脱贫不脱政策，脱贫后党和政府照样会管他。徐生义老人听后如重释负，紧紧握

黄河浸润的时光

住他的手，动情地说："谢谢，谢谢党和政府不抛弃我这个可怜人。"

徐生义发觉孔德国满头大汗、表情痛苦，刚要细问，他却摆摆手一瘸一拐地走了。连日的奔波劳累，导致他右腿血栓术后病情复发，疼痛使他大汗淋漓。至今，他走起路来，还是给人道路不平的感觉。

发展有路子，让亲戚富起来

百合生长周期较长，适合在高寒、潮湿、昼夜温差大的干旱山区种植，徐家湾的地理特质和百合的生长要求相适宜，且有大量闲置的旱田。这里的百合含糖量高，营养丰富，近几年在国内外的知名度节节攀升。但近几年连茬种植，造成种籽退化、土壤病虫害增多，出现了百合品质下降的问题。鉴于此，驻村工作队将百合种植作为村民致富的支柱产业，积极配合县、乡工作组的工作要求，多次邀请甘肃省农科院百合专家林玉红，为徐家湾村种植户开展关于百合绿色、规范化种植技术的讲座，展开关于测土配方、施肥技术及百合病虫害绿色防控技术的培训。在百合生长阶段，实地对农户进行现场技术指导，让种植百合的村民受益匪浅，给等待观望的群众吃了定心丸，大大提高了他们种植百合的积极性。

解决了种什么，谁来种，怎么种的问题后，迫在眉睫的问题是种植资金哪里来。春、秋两季的百合卖给谁？

资金由徐家湾村民互助社和永靖县关山乡徐家湾村明源农民专业合作社牵头解决。由政府配套注入启动资金五十万元，剩余的由村民自筹入股，每户一千元，年底分红。互助社只对本村村民提供贷款，以保证资金安全收放。

曾在徐家湾村担任村第一书记、甘肃省高级人民法院驻村帮扶工作队队长的李向东说："为了帮助百合种植户拓宽销售渠道、提升他们在市场上的竞争力、话语权，前两年省高级人民法院联系帮扶徐家湾村时，曾鼓励农民联合起来，探索建立由贫困农民参加的股份制农民合作社，提高农户组织化程度，形成利益共同体和命运共同体，改变自身在市场交换中的被动地位。"

徐家湾村帮扶单位调整为永靖县税务局后，孔德国对这一思路也是认同的。为了促成永靖县关山乡徐家湾村明源农民专业合作社的成立，孔德国跑前跑后，解开部分社员的思想疙瘩，鼓励大家积极入股，宣传国家的相关政策，并打印成宣传材料，发放到各家各户，使大家心知肚明后放心入股。其间所需的书面资料，由他逐户辅导填写、整理收集。他还负责联系工商局、农村信用联社，直到一切手续齐全，资金如数到位。

成立合作社的终极目标是发展徐家湾村的集体经济，以调节百合的安全、有序输出。孔德国一边整理分析关山乡种植百合的中长期预期收益，一边向各方面汇报关山乡储存百合的潜在优势和可行性，最终争取到六十八万元资金，修建了可容纳五十吨百合的冷库，以及加工车间和办公用房，并完善了相关的配套设施。

与此同时，政府为合作社注资十五点八万元作为启动资金，另有二百九十户村民自筹资金两千九百元。二百九十户中有一百六十五户是贫困户，每户自筹的一百元占一股，再配套二百元（两股），共计五点八万元；又给一百六十五户贫困户注资十万元，每户可得六百零六元。这些盘活的资金，全部用于合作社的融资和进一步的发展，培育、扶持了"公司+合作社+农户"模式的百合发展产业，徐家湾的村民便可以在家门口卖百合，增收入，促脱贫。

不论是开春还是秋收，只要百合开挖，孔德国总会给亲戚、朋友、同事推销徐家湾的百合，而驻村工作队的饭桌上，几乎餐餐不离百合，以致大家见面，都会先入为主："孔大厨，家里百合还没吃完哩。""那就孝敬爹妈、老丈人、丈母娘，这是老人一年四季的标配。"最后，每人笑呵呵地提一箱关山百合回家。

立足产业，挖掘优势，确立并着力打造百合种植产业，是徐家湾村确定的致富思路和出路，兼以小麦、洋芋、扁豆等日常农作物为辅。徐家湾原村主任钱芝孝从开始种植百合，就注重科学种植，随时向林玉红教授请教各类种植难题，保证每年做一次土壤和百合检测。现在，靠百合种植，他的两个儿子都已结婚并在县城买了楼房。提起这些，钱芝孝深有感触地说："跟着党的政策走，按工作队的要求做，学着教授的办法种，脱贫致富就没问题。"

"担任驻村第一书记，不仅是个人工作角色的转换，更代表单位的集体荣誉，肩负着组织的嘱托和信任。"这是孔德国对自己的工作的理解。他说："村上的事就是亲戚家的事，亲戚的事就是自己的事，自己的事谁不操心？"

干事有点子，让亲戚更熟络

驻村第一天，孔德国就注意到徐家湾村的主巷道没有路灯，村民晚上出门必须带着手电筒。经过多次实地考察、详细汇报和积极落实，总投资十二万元的四十盏太阳能路灯，先后照亮了居民比较集中的石家山社和陈家岭社。

夏天的一个夜晚，同宿舍的段红鹰和郭清发现孔德国的床上空空的，一看时间凌晨一点半，敲开隔壁房间的门，也不见孔德国的踪影。正在大家惴惴不安准备报警时，孔德国一脸疲惫地回来了。原来，他去查看路灯的情况了：布局是否合理？有没有遗漏？是否都亮着？

他下一步的打算是，争取早日安装小湾、杨家山、腰路湾、大坡的巷道路灯，让徐家湾的巷道亮起来，使大家的心亮起来。

长期的驻村生活，使孔德国深深体会到扶贫和扶志、扶智并举的重要性。所以，每逢元旦、妇女节、劳动节、建党纪念日、建军节，孔德国适时走访徐家湾村的部分老党员，及时送去温暖和问候。春节来临时，孔德国组织相关人员书写春联，挨家挨户送到亲戚家中，让徐家湾的家家户户红起来。

"不要说队长驻村不住村的思想要不得，就是人住心不住都对不起党、对不起人民的重托。"临别时，孔德国说了一句掏心窝子的大实话。

　　用心驻村，用情为民，孔德国一直在扶贫的路上努力前行。如今的徐家湾村，群众的干劲更足了，钱包越来越鼓了，日子越过越红火。

2018年10月29日

我们一起逛大川

汹涌黄河，以风吼马嘶之势，下青藏高原，出积石雄关，突然改了往日的脾性，似一位豁达的智者，款款移步，缓缓流入炳灵峡，拐入永安靖康之地——永靖县，在这里滑出一个大大的S形曲线，一路向西而去。从空中鸟瞰，哈达一样柔软的黄河，穿过西部高原的小县城永靖，在南北两岸之间形成一片酷似太极图的黄河湿地。所以，此地也叫太极川。在此之后，黄河开始慢慢矫正流向，迎着冉冉红日，拐入甘肃省城兰州。

在西流川北岸，有一个方圆十余公里的小平原，在崇山峻岭的包围中，形成一片宜居宜耕种的黄河川地，人称半个川。大川村就坐落在这片川地上。

大川村现有八百三十八户人家、三千七百二十三口人，共有八个社，其中一至六社集中连片居住在上川，七社分布在牛鼻子峡口的枣树林中，八社坐落在大石头河沿的山脚下。这是一个以孔姓为主，兼有李、崔、张等二十三个姓氏的自然村落，隶属于甘肃省临夏回族自治州。七百多年来，他们引黄河水浇灌川地，沿袭农耕生态文明，耕读传家，生生不息。如今这里绿树成荫，稼穑丰茂，人民安居乐业，处处是"村北村南布谷忙，村前村后稻花香"的田园风光。

依山傍水，是大川村的先天优势，但由此带来的先天不足也很明显，那就是土地严重短缺，人均耕地只有零点七亩。同时，土地盐碱化现象很普遍，且有逐年上升的趋势。

自古以来，民以食为天。那么，人均耕地严重不足的大川村是如何突破瓶颈寻找出路，以"少"胜"多"养活这么多人的？

近几年，大川村村民的生活、居住状况如何？较之以前，有哪些实质性的变化？百闻不如一见，带着诸多疑问，随着我的脚步，和我一起去大川，到这里的田间地头、寻常巷陌寻找答案。

从213国道入永靖，穿过刘家峡大坝景区的彩门，映入眼帘的是玉簪一样的黄河。伴随着郁金香、唐菖蒲、马鞭草、薰衣草等诸多植物装点的黄河南岸，顺着倒淌河可以见证一番永靖的新区。穿过中庄村，眼前豁然横着一条宽阔的沙沟，它是中庄村和大川村的分界点，也是大川村的东入口。

沿路西行约一公里，有一个丁字路口，这就是大川村主巷道大十字的入口。前几年，要打出租车来大川，出租车司机一听去大川，拧着眉头讲条件：要么只送到村口，要么另请高明。为什么呀？又不是不付钱白坐你的车？原来，这里的人家门口及路边，习惯堆放垃圾、粪土、砂石料、煤渣、柴草、砖块、煤块、石块，甚至搭起简易的猪圈、羊圈，而巷道中间，又经常摊晾着苞谷、麦秆等需要碾压的时令庄稼树棵。所以，出租车进巷道容易，却很难顺利掉头出来，久而久之，就不敢轻易来大川了。

因此，我格外注意各家门口和路面。令人欣慰的是，截至2015年，大川的大小巷道已全部硬化，原来脏、乱、差的现象一扫而光，取而代之的是整洁有序的巷道。

主巷道洁白的墙面上，绘制着二十四孝故事插图，以及关于赌博、毒品的危害，以及相关法律知识的宣传画，使整条巷道显得素雅温馨。几个老年人围在一起下象棋，旁边的几个老汉吧嗒吧嗒抽着烟，眯眼看我们。

"老人家，今年高寿了？"

"还小呢，才活了一个甲子。"其中一位爽朗而幽默地答道，"现在，我们越活越值钱啦。"旁边蹲着的几个老人，跟着呵呵笑起来。

"你看啊，六十岁有养老金，看病有农村合作医疗，大病有民政的医疗救助，不交农业税了，还有退各种补贴，够花啦。这剩下的日子要放心活，使劲地活，到了耄耋再说嘛……"

黄河浸润的时光

看见一位老人在玩手机，我好奇地凑上去，他正和在外地上大学的孙子语音聊天呢。看见我，老人略带羞涩地说："还不太会用，才学呢。"原来，老人想听《杨门女将》，孙子正教他如何在喜马拉雅免费试听。

一路上看到，已然没有了往日土墙、胡基结构的挑檐房，取而代之的是一砖到顶的虎豹头。大多数人家的厨房、厕所贴了瓷砖，房顶上安装了太阳能电池板。据悉，已有两家人用上了抽水马桶。

2010年开始，大川村的电信、移动网络逐步实现了全覆盖。之后几年，七社的天然气率先畅通。目前，上川的天然气主管道已完成铺设，用天然气点火做饭已是指日可待的事了。而用柴草、风匣、鼓风机烧火做饭的时代必将成为大川村的历史。

铁路旁的四级泵房出口，500型的绿皮水管中黄河水喷涌而出，巨大的水流发出震耳欲聋的响声，细碎的水珠随风飘洒。深一点六米的梯形主渠中清亮的流水汹涌而去，沿途分送到各毛渠中。

四散分布的毛渠像人体的毛细血管一样，布满田间地头。眼前四通八达的主渠和毛渠，就是传说中的大川"红旗渠"。据悉，2011年此渠建成通过验收时，在永靖县乃至临夏州声名鹊起，本县的刘家峡镇、盐锅峡镇、岘塬镇等乡镇迅速组织人员前来观摩学习。一时间，大川"红旗渠"的美名不胫而走。

原来的大川村，虽然依水而居，但长期面临着不能按时令节气浇水的尴尬。因为自流渠自上游的大庄村、上古村、下古村、中庄村、四沟村流到大川村时，这里刚要浇头水，上游又要浇二水了。当时，本村的四级抽水泵房由于年久失修，处于半瘫痪状态。这种现状，死死扼住了种植业的咽喉——樱桃西红柿和草莓必须按时浇水（七天浇一次为宜），否则开不了花，即使开了花，也不能挂果。

鉴于此，从2010年11月开始，村委会在书记孔六十的带领和倡导下着手整治全村水利建设。全长七点八公里的主渠，全部采用石墙衬砌，其中铁路沿线架设钢管三点五公里。到各分水口的地段，用统一定制的闸板控制，方便随时放水、堵水。毛渠通往七个社的田间地头，全程用U形水泥槽铺设，总长达十二公里。

疏通水渠的全程中，由支部委员、各社社长、共产党员带头，到各家各户做解释、宣传工作，大家跟着挖机跑前跑后，有时在地头吃盒饭，有时啃自带的馍馍凑合一顿。群众看见不忍心，主动提出给工作队的人泡一杯热茶，缓解一下疲劳，解解渴。

有趣的是，当主渠挖到大商店门口的时候，一社的孔祥辉、二社的孔令安、三社的孔庆烈和周边的群众，自发前来为书记孔六十披红挂彩，以表达对村工作队疏通水渠的认可和支持。在孔六十的坚决谦让下，最后三匹红色的被面挂到了挖掘机头上。这事被半个川传为美谈，至今仍有人津津乐道。

交谈过程中，大川村副书记孔六全透露了一件事：2012年6月的一天，在铺设一级泵房到二级泵房上水管时，孔六十失足跌进砟石丛中，跌得浑身都是伤，几小时后才发现右小腿胫骨都扎出来了，在四局医院住了一个礼拜的院，胸口疼了大半年才消停。"所幸，书记不是头着地，如果头着地，你今儿个采访的可能就是别人了……"

长期以来，大川村的饮用水是达不到饮用标准的工业用水，由于免收水费，许多人索性用自来水浇菜畦、果园，从而造成地势偏高的住户没有水用的问题。为了从根本上解决问题，自2013年开始，村委会组织人马着手开挖巷道，埋设自来水管道。直到2015年底，从永靖县自来水公司的管道中流出的水，顺利引入大川村的家家户户。

没有了进水问题，还有出水问题。由于无法统一管理，各家的污水自行排放到巷道的露天排水沟中。这是影响村容村貌的不可忽视的关键问题，更是蚊蝇滋生的源头，全村的污水处理问题又被提上村委会的议事日程。

2018年，大川村的污水并入永靖县污水处理厂的管网。自此，结束了全村饮用水无保障、污水横流的历史，使大川村一步步跨入巷道整齐干净、人民安居乐业的新阶段。

解决了浇水的问题，大家种植草莓和樱桃西红柿的积极性空前高涨，形成自家的土地不够种，就租种别人的土地的喜人态势。几年下来，川地的土地不够种，大家把眼光投向三马台、杏树台，用土地流转和组建合作社的方式，形成连片连户大面积种植的盛况。

在三马台孔尕淑的草莓大棚中，有几个兰州游客带领家人在采摘草莓。一个小女孩举着自己采摘的半盒草莓，兴冲冲地递给妈妈。"我小时候一直以为花生是从树上摘下来的，长大后才知道，花生是从地里挖出来的。再譬如猪马牛羊，对这些家畜的认识，城里人的孩子是从图片上得到的，这不得不说是一种悲哀。所以，我尽量抽时间带孩子到农村来，认识各种花草树木及农作物。"

一位年长的游客感叹道："现在的乡村，和十年前的乡村比，变化真是太大了！如果可以，我们愿意在这里定居养老。""好啊，欢迎欢迎！"宾主你一句，我一句，说笑着。孩童拨开绿油油的枝叶，摘下红红的果实。

"提倡乡村旅游是很好的思路，这就对建设美丽乡村提出了更高要求：脏、乱、差现象就要从源头上得到治理，就要天天在村务会中说，不厌其烦地说，让群众从思想上重视，以思想引领行动，从被动变为主动，只有这样才能达到新农村的要求。"村主任孔胜福有感而发。

近几年，游人来永靖，上炳灵寺，参观刘家峡大坝，游水电博览园，到大棚采摘草莓、西红柿，到百年枣园感受垂钓之乐，在农家乐休闲吃饭，其实总绕不开大川。现在，大川村逐渐成为永靖县的一块金字招牌。

下午五点钟，陆续有骑着摩托车、电动车、自行车的家长到幼儿园门口接孩子，大家一边闲谈，一边等小鸟一样飞出来的孩子。上下两层的幼儿园，共有三十六个在托幼儿，六个幼师，分小、中、大三个班。幼儿园提供早、午饭。

令人惊喜的是，护栏的侧门，连接着一个不小的"幼儿农场"，这里有大棚，还有裸菜地。棚中种的是草莓和西红柿，地上种着一行一行的辣椒、茄子、洋芋、葱、蒜，以及韭菜、香菜。这里的菜，由老师带领幼儿种植、收获。而采摘的蔬菜，用来充实幼儿园的早餐和午餐。

"早在1992年，永靖县第一个农民子弟学前班，就建在我们大川的'圣人殿'里。当时有五十五名学生、三名老师……"说起大川村最早的幼儿教育，张桂莲园长如数家珍。

"一个乡村的幼儿园，能有这么好的环境和基础设施，真不简单。"逐一参观了孩子们的活动室、休息室，以及采暖和饮食饮水设备后，我由衷地感叹着。

"你应该去看看我们的小学，那边教室用的黑板，那才叫'高大上'呢。"顺着张园长指的方向，我不由地加快脚步向大川小学走去。

大川小学占地一万零五百六十平方米，钢管护栏的空间中不时闪现着花朵、绿叶、侧柏的身影，一座六点九米高的孔子石雕像，矗立在教学楼前。红绿色块相间的塑胶操场、整洁明亮的电脑室和现代多媒体教学室，给人耳目一新的感受。大川的变化是实实在在的，甚至是天翻地覆的。

一百寸高清电子教学显示屏，为生动活泼的课堂氛围增光添彩，我为坐在教室聆听的每一个孩子感到骄傲和自豪，更多的是欣慰。当"仁义礼智信"的理念像种子一样种到孩子们的心田时，健康、向上、有担当的下一代正在五千年华夏文明的浸润下苗壮成长。

"我校原来有学生九十一个，近年增加到一百一十个。学校以'乐知'为办学核心，定期开设国学课堂，将国学教育与现代教育相融合，让学生在接受现代优质教育资源的同时，坚持传承中国传统文化。"对学校的教学理念和创新化实践，校长孔维江满怀信心。

村委会正中央的双层台基上，一面鲜红的五星红旗迎风飘扬，映衬着整洁而宽敞的村委会，因此显出几分肃穆和庄严。红旗下的文化广场，有序排列着各种健身器材和篮球架，老人带着小孩，在平整的场地上玩耍、骑车、荡秋千。东面戏台背景墙两侧岳母刺字和孝老爱亲的中国传统国画，在阳光下泛着金色的光。

2015年投入使用的大川村委会，党员学习室、扶贫攻坚办公室、图书室、妇联办公室等一应俱全。最引人注目的是荣誉室，两面墙上挂满了省、州、县、镇颁发的各种奖状和群众赠送的旌旗。"中国乡村旅游模范村"和"甘肃省乡村旅游示范村"的铜牌，高高挂在办公楼的门楣上，被擦拭得一尘不染。

能容纳三百人的会议室，宽敞明亮，窗外是连片的大川村民居，其中散落着九栋二层小别墅，显得格外醒目。

西面的墙上是一副描绘大川全貌的大型山水画。从泉眼沟下来的水被截留成湖，汇成一挂瀑布垂下；山脚下是幢幢拔地而起的高楼，真鲁寺、方神庙、尖山洼周边起起伏伏的山脉郁郁葱葱，绿意盎然；丝带一样的黄河边，是一小块一小块的荷塘，塘中的荷花、莲子生机盎然——原来，这画中的瀑布、山野已被列入大川村下一个工作计划，那白色楼群是大川村民将来的新家。

由于大川村处在盐锅峡水库上游的河川地上，土地逐年盐碱化是无法遏制的趋势，这对原本就土地短缺的大川村是严重的打击。在国家移民政策的倾斜和扶持下，大川村先后开挖五个排碱井，分布在全村不同耕地的最佳区域，用以抽取地下水，将抽出的水汇入各渠，继续浇灌土地。"以前，只要一开春，我们脚下的地面都是软乎的，像发起的白面，排碱井一上就好了。你看，这几家是从高处搬下来的，这在以前根本就站不住人嘛。"一位村民指着村口的几户人家说。

人类可以利用自然，改造自然，但归根结底是自然的一部分，必须呵护自然，不能凌驾于自然之上。为了响应党的号召，为子孙后代留住绿水青山和蓝天白云，大川村及时关停了一家碳化硅厂和两家砂石料开采企业，鼓励他们及时转型、转行，开辟新的市场。

在各巷道，总有一辆大三马子穿来穿去，旁边的喇叭里传来一句悠长的"收——垃——圾——喽"。听到这声熟悉的呼唤，人们不约而同地提出积攒的垃圾，倒进后车厢。

"其实，我只是为乡亲们做了一些力所能及的事，我们需要做的事还有很多，我们大川还有很多潜力可挖掘，譬如农村电商这个领域是我们的空白，希望对农村市场有意向、有战略眼光的朋友，到大川考察立项、投资办厂，带动大川，振兴大川。"采访即将结束时，一直说话不多的孔六十嘱托我，一定要把他的想法全盘写出来，让更多的人知道大川村，希望更多人来大川村传经送宝。

这是一个值得寄托乡愁的地方，适于种植淡淡思念、寻找童年幻想和牵动诗意情思，它有江南水乡的婉约韵味，有黄土高坡的沧桑仪态，质地里蕴含着丝绸古道的厚重烟尘，眉眼间交织着现代与古老的文明。这里的父老乡亲，有着出自本能的善良和厚道，以及掩饰不住的本分与热情。

你看，河上船儿游弋，湖中汽艇飞驰，塘中荷花盛开，岸上芦荻苍茫，处处枣花飘香，不是桃花源，胜似桃花源。

2019年4月19日

徜徉诗翰里，行摄水云间
——永靖县摄影家协会主席王金云记略

山河岁月，与其看在眼里、记在心里，不如留在文字里、存在相册里。存在相册里，留在文字里，让我想起一个人。"要想穷，跟着王总学摄影。"这句颇有调侃意味的顺口溜，像一首老歌流行在永靖的文化圈子，这缘于"王总"对摄影的痴迷、热爱，对购买摄影器材的慷慨付出，对摄影的不计成本、不求回报，其中也难掩大家对他发自内心的喜爱和敬重。了解"王总"的人都知道，摄影仅仅是他的爱好之一，这个永靖摄影界的领头人，其实是一个挂着摄影家头衔的复合型人才，甚至有些人认为，他的诗文和书法不在他的摄影之下。

此人是谁呢？他就是刘家峡水电厂退休职工、在刘家峡工作生活了五十年的永靖县摄影家协会主席王金云先生。

先生于1970年参加工作，最初是刘家峡水电厂的一名机械检修工。自1986年从电大毕业进入机关后，在刘家峡水电厂和甘肃小三峡公司先后从事宣传、管理、党务、经营等工作，历任刘家峡水电厂宣传部部长，中共刘家峡水电厂委员会委员、党委办公室主任、政治部主任，甘肃小三峡水电开发有限公司经营部主任兼公司党支部书记，刘家峡水电厂企业管理部部长，刘家峡水电联业公司副总经理兼文化服务（发展）中心主任，刘家峡水电厂副总兼文化中心主任、咨询。一个发电厂的工人，在工作之余对历史、哲学、文学、艺术等产生广泛而浓厚的兴趣，始终以一个业余爱好者的身份浸淫其中，且取得不俗的成绩，实在是一个跨界的好手。多年来，由于对诗文、书法、摄影艺术的不离不弃，先生居然"玩"成了中国摄影家协会会员、中国摄影著作权协会会员、甘肃省摄影家协会会员、甘肃省书法家协会会员、中国人民艺术家协会会员，还曾任甘肃临夏州书法家协会理事、甘肃临夏州摄影家协会副主席、甘肃摄影艺术学会理事。

清静淡雅著诗文

先生喜欢在QQ空间和微信朋友圈发一些心得和随笔，在近二十年的时间里，不仅积累了大量的咏怀叙事的诗词，还有近百篇散文供人赏读。无论是《相见时难别亦难》中声如洪钟的警示提醒，《我的斋号》中的自我调侃和幽默诙谐，还是《揭起尾巴亮相》的自我开刀和剖析，《大禹治水的源头》中的自由发散，从中都不难发现先生文学功底的深厚和知识面的宽广。这应该得益于他多年博览群书的习惯和长期从事文字工作的功底，尤其是在《刘电工人报》任总编期间打下的良好基础。正如他在《揭起尾巴亮相》中所言："我天生有几分好奇、好学的成分。"如此，便不难理解为什么先生能两度被委任为副主编，编纂《刘家峡水电厂志1955—1996》（甘肃人民出版社1999年3月第一版）和《刘家峡水电厂志1997—2008》（甘肃人民出版社2012年4月第一版）；编纂《甘肃电力工业志》《甘肃电力工业图志》《黄河志》中的有关内容。其中，《刘家峡水电厂志》（共两部）获得甘肃省社科类二等奖。

退休后，先生被甘肃电投九甸峡水电开发有限责任公司聘为高级管理顾问，全面、科学地设计和贯彻九电企业文化后，主持编纂《甘肃电投九甸峡水电开发有限责任公司志（1958—2014）》上、下册（甘肃人民出版社2017年7月第一版）。众所周知，编纂志书是专业性、政策性、权威性、资料性很强的工作，不仅需要规范的体例和翔实的历史资料，而且极其耗费心血，搜集与甄别浩繁的资料，设计编写大纲，组织编写队伍，精细打磨文稿。面对这样一项工作，先生始终乐在其中。别人不解，探问其中的甘苦，他却哈哈回一声："好玩儿！"全然没有"苦大仇深"的畏难情绪。

"好玩"是先生的一句口头禅，相处久了，大家受到感染，也开口闭口地"好玩"起来。当生活中多了一些"好玩"的时候，庸常日子似乎也少了些沉重。世间事，但凡以玩的心态去做，而且玩得有模有样、有理有据，甚至能玩出点深度和宽度，对社会有所贡献，那么这肯定是值得一"玩"的正经事。

但凡文友聚会，只要有先生参加，席间定会多一些热闹和意趣。他总是谈笑风生，话题涉及天文地理、文学艺术、人生百态，直到将自己喝得高高兴兴、晕晕乎乎方休。兴之所至，席间往往会有"明七暗七""旗锣鼓号炮"的酒令玩法，也会玩飞花令助兴。我初次上场，被飞得晕头转向，凭着眼疾手快求助百度才勉强过关，就是在"春城无处不飞花"的酒令中，我从一个诗词小白及时过渡到古诗文的热切学习者。因此，对先生的诗文多了些关注，逐一拜读了他早年发表在《甘肃电力报》《诗刊》《电力企业管理》《飞天》等报刊上的诗文。

先生的诗词，涉猎面广，随性触发，通过日常生活的一些小事入笔，在不经意间折射出一些大道理，引人思索，使人怦然心动。而他的散文，铺得开，收得住，开阖有度，幽默诙谐中不失章法，轻松的笔调让人会心一笑，拍手称快。笑过之后咀嚼其中的俏皮，准会点头认可：嗯，是这个理儿！

得心应手书心画

临窗宽大的巴西花梨木画案上，铺着浅茶色的亚麻桌布，临帖架上是翻开的《书谱》，青瓷笔洗荡漾着一湾清水，笔架上挂满大小毛笔。整个书房，文房四宝各就各位，书画、绿植、茶台、座椅在随意中营造出风雅的氛围。先生用上好的正山小种给大家沏茶，铁壶陶炉，滚开的纯净水注入紫砂壶，激起武夷红茶的雅韵。室内人气旺，壶里乾坤大。吸纳天地精华的嫩叶，徐徐吐露芬芳，同书籍蕴含的墨香融合出人世间温润而闲逸的清香。大家说话聊天，沁人心脾的香气和心底的欢娱交织升腾，弥漫在书房的清欢里。

几个书法爱好者，指着电视背景墙的一行行字迹："草、草—犹、当—雁、行……"辨得吃力，念得别扭。"没事，看得多、写得多了，自然就一目了然了。注意看这个'未'字，两横和两点的写法；两个'今'，结字、用笔很微妙；'驰骛沿革物理常然'前后的四字，气势大变……"大家听得频频点头，他转身提笔蘸水，在水写布上演示书谱字段。看时，点横撇捺虚实有度，结构布白自然协调，大家摩拳擦掌实地挥舞，探讨书谱心得。中国书法，这些黑色的精灵，着实变幻莫测，可总是让人魂牵梦绕，欲罢不能。

先生认为："刀有刀法，剑有剑术，书法亦有笔法、字法、章法。笔法是要解决书写的方法和习惯问题，把控用笔的角度、力度和速度，通过起笔、行笔、收笔的过程，准确找到和调整笔锋的位置与角度，以达到精准熟练地塑造高质量线条的目的。"这一点是先生多年的心得。书家随着年龄、阅历、修养的改变和积累，其笔法、字法、章法都会有所变化。学习书法最主要、有效的方式，应该是临摹。关于这一点，先生自有一番见识："一是方向，即在一段时间的迷茫盘桓后，要尽早确定学习目标、学习路径和美学价值取向，但要警惕和防止因过分拘泥而自陷囹圄。二是方法，即以临摹为主，根据确定的学习目标、学习路径和美学价值取向而选择上乘的、存世的、公认的经典法帖进行临摹。临帖首先要读帖，在读明白、有心得的基础上再临。临，不应一味地苛求惟妙惟肖，但初要追求形似，而后主求用笔的方法技巧、书写的习惯和字态章法中透出的神韵；出帖，基本就是忘形得意，用临帖中学到的笔法技巧、书写习惯、结体特点、章法规律和领悟到的意趣神韵，创作出具有自己的特色的作品。"先生一贯奉行量变带来笔下质变的硬道理，学习书法需要厚积薄发，功到自然成，但必须时刻警觉旧习的桎梏和绑架，最终达到得心应手的程度，心手双畅是为最高境界。

近日书"同舟共济"斗方，貌似简单的四个汉字，一遍遍书写却让我苦不堪言。套用书法理论，无论如何摆放，总不得要领。经先生点拨才恍然大悟：其中牵扯多处的横，处理这些横笔的关系，就是问题的症结。书法不管在哪个层面，面对的都是处理对立统一的问题。如果去掉这个哲学思想，书法就丧失了美学根基，丧失了其本质性的东西。书法，追求的是自然书写，是讲究技法和审美情趣高度结合的自然书写。明朝唐顺之《跋自书康节试送王龙溪后》中说："诗，心声也；书，心画也。"既然是心画，一撇一捺必然蕴含着书写者的情感和文化修养，体现的是独具特色的优雅诗意和哲学意境。因此，书法占据着艺术领域中无可取代的位置。"将个人的情怀和心情尽可能地表达在作品中，这是书法最让人着迷、令人神往的地方。"说到这些，先生颇有几分情不自禁的激动。

我觉察到，徜徉于诗翰里的先生，其书法风格文雅灵动、不急不躁，大笔小字，中锋自然书写，行云流水，不做作，不霸悍。跳出书风静观其人，一副不事张扬亦无逐世锋芒的模样，但也不是玲珑的一团和气，他自有与书法的相处之道和始终不改的清醒。

先生书房的一则楹联，让人过目不忘："司马文章辋川画，右军书法少陵诗。"这是一副名联，它融入了司马迁、王维、王羲之、杜甫这四位大家，将诗文书画全部囊括进去。想来对诗文书画喜爱得近乎犯痴的先生而言，这样一副对联，应是与其心灵追求高度契合的。

翻开先生书橱中的《甘肃当代书画家艺术典库》和《书画界最具贡献人物献礼建国65周年》大型书册，发现其中收录了先生的六幅作品，这些作品都是自成面貌的上乘之作。

临走时，我从先生自己排版、打印、装订的《于右任标准草书范本》《淳化阁帖》《怀仁集王羲之圣教序》等书帖中拿出心仪已久的一本《草诀百韵歌》，抱在怀里准备张口借用，孰料先生见了淡淡一笑，摆手示意，我便安心地拿走了。

高山流水寄长情

参加过两次先生义务讲解的摄影课，分别在刘家峡水电厂和刘家峡化工厂。他从光圈、快门速度、焦距、感光度、像素、白平衡、构图、相机操作、照片管理、主题确定等最基本的知识和技术层面开讲，浅显、系统、专业、实用。这样的摄影培训讲座，先生陆续又举办过几场。可以说，先生为永靖摄影爱好者专业素质的进一步提高，确实费了不少心思。记得先生帮几位朋友选购的七部松下LX3到手后，他很是忙乎了一整子，随时随地有人打来电话请教，也有不少发烧友直奔他的办公室或家中求教，他一概认真热情地对待。先生不喜好为人师和高高在上，只要有人请教问题，他从不敷衍推却，总是尽力而为，给各路爱好者提供最大的帮助。

先生常说："一个合格的摄影人，是有必要了解、掌握一些与摄影相关的科学基础知识的，要熟悉自己的设备，要熟练摄影的基本操作，正所谓'工欲善其事，必先利其器'。在解决技术层面问题的基础上，要掌握一定的摄影理论知识，确立并丰富、完善自己的摄影理念。"老摄影人都知道，早期的摄影器材不比现在的数码相机，所有的参数要手动设定，冲洗胶片要去兰州或寄往北京，稍有不慎，辛苦拍来的胶卷就可能毁于一旦。在胶片相机的时代，他在并不富裕的工资中不惜花血本，抠出一些钱来购置日本的尼康FM2、F70两台135mm相机，配置了各种折反镜头，还有扫描仪、照片打印机、胶片幻灯机、观片器等设备。作为一个业余摄影爱好者，拥有这样一组摄影器材，足可与"高大上"比肩了，但为了使画面层次更加丰富，颗粒更加细腻，更适合于广告、展板、展览、挂历和画册印刷，他又咬牙购买了瑞典生产的哈苏503cw120套机和与之搭配的电动马达卷片器、眼平取景器和两后背。这些装备购进后，面临的就是要及时进行摄影知识的扩展学习。在近十年的时间里，他一直订阅《中国摄影》等专业类报刊，掌握摄影知识和最新动态，系统学习《美国纽约摄影学院摄影教材》，将精彩独到之处抄写、复印下来，积累了五大本学习笔记。其间订阅的专业类报纸，他有重点地装订起来，以便随时学习查阅。

先生在一次摄影讲座中说："摄影首先是一种镜像式图像化表达拍摄对象的科学技术，随着摄影一百五十多年的发展进步，它成了当今受众面庞大的一个艺术门类。既然摄影是与人有关的一门艺术，从另一个层面看，它也就是涉及摄影人的一种生活方式。因此，我们要对摄影有一个适度而正确的认识和解读，以平常心客观对待，既不能过分夸大它的地位、功能、作用和意义，又不能简单地认为摄影就是端起相机摁快门的事。"我觉得非常在理。先生的诸多摄影作品中，涉猎最广、最有特点的当属风光和人像类。他的风光片构图宏大完整，画面干净清新，角度独特巧妙，用光大胆到位，适合表现大场面、大格局。而人像片，追求自然协调，善捕捉眼神流露的意味，注意光影对五官的烘托，使人物朱唇未启粉面带春，读者和片中人似乎早已心有灵犀一点通，万千心事皆在脉脉对视中。每次翻看先生拍摄的一张张图片，总会在不经意间生发一些深沉的冥想和美好的期待。

自二十世纪九十年代起，先生背负重达二三十斤重的摄影器材，利用业余时间开始了"第三只眼睛看世界"的漫游。二十余年间，他几乎走遍了祖国的山山水水，并远涉俄罗斯、韩国、越南、津巴布韦、巴基斯坦、尼泊尔、柬埔寨、泰国、越南等国家和地区。先生身在永靖，自然对永靖的山山水水情有独钟，拍摄数量最多、精品最多的还是有关永靖的作品。《万笏朝天》《烽火台》《刘家峡水电站》等堪为永靖摄影作品中的经典之作。同时，先生不辞辛苦，为地方文史资料积极提供有价值的照片。为了更好地保存早期的照片，他将部分胶片数字化，将有史料价值的历史老照片整理归档，开辟专门的空间保护起来。

永靖县境内的炳灵寺石窟，是中国六大石窟之一，有方圆二十五平方公里的丹霞地貌和自然天成的石林，更有诸多佛像雕塑和壁画。为了多角度、全方位地记录炳灵寺的自然风光和人文景观，九十年代末，先生联络三位摄友，吃住在炳灵寺文管所，雇当地年轻小伙做向导，利用六天时间，早出晚归，徒步穿越七条沟，往返跋涉近五十公里的陡峭山路，利用彩色负片和珍贵的反转片，拍摄了一批珍贵的图片，记录了当时炳灵寺景区的面貌。这事被县广播电视台领导获悉后，引起不小的震动，在时任台长的孔令洲的牵头和筹划下，以"用光影定格自然之美的摄影者"为题，在永靖县电视台做了专题报道。这为周边及外省的摄影爱好者及游客了解永靖及炳灵寺提供了更直观的认识，也为日后深度开辟甘肃王牌旅游景点——黄河三峡助了一臂之力。

作为永靖摄影界的领头人，先生以身作则，积极组织县摄影协会会员，开展各种实地采风活动，参加各级各类摄影展，为丰富地方文化事业助力。近几年，先生同影友多次送文化下乡，自掏腰包买纸，为杨塔乡、关山乡部分村社写春联和书法作品，送照片、送画册，并组织影友自带打印机，为当地村民现场拍证件照、全家福。同时，争取社会贤达和有识之士出资，为关山红楼村写对联送温暖，给当地的小学生送去棉衣和书包。当新闻记者要采访他时，先生婉言谢绝："我只是出谋划策，尽了一点绵薄之力，不值得一提。值得表扬的是我们摄影协会的几个骨干，他们确实吃了苦出了力……"

跨界于书法、诗词、摄影之间，先生忙得不亦乐乎。近期，他居然重新操起搁置了三十年的二胡、口琴，玩得热火朝天，真不愧是个乐观豁达、为人坦诚、乐于奉献、多才多艺、精力充沛的"老少年"。我不禁暗想：就他这种玩法，今后的日子不知还会整出点什么名堂来，真不好说呢。不过，只要他觉得好玩，就定会玩出点儿新花样。忽然想起一代"鬼才"黄永玉，先生似乎也沾染了点儿鬼才之气。

人事深厚，笔墨有限。这篇拙文，只是一个片段式的略记，挂一漏万肯定在所难免。我有幸拜读过几篇别人介绍先生的文章，建议大家有机会寻来一读，或可使我笔下的"王总"更加立体丰满。

2020年3月1日

卷
三

生
活
履
痕

退一步，再退一步

　　存到优盘中的一篇文章，任凭我怎么倒腾就是打不开，屏幕上显现着"路径错误"的提示。无奈，找了位电脑权威人士，希望能将文章从优盘中"挖掘"出来。不幸的是，优盘已遭破坏，权威人士也没能将我辛苦了大半夜写好的文章找回来。我的文章就这样像小鸟一样飞走了，而且永远也不回来了——拜托！不要！我没有复制副本。

　　对着电脑颓然坐了好一会儿，心隐隐有点痛：如果此时丢了五百元钱，我会无所谓地继续做手头的工作，甚至不会咂一下嘴。如果可以，我宁愿将"小鸟"买回来，小心地豢养在电脑里，一遍遍回味咀嚼其中的酸甜苦辣，无论多少钱，我都是毫不犹豫的。可话又说回来，这和钱又有多大关系呢？但是，心一阵比一阵紧地绞痛——那可是我的娃，我一点一点喂养大的。

　　平心而论，我的文章，充其量只能算是豆腐块，而且大多是过期甚至发霉的酸豆腐而已。刚刚消失的那"块"是一篇三千字左右的小散文，是我昨晚挑灯夜战挤出来的。就在写完最后一段文字，揉着干涩的双眼，快速滑动鼠标浏览洋洋洒洒的文字的那一瞬，一气呵成的成就感和如释重负的轻松感包围着我，如果不是怕吵醒儿子和丈夫，我真想和着《蓝色多瑙河》的节奏，轻盈地来一段华尔兹。即便没有舞伴，即便我身着一套运动服，脚踩一双熊猫头的棉拖鞋，那又有什么关系呢？隐隐地，昨夜的快感还在脑海里萦绕……

　　现在，自鸣得意的文章顷刻间化为一片空白，我愤怒地盯着屏幕。或许还可搜索出来呢……我心存侥幸，快速点击优盘。可气的是，在鼠标快速的"嚓嚓"声中，不但没有找出刚才丢失的文章，另一篇文章也惨遭同样的待遇——徒留一片空白。我开始七窍生烟，气愤地将鼠标丢到桌上，双手托腮，对着窗户深深地吸气、吐气。我一字一句告诫自己：这世界如此美妙，我却如此浮躁，这样不好！我极尽温柔之能事，劝慰着自己。

尽管如此，我还是不由自主地懊恼：如果不是多此一举乱点优盘，至少第二篇文章不会丢失。"飞"一篇就够闹心的了，又"飞"一篇，惨不忍睹啊。我砸了自己一拳，腿上隐隐作疼，手背也热辣辣地疼起来。一切简直糟糕得无以复加了，我气得只差吐血。此时，我想干点啥，但不知道该干点啥。

运动吧。哈哈，谁说无处话凄凉？"左三圈，右三圈，脖子扭扭……"我猛扭着胯。什么软绵绵的调子，还学爷爷唱唱跳跳呢！干脆，来个剧烈的，就像喝酒要喝浓烈的，运动就来疯狂的！我双手撑住椅子的靠背，两腿并拢，借着两臂支撑，尽力弹跳起来。一，二，三……越跳越高，越跳越快，浑身开始发热，嗓子开始冒烟。我蹦！我蹦！我蹦！把刚才的懊恼都蹦到九霄云外，把郁结在胸中的那团怒火都蹦到身体之外。

同事推门而入，见我如此兴高采烈，笑着说："什么喜事？这么高兴？""我今天太高兴了！不就两篇吗？小意思，大不了重写。还不是三篇五篇呢……"我一边蹦，一边自顾自地尽情嘲笑自己，任同事在一边莫名其妙。还不是三篇五篇呢——我一下停住了自虐似的跳跃。是啊，幸好是两篇，如果所有的内容一闪而过，那将是何等惨烈？幸亏是两篇呢……这么想来，我渐渐觉得心情像柔顺的长发，不再干枯打结、张牙舞爪了。至少今年的工作总结、费源分析等等一大部分比较重要的资料没有丢失啊，我只差破涕为笑了。

遇到问题，退一步想很重要。眼前的问题，像一座山横亘着，无法攀缘，更无法逾越。那么，静下心，给自己一条退路，别介意别人的眼光。有了退路和清醒的思维，你才可以找到突破口。并不是所有的人都可以幸运地恰遇"车到山前必有路"的境

黄河浸润的时光

况！更多的时候，你要自己踏出一条路来。这需要退一步的勇气，抑或是自我安慰的自嘲。

退一步，再退一步，你所面对的何止是海阔天空，简直就是一个银河系呢。

2007年6月6日

行走以外

早上，呵气有雾，草尖寒露凝霜，枝头的柿子火红，朋友以短信抒发美好憧憬：好柿（事）连连。接住枝上串串的美妙好意，将其欣然捧来，供于素陶的水波纹间。如此，探头莲蓬、飘然荷叶、点点花蕊、红红柿子、淙淙流水，伴我安处于纷扰人世间。

霜降十日后，送寒衣。妈妈亲手缝制寒衣，间或嘀咕几句家长里短，巴不得将家中的一切一针针缝进寒衣，哗啦一下披到爸爸身上，不忘习惯性地拽拽后襟。沾着大红颜料的印板一上一下，重重敲纸，要让那边的爸爸看清楚，使他顺心，不再有没钱花的苦恼。黄米泡饱，洒在坟圈，一粒米一个馒头。

西南的天空，月亮豁然挂在熠熠的朝阳里。几天前，东边的月亮像旭日一样升起，照映着红橘子般下移的斜阳。我一边走向单位，一边感动自己。景致，变换着方向和与人交流的方式；脚下，一样的鞋，一样的路。

月似银盘的夜晚，朋友圈满是月亮。一个人回家，指尖淌出初冬的寒凉，沙沙的脚步声，和着大地咚咚的心跳。长长的身影，间或在树影里闪现，间或在小道上忽左忽右。新种的草皮，发梢遮眉，露珠在月光里叮咚滴落，犹如一颗千年的琥珀。大地倏忽醒来，虫儿唧唧，蝉复喈喈，万花红遍。香草、水汽丝丝入肺，缓缓呼出，缓缓游走。天地浩瀚，树影修长，人声岑寂，时光可以停留，可以脉脉不老！

此时，适合吹埙，泥土烧制的埙，徐徐发声，似朱唇微启的帝王，用目光一寸一寸抚摸脚下的土地，以及河水一样流动的月

黄河浸润的时光

光。或者，慢慢抬头搜寻漫天时隐时现的星星，还有石上清泉，流经月色泛起的涟漪。和流星一起慢慢坠下，栖息在苍天与大地之间。

月下跪拜的白蛇和青蛇，修行了五百年的精灵，日月精华恰恰在柔软的腰肢间曼妙生辉。双手合十，人形初现：脸如皎月，眉似钩；眼如潭水，唇似梅；步如莲开，声似兰。湘竹泪，浣女归，相携上渔舟。尽可以缓缓登台，迟迟掀帘，轻轻移步，款款抬眉，柔柔浅笑。一切，尽可慢慢、慢慢迟暮！

灵魂，总要沉思、飞扬。身体，跨越千山万水。站在门源，满山流淌着清油一样的金黄；穿过乌鞘岭，隐隐闻见莫高窟的檀香；越过玉门关，月牙泉湿湿的大手一下子握住行者的双手，似久别重逢；莫高窟张开嘴呵呵一声，众神的道场、法会渐次铺开。

如果一定要流泪，请先将泪水默默吞咽：月落前闭关，今夜始修行。蜗牛，背负沉重的外衣；蚂蚁，伸展纤细的四足。蜗牛和蚂蚁，是闭关前唯一的见证者。经，诵古念今；心，乃容天地。可歌舞，暗香盈袖；可吟哦，泪光婆娑。可拥有所有，可一无所有。

长裙及踝，黑发飘飞，在茫茫的大风中将奔跑定格，身前、身后是茫茫白絮的芦苇。风一直吹，一直吹，吹动巨大的空洞。我跑得执着、蛊惑、率性、淋漓。双眼溢出期冀：停止奔跑的下一刻，地上正好洒满红色玫瑰花瓣，花瓣间恰恰没有锐利的刺和琥珀一样晶莹的泪水。

没有手脚，没有翅膀，没有一切。风，我知道你是风，你来了。好吧，我接受你的无形、无情，但我不会忘记探出头，做一个仰望天空的小女子，还会在你的无形中奔跑，在你的无情中吞吐思念，以及叙写满目清凉的诗意，看你走走停停、时远时近，以及跌跌撞撞、暗无天日。

小雪，大雪。冬日初晴，懒懒地晒后背、晒关节，眯眼细数心底的逝去和不肯擦拭的痕迹。最远的天涯，最初的向往，最近的流水、雨、雪，以及眼前跳跃的金色光粒。透过生活的网，寻觅天空深处的白云，抚摸有温度的文字，触碰荷叶上经年的泪光。剪一段光阴，和时光一起合眼打坐、调息、养心、养德。

雪，一场又一场落下来，侧耳倾听雪落的声音，睁眼看见花开的声音，还有雀儿在浩大的素白里，一遍遍书写的笔意和顿挫，看见掩在大雪下面冬眠的食物、精灵和跃跃欲试的芽。

一个字，一行字，一篇字。蘸饱笔，不让狼毫饥渴，让白纸慢慢洇染，让黑字慢慢丰盈，让自己慢慢饱满。收藏今天日月星辰的变换，养护心底如花的香气，捕捉云之影的温情，怀揣清水流过的默然相契。静静等待，等待闭关时的大门轻轻开启。你背着月色，在门口站立了千年。

所以，种玉为月。所以，种子发芽。

2016年11月18日

歌声里抚摸呼吸
——临夏砖雕臆想

我是工匠

大河之洲，黄土长肉的陶，支起大地的筋骨，粗糙的身躯，煮酒储粮，喂饱我枯瘦的食肠。肠里装的是两千五百年前的春秋，一场未央的桃花和游侠江湖——江湖上，为五斗米折腰；无间道，为豪门深宅的矮门低头。但在工匠的江河湖海中，我攻城拔寨、砸瓜切梨，不弯腰，不低头。因为，我是工匠。

我是我，落草为寇，头戴红英，信马由缰；削发为僧，睹物思人，六根不净；采菊东篱，探桃源见南山；饮酒成诗，邀李杜成三影。我还是我，在丝绸之路的黄金小镇讨生活，十指关节肿大，双手结满老茧，两腮高原红。纵然有一万匹马跑过我的胸膛，纵然可以七十二般变化，我的真身还是工匠。

我不辜负四时的美好，春天撒播种子和希望；秋天，收获一些充满烟火的日子、一些风雨飘摇的失望，以及大海的波涛和安静的黄昏。也会撞上一部浩瀚的童话，给我开满葵花、藏着闪电的内心披上一件瑰丽的外衣。

跪倒在祖坟前，我膝下满地黄金是祖先身上抽出的肋条。一仰头，爷爷留在眉眼间的记号被青天一眼记住。我是沾满河州泥土的工匠，衣袖里落满彩陶王的清水。你看，马家窑的胸膛中正烧制着一场新旧石器的狂欢，还有祖先远眺的黑眼珠。

木匠、花匠、画匠、铁匠、钉匠、剃头匠，乃至刺绣匠，玩的不就是一个"匠"字？呃，但这个"工"字不一般，是丈量匠人高低的尺子——匠心独具，方为高匠人。匠气十足，缺的是李白的才气、傲气和自由发散的凌然之气，以及心有繁华和飞流直下三千尺的阔气。再揣一丝摩诘居士的参禅悟理和学庄信道，如此，甚好。

我的额头上贴的永远是卧薪尝胆、闻鸡起舞的标签。追求卓越、精益求精是工匠的合格证。继往开来、发扬光大是工匠的本分。说明书呢，看我这双使惯刨锤的手，捏一撮临夏大地上的黄土，搓捻开来，一眼就能认出它是不是我的孩子。

激活，飞扬，可以点石成金。在修炼成工匠之前，先把自己摔成泥巴，再投入生活的炉膛，煅烧。

此刻，郑重向世人宣布：我是黄土大地上做手工活的工匠。哪怕只有一粒黄米的重量，也要证明：今天我活过，且没有虚度。

唯登高，才能望远，见平川。唯开放，才会多元。

我雕刻

泥腿大禹的脚印，斯文孔孟的车辙，从我的胸口踩过。寒暑交替，季节记录着过往。

行走江湖的身影，光鲜或暗淡。丝绸铺就的这条大路，不乏囚徒、失意文人、贬谪官宦、天涯倦客，以及流浪的迁徙者。这就是我的祖先，他们的脚步在我的脚下延伸。走下去，一直走下去，我每天劝自己三遍。

当我试图要吟诵些什么，譬如一些生活，一些琐碎，一些疼痛以及一些刻骨镂心。我不能掩饰，不可回避。红尘无边，我只能含笑不语。只是那些不语早已在血管里匍匐、翻滚、流淌，一遍遍切割、包浆，反复不已。

现在，你该明白我在青砖上的吐露：数一数我的心是几瓣，辨一辨黑还是红；刻下我的来历和波澜不惊的今生，还有那些西域的亲戚们；拼接后院的葡萄、苜蓿、胡萝卜、核桃、石榴、蚕豆，修饰它们的长相和走姿；打磨天马的脚掌和眼睛，洗净被时光做旧的鬃毛。

精选大地母亲身上靠近乳房的泥土，向大地忏悔我的不恭。抽出我的血，掺进祖先挂在腰间的那壶泪，接一杯青天的雨水。掏出我的心和泥，端出我的肺制胎，再抽一把骨头当柴烧。这样的泥土，这样的水和柴火，制出的青砖叫"绵砖"，它硬度适中，适合叙写、抒发心底的感念。

在三寸青砖上，我是天地间的王，是这座城池的君。掩埋人前堆砌的微笑，抽出心底的闪电与狂风，盘稳发辫上的紫斑牡丹，唤醒舌尖种着的一万亩"花儿"，开始雕刻。雕刻河州大地上一万亩的诗、书、画、印，和一截一截上接天、下通地的烟囱。

我手雕我心，我手刻我语。精雕，雕的是心底的风起云涌；细琢，琢的是鹞鹰披着天的蓝，骑着云的白，从眼前走过。无须开口，锯子、刨子、铲子、錾、刻刀、折尺，早已在青砖上把结局打开：闻泪声入林寻一片梨花白，天在山外叙写影壁堂心，以及后世子孙嘴角的一抹笑。

炼泥、拉坯、晒坯、修坯、打坯、雕刻、施釉。火的红绸一遍遍擦拭泥塑的身子，一万个理由迫使泥土舞蹈、升腾，遍体刻满咬牙的痛。修炼的过程，漫长而艰难。青砖抱紧火舌，唤醒自己；我抱紧青砖，为你诉说韶润前世。悬笔一绝，空虚远去，寂寥蒸发，红尘万丈滚滚而来——"我爱你，不光因为你的样子，还因为和你在一起时，我的样子……"

唤醒呼吸

只有把故乡揉进这方青砖里，我才有血性扛起故乡，远走天涯。

此刻，我要调息顺气，牵出心底的火狐，接过青天白日，抿一口融进稻谷高粱的作坊老酒，不问庙堂上的功名和银库里的月色，回绝一种沉默与另一种沉默的对峙，只用我的骨头感知手心缓缓流动的暗香和绿意——轻轻吟哦，慢慢作为，雕刻远方和梦想，以及黄土高原上带有野性的"花儿与少年"，吞吐婉约和雄浑，让坚硬变得柔软，让凶悍变得优雅。

黄土高原上种出的山歌是什么？是一颗平常心，着有赤色，满载溢出的真善美。赤心不失，翅膀一扑棱，山歌就会洒满一地，我皲裂的掌心便是花开四季，铁青色的工具箱开始小河淌水，这片青砖呢，便是竹喧渔舟背靠着青藏高原的静穆。

要雕，就雕一个字：情。要刻，只刻一种情：爱。心底供养的四季花木、村口的大眼睛、要命的憨墩墩，黄土高坡上逍遥如埻的西北风，喂养过长城、烽火台、哈脑古渡、流淌着浓稠乳汁的黄河水……随着我的刀起土落，和着我的脉动和心底的呼唤，一呼一吸，再一呼一吸，我的情、我的爱便逐一开始呼应，慢慢苏醒。

秋雁两行江上雨，当那轮金色的太阳从海上升起时，我会热泪盈眶，月堤听花闻水依然使我不能自已，这眼前灼人的魅惑！只待这条路上的丝绸风化，驼铃远去，收了心底的火种，我和我的刀铲一起开悟，立地成佛。

万物美好，美好得犹如思想者深邃的影子。唤醒呼吸，和美好一起美好，有时我在其中徜徉，有时我在其外彷徨。

2017年6月25日

（此文获"2017全国砖雕文化传承与创新峰会暨全国砖雕传统手工技艺大赛·青韵杯砖雕诗词大会"散文类二等奖。）

煨亮心中的火

经不住学武的几番电话邀请，决定这个周末去他家做客。依学武的再三嘱咐，我同雀跃不已的儿子说服了在农行工作的丈夫，拉着这个半推半就的信贷科长上路了。

三年前去过一趟学武家，那时他患了严重的肠梗阻，刚结束在县人民医院的住院治疗，提着大包小包立在医院门口准备回家。我在车里一眼认出花兰——那个初中三年的玩伴，猜测被她搀扶着的脸黄发乱的瘦男人，肯定是她男人。下车几句简单问答，见病人太虚弱，我和司机小魏张罗着让他们上车，顺道送他们回陈井镇木厂村的家。

通往村子的唯一一条山路，蜿蜒崎岖，像绑在半山腰的几束麦捆子，着实考验了一把小魏的车技。村里人家不多且住得零散，有些住户相互之间看得见人，听得见喊话，但想见面得下沟上山，很不容易。清一色的土门洞掩着两扇门，有的是树枝苞谷秆扎成的篱笆门，说是门，其实是装装样子而已。巷道中豁着一条浅浅的排雨水沟，垃圾和污水中苍蝇出没。有人依着墙根或蹲或坐，大多叼着黄烟棒子，看见有车来只是转头探究，也不起身。后山坡上，三两只驴在吃草，羊群缓缓移动。由于路太难走，他俩只好提前下车，千恩万谢后离去。车终究没到学武家门口。

回来的路上，望着窗外一片片浑黄的土地，那些拥着土脖子的洋芋树，匍匐在地上的扁豆苗，懒懒地扯着丝蔓的青豆秧，在白白的阳光下蔫头耷脑，迫切期待来一场大雨，好催开秧苗上的花骨朵，挂满一串串小手雷般的果实。

车在新修的柏油马路上轻盈飞驰，凭记忆中的大概方向和车载导航的引导，减速准备右拐，远远看见学武和花兰已经在马路边等我们。两人穿戴一新，容光焕发，满脸洋溢着自信的笑容，像久别重逢的亲人般紧紧握着我的手，半天不松开。我暗暗舒了一口气。

岔向木厂村的路口，架着一副高阔的彩门，颇有几分气派。近几年，乡村道路改造硬化工程持续推进，所到之处天堑变通途。记忆中盲肠一样的村落变得四通八达，走在这样的道路上，觉得心里踏实，顺畅稳当。上坡的路，红红的砖排列组合成一层层水波纹，打听后才知道，这样做的好处是雨雪天防滑。统一的朱红墙砖大门，白墙、钢梁、钢柱组成的五大间，一排排，一行行，整齐划一地坐落在山洼中间的坦阔大地上。村委会、幼儿园、健身场依次建在道路旁边。这样的布置和用心，让人心里热乎乎的。

山里山外，电线杆架着的线路里流动的是动力电。家家户户，遥控板启动，电视屏幕上的内容一键转换。拧开水龙头，水哗啦啦淌出来……看似一举手一投足轻易实现的事，在这样的小山村逐一实现，不知牵动多少人的心，多少人为此付出了多少心血。

交谈中得知，学武两口子曾留下孤儿寡母去广州打工。由于母亲年事已高，两个孩子上学，哥哥学元又在这个节骨眼上出了车祸，造成腿骨折，他俩只好匆匆打道回府。其间，他们筹借亲戚朋友的钱开办了一个像样的养鸡场。当一切步入正轨，利润初现时，一场鸡瘟却让他们血本无归。哥哥为了缓解腿伤，慢慢喝上了白酒，以致后来三天一大醉，两天一小醉，嫂子自小患有小儿麻痹症，行动不便，学武夫妇眼睁睁看着侄儿、侄女步入辍学的境地。

"那时候，大门都不敢出，怕碰见熟人。即使人家不张口要钱，光瞅我一眼，我就心虚得浑身淌汗了，说实话，死的心都有过。"学武抹了一把眼泪，花兰眼里也溢满了泪，"但我不能死啊，我娘、花兰、两个娃、我哥一家四口，还指望我这个大男人哩！"

"好在天无绝人之路，庄稼人还有个诉苦的地方——乡政府。反正咱一不偷，二不抢，就是想把紧巴日子过松泛些嘛。养不成鸡，就养猪，乡政府的几个文化人给我出谋划策。一万元的启动资金就是杨书记批的。关键时刻，县妇联的妇女自主创业贷款到手，加上五万元的扶贫专项资金，我的猪场这才慢慢活泛起来。当时，每逢母猪下猪娃，我和学武就住在猪棚里，方便随时查看母猪的动静，忙着给母猪接生。"说着，花兰疼惜地看了学武一眼，学武紧紧抓住花兰的手。我转头看见家里的科长神色凝重，抬头望着窗外山腰一丛丛或黄或红的秋叶，似有所想。

猪棚大门的一副对联，引起我的注意：幸福不忘共产党，吃水不忘挖井人；横批：党恩在心。我猜测，肯定是学武撰写的，他把自己的心里话借助春联的庄重仪式，写到纸上，贴到门上。眼前的猪棚已初具规模，五十头肉猪、三头种猪在干净的圈里踱着方步。一头小猪伸嘴拱一拱寸把长的塑料管，便有清水出来，小猪机灵地张开嘴吧唧吧唧喝起来，那可爱俏皮的模样惹得我们哈哈大笑。喝够了，小猪甩着尾巴走开时，水自动停止流淌。我算了算，今年上半年，已出栏五十头，一头净赚一千元；赶过年前再出一批，全年销售一百头左右，今年净赚十万元。如果做好疾病防控，这是一笔好买卖。

学武的哥哥和嫂子正在打扫一号棚。"看看，现在让他喝酒都不喝了，整天忙里忙外，像个陀螺似的。"花兰高兴地说。"这遍地的黄金白银不挣，谁还有闲工夫喝那马尿哩！"学元停下手头的活儿，"唉，这几年苦了学武和花兰，都怪我不争气，拖累了他们。""哥，快别这么说，我能不顾你们一家四口吗？那样，咱娘能闭眼吗？这几年，你帮了我多少忙？这猪棚除了你和嫂子，我能这么放心交给谁啊……"听着他们哥俩掏心窝子的话，我眼前浮现出这样的情景：学元和学武上山打柴时遭到三只饿狼的围攻，哥俩情急中燃起柴草唬住狼。三只狼眼露凶光伺机进攻，两个少年背靠背，双眼炯炯死死盯住狼，中间隔着一团噼啪燃烧的火。这样的对峙持续到两捆柴即将燃尽，东山顶上探出一抹亮白时，众狼冲天长啸一声，消失在布满曙色的大山中。至此，我理解了学武在最难、最苦、最走投无路时心底的不舍、不放弃，正是这样深厚的亲情和不灭的责任心，以及对生活的不甘心，煨起了学武站起来的希望之火。只要每个人心底的那堆火不被浇灭，心就不会发凉，心不凉就有生活下去的勇气和希望！

政府一直关注民生问题，投入专项资金帮扶农村贫困户。截至目前，扶贫已进行到第三阶段。乡镇干部全身心投入到精准扶贫的工作中。精准扶贫和以往的扶贫相比，本质区别在于一把钥匙开一把锁，变被动"输血"为主动"造血"，以切断返贫的后路——乡镇包片干部李干事的总结，一语中的，让人豁然开朗。

对学武，李干事算了一笔账：三亩百合、两亩脱毒马铃薯，还有草食畜，外加双垄沟玉米的收入，学武不再是原来那个在乡政府淌眼泪抹鼻涕的学武了！他现在的日子比我这个乡干部舒坦多啦。学武挠着头，有些不好意思："靠山吃山靠水吃水呗。你看，我们山里人虽然满山满洼的土地，但自古都是靠老天爷吃饭，所以这饭吃得难啊。好在党和政府是及时雨，只要吃苦耐劳、自强不息，我相信小康的日子不会太远。"我抬眼看见学武眉宇间流露出一种胸有成竹的自信和坚定，若不是亲眼所见，我绝对不相信这就是三年前那个病快快的男人。他身上散发出来的不放弃、不服输的气场，恰恰在不经意间感召带动着花兰、学元以及周围的人。

跑外面的次数多了，学武见识渐长，思路活泛起来。依托互联网的强大信息流，他在侍弄好养猪场的同时，还有两个计划：一是用玉米秆加工一次性碗碟，碗碟使用后回收加工成饲料，这种饲料成为食草类牲畜的理想选择；二是用本村及周边村子的马铃薯加工粉条，就地取材，自产自销。目前，这两个项目正在进一步考察和可行性探讨中。如果上马，他要办全村人合作的加工

黄河浸润的时光

厂，一把在外面打工的人拉回来，不让贫穷拆散原本和睦的一家人；二把村中一部分人脑中尚存的"等、靠、要"念头打消，将懒散分子逐步吸引、改造、整合，让他们成为厂子的主人。这样，厂里的事就是自己的事，自己的事谁不操心？我看见我家科长嘴角上翘，频频点头。

"船的力量在帆上，人的力量在心上。"只要煨亮人心底的火，焐热每个人的心，做个不被低看、堂堂正正的人，即使被苦难绊住手脚，人也不会轻易被打垮，轻言放弃。听着学武的这些心里话，我眼里湿湿的。一抬头，丝丝秋雨在清凉的山风中飘飘洒洒，温润的雾弥漫在周围，依稀身处仙境。

一位披着宽大雨衣的老人堵在眼前。"七爷，捂这么严实，太玄乎了吧，好像老天爷下刀子呢！""哈哈，龟孙子，真像你说的，就不出门挨刀了，五大间哪里容不下你七爷！这你就不知道了吧——秋冬交替又下雨，感冒就会找上门，我的气管炎爱犯！不过，老慢支真犯了也没事，我有新农村合作医疗哩。就是儿女不养我了，也不害怕，自有国家养我哩。你看，现在养老金我有哩，退耕还林补贴和移民款我都有哩。所以，得好好地活，小心地活，这么好的世道，咱老百姓过的是赛神仙的日子。"看着帽檐下那双炯炯有神的眼睛，我好想握着老人的手，和他盘腿坐在热炕上，红红的火炉上浓浓的熬茶咕咚咕咚翻着跟斗，七爷一边吸着羊脚把，一边说着过去的农事……

回来的路上，科长大人神采奕奕，宛如秋菊盛开，话匣子自动打开："其实学武的两个加工厂可以考虑和西山联合起来办，东西山的农作物、地理条件、村民成长背景和结构都有很多相似处，我的扶贫对象正愁没有好项目可上，这下可好了。嘿！"这个想法，我和儿子举双手赞成。他还有一个大胆而花钱不多的设想：利用村子的闲置空地，进行农村闲置物件的互换，大到手扶拖拉机，小到锅碗瓢盆、课本、书包。这个想法一经说出，有人早已笑倒在后座里。后来细细一琢磨，还真有点对路。

田间地头的所见所闻，让我坚信了盘桓在脑海中的思考：所有的理论都应该是从土里长出来的，土地是实践，理论是种子。植根于土地，种子才能生根、发芽、开花、结果。冬去春来，待种子重新回归土地，又一次开始在土地里生根、发芽、开花、结果。如此反复，土地愈来愈肥沃，果实愈来愈丰盈。我更坚信的一点是：扶贫没有脱离大地，精准扶贫更加深入黄土大地，它注定在这片土地上开花结果，笑迎四方来客。

2016年10月10日

举手投足间的颜色

　　根据西蔓色彩的划分法，呈现在我们眼前的大千世界是由冷色系、暖色系和中性色系组成的。由太阳颜色衍生出来的红色、黄色，是暖色系，也叫"前进色"。蓝色、紫色，给人寒冷收缩的感觉，属于冷色系，也叫"后退色"。中性色系是黑、白、灰。其实任何颜色都是由三原色组成的，而三原色中只有红色是暖色，所以判断颜色冷暖，就应该看这种颜色中红色的成分有多少，如果蓝色占主导则为冷。举一个例子，紫色是由红加蓝组成的，而红和蓝的比例将决定紫色的冷暖程度，所以红色成分多的紫色给人较暖的感觉，反之给人较冷的感觉。由此可知，有些颜色的冷暖是可以调节的。

　　读到一句话：世界的颜色是靠心情漂染的，心情的颜色会影响世界的颜色。几次品读，每每心动，觉得这个比喻恰当又美妙。人生，难免会有成功与失败、顺境与逆境，有时候仅仅一句话，就会改变一个人心情的颜色。

　　《增广贤文》中"良言一句三冬暖，恶语伤人六月寒"的箴言，就是这个道理。所以，当一个人的心情处在蓝紫色的时候，要及时添上一抹金光灿灿的太阳色，让自己和周围的人一起暖起来，适时"前进"，以积极昂扬的心态化解眼前的不如意！这抹暖色可以自己动手来添，如果囿于牛角尖无法自拔，最好得到旁边人的及时劝解和开导。面对纷繁的人事，怀揣温暖的心面对，周围的世界便是明亮、温润的。

　　联想到自己工作了二十一年的地税系统：从1994年的分税制到今天，亲历了税法日臻完善、全面，相关政策向基层征管一线适时合理倾斜。变，成为新常态，但越来越接地气，越来越为基层职工指点迷津，越来越为广大纳税人所接纳、理解。而唯一不变的是，为纳税人服务。进一步提升纳税服务质量，为各行各业纳税人提供更优质更便捷的服务，成为新常态下地税人永远不变的宗旨和追求。

基层一线的工作人员和纳税人是面对面接触、交流，所以纳服人员的心情颜色是暖色还是冷色，纳税人一眼就能读懂，也是纳税人衡量纳税服务质量的重要条件。因此，控制好自己的情绪，每天给自己的心情调进一抹暖色调，带着"前进色"和优雅为每一位纳税人服务，让纳税人高兴而来、满意而归，是每一位基层一线税务工作者必须具备的素养和修为。举手投足间的颜色，是你此刻心底的颜色。

所以，请记住，当我们整装端坐在各自的服务窗口时，一定不要忘记先让自己的心情暖起来。唯有如此，我们的纳税服务工作才会暖起来，让纳税人的心一起暖起来！

加强基本公共服务体系建设，着力保障和改善民生，是2015年政府工作的总体要求之一。近年来，税务部门对纳税服务工作越来越重视，旨在进一步提高基层一线税务部门的服务能力和水平，使"窗口"服务工作日趋高效周到，让税法宣传、纳税咨询、办税服务、权益保护、信用管理、社会协作六个方面的内容深入社会各个层面，让税收、发展、民生相互渗透、相互推动，为纳税人提供及时、全面的服务，促进社会的和谐发展、文明前进，为人民步入小康之路添砖加瓦。

其实，举手投足间的颜色，以四两拨千斤的魔力，指点着我们的生活。每一个挣扎在现实里，或飞翔在超现实里的人，请不要忘了面带笑容出门。

2016年12月17日

培植一点浩然气

话说《人民的名义》中，赵德汉每天骑着自行车上下班，住破旧小区，一碗炸酱面就大蒜当晚饭，每月只给乡下的老娘寄去三百元元生活费。但层层剥开真相后，才知道他在豪宅别墅的墙壁上、床里、冰箱里暗藏着砖头似的现金。被发现时，赵德汉跪倒在地哭诉自己"是农民的儿子"，侯亮平回一句"农民怎么会生你这样的儿子"，这一情节让许多观众动容，甚至拍案叫绝。真应了那句古话：老羊皮隔风，老实话受听。

《人民的名义》无论从收视率还是引起的反响看，都堪称现象级热剧。究其原因，是剧中的情节和塑造的人物接地气，能引发观众的共鸣。

上大二的儿子，在微信中振振有词地留言："将来我要报考公检法系统，争取成为侯亮平。"而现在，"猴子"已然成了儿子在家里的新名字，他也很以"猴子"为荣。欣慰之余，我也陷入深深的思考中：但凡中国人，只要追溯三代，都脱不开农民之根。我们这些土地里种出来的后辈子孙，为什么在罪恶深重、身败名裂时才会想起自己原本的身份？为什么利欲熏心、为所欲为时候忘了自己是农民的儿子？

我们共产党人，正处在改革深水区，在改革航船云帆高扬，闯险滩、搏激流的历史时期，达到怎样的境界，才能无愧于历史的重托和人民的期待？毫无疑问是立根固本。立根固本，就是作为一名共产党人的底线，是我们时刻必须铭记的座右铭和必修课。唯有如此，我们才能挺起精神脊梁，阔步走在阳光下。

税务基层一线的工作，时刻面对的是每一位纳税人。我们要对每一位纳税人全面服务，接受纳税人的监督。但同时，那些精心掩藏和经过化妆的违法犯罪活动在大家不注意的角落伺机而动，这就要求我们恪守底线，牢记立根固本，面对权力、金钱、美色的诱惑不为所动，不迷失方向，不忘初心。

只有理想和信念坚定，心中有党，对党忠诚，才能有牢固的思想基础。立根固本，不是照本宣科，不是简单说教和水过地皮干，不是做做样子，而是要贯彻在长期的税收工作的各个方面、各个岗位，涉及每个税务工作人员。当年泥腿子大禹，吸取了父亲治水失败的教训，改堵截为因势利导，从根本上解决了水患，保护了农业生产，使人民安居乐业。由此延伸出一个道理：我们在日常工作中，需要从心底贯彻渗透共产党人的理想信念，牢固树立马克思主义世界观、人生观、价值观和正确的权力观、地位观、利益观，这样才能在平凡的工作岗位上有不平凡的表现。

古人云："万物得其本者生，百事得其道者成。""本根不摇，则枝叶茂荣。"我们共产党人的根本，就是对马克思主义的信仰，对共产主义和社会主义的信仰，对党和人民的忠诚。立根固本，就是要坚定这份信仰，坚定这份信念，坚定这份忠诚。

理清了这些思路，相信无论处在什么岗位，我们的工作中都一定会少发生，或者不发生一些令人扼腕叹息、痛心疾首的事。当"我们一定要"逐步变成每一个"我一定要"时，我相信，地税队伍就会以更美的身姿出现在大家面前，健康向上，一路昂扬。

2017年7月19日

给妈妈的一封信

亲爱的妈妈：

当手术室的大门打开，穿戴着绿色消毒衣帽的护士将妈妈您轻轻推出时，我第一个冲上前，颤抖着声音喊了一声："妈——"您睁开眼，给我一个满眼疼爱的笑，随即疲倦地闭上眼睛。我极力忍住眼泪，支撑住差一点瘫软在您身旁的双腿。这个世界特别美好，但偶尔也会特别可怕，灾难、病痛、不幸、离别随时发生。但请您相信，不管发生什么，我都会记住您的善良、纯真、温暖、努力，相信这个世界依然美好。

记得那天送走了爸爸，人来人往的家一下子空了。一眼看见爹的大炕——老爹一直在那里躺着，咳嗽、翻身、说话，可是这次，我和弟弟不小心把他老人家弄丢了，以后喊一声爹，谁会亲切地答应一声？而以后的路，我都要自己走……我忍不住哇一声大哭出来。您一只胳膊夹着九个月大的孙子，一手端来一碗面："哭吧，哭完把这碗面吃了。以后不许再哭，眼泪要省着些淌。"我看见，一串豆大的泪珠滚进碗里。以后的日子，无论多苦多累多艰难，我再没见您掉过一滴泪。您说，人要学会乐天知命，随天意，因为活着的人，比躺在黄土堆里的人要难很多。随着时间的推移，我明白了活在当下，打理好一日三餐，的确比频频回望要难。

在您和爸爸的呵护陪伴下，我一直以为自己还是孩子，还是小时候那个顶嘴丫头，偶尔冲你们发火；也以为你们还像我小时候那样身强力壮，扬起铁锨，一上午翻完一块地。这次，爹被一场意外事故带走，您一夜白了头，步履缓慢，背影佝偻。我突然发现，您离我们远了些，却离黄土地近了些。这个无意的发现，让我第一次有了心疼的感觉。那天，望着您忙碌的背影，我的心就那样疼啊疼，疼得快碎了。而我，却无法阻止时间、疾病、意外这些杀手对您的伺机侵害。我好害怕，害怕一回头找不到您，找不到和我叙说家常的人。

所以，我说您要从现在开始学习养生，好好锻炼身体，多看看这个世界的美。每次，您总是乐呵呵地说："丫头，我这不是好端端的吗？你就放心去上你的班吧。"可是，我觉得自己的话是那么苍白无力，我甚至恨自己的无能，为什么不能给您一个更好的晚年？而我总是将带您去北京看天安门广场升旗仪式的行程一推再推。那么，今年国庆节一定实现这个埋藏在心底，甚至在心里扎了根的愿望。其实，我知道这也是您今生的最大心愿。

现在，一下班我会直奔到家，为的是多陪陪您，听您说我和弟弟小时候的事。那些鸡毛蒜皮的事，我和弟弟早都忘到九霄云外了，而您却记得清清楚楚，时间、地点、事由都非常清晰。我真怕以后这样的机会越来越少，更怕出其不意降临的疼痛再次在我最心安无事的时候来敲门，在我没有任何心理准备的时候带走我的至亲，让我在以后的日子里只能抱着相框说话落泪，感念追思。

我下定决心，从现在开始做您的乖乖女，听您的话，记住乐天知命，记住吃亏是福……

由于我所在的办公区域大，开门、搞卫生是分组轮值，两人一组，一组一周。每次轮值，最怕周一早上，既要正点学习，又要搞卫生。扫地拖地，抹擦桌椅，我单打独斗，舞枪弄棍，犹如上战场。每当冲到食堂时，往往只剩花卷、馒头了。而我的搭档，总是掐着点儿来上班，见了我满嘴挂着"不好意思，不好意思，又睡过头了！"不痛不痒的理由算是给我的交代，下一次还是一如既往的迟来，念叨着同样的说辞。为此，有一段时间我心中很是窝火，对她没有好脸色，也愤愤于相关领导的偏心袒护以及和稀泥抹光墙的老好人思想。在妈妈您跟前发牢骚抱怨时，您开导我说："你是老干部，多做些是应该的。人家小姑娘离家远，说不定是晚上想爹妈睡不着觉，早上难免起得迟哩！""谁说老干部就应该多干活？再说爹妈谁都有，天底下就她一个人有爹有妈？"突然想起，她妈妈很早就过世了……那次，我听了您的劝，更记住了一句话：为人处世，多从对方的角度想问题。

以后值日，我提前半小时到岗，一切问题迎刃而解。后来，我和搭档紧张的关系缓和了，直到她调回家乡县城，我们仍有电话往来，问候不断。这是您的处世宝典又一次实地验证的结果。我终于明白，您常挂在嘴边的"吃亏是福"，吃的是眼前的亏，其实是为自己将来的生活积攒福祉。不知从何时起，"吃亏是福"也成了我劝人劝己的处世宝典。因为听从了您的劝导，我在年轻人中间成了知心姐姐。现在，大家有啥难事，总会第一时间想到跟我说。每当此时，我会耐心认真地倾听，和她们一起分析原因，直到找到目前最合理最有效的解决办法。我清楚，在前年分局局长的竞选投票中，我能毫无悬念地高票当选，和平时的好人缘是分不开的，更和您的开导分不开。

我的哲学是争和比。"彼，人也；予，人也。彼能是，而我乃不能是！"往往将自己逼到无路可退，苦不堪言，结果要么是强硬扯旗奋起，虽然也获得了些表面上的所谓成功，但其中的酸甜苦辣和造成的内伤只有自己知道；要么一蹶不振，随波逐流，落得无魂无魄的稻草人的下场。现在，我遇事不走这两个极端，会尝试走中间道，让自己和别人在最大限度上不受无谓的伤害。与人方便，与己方便，这是一种处事的有效方法，是妈妈您一直奉行的大善的延伸。也正是您这种教导，恰恰让我顺利渡过了几个棘手的人情世故关，最后大家一笑泯恩仇，握手言和，快意人生。

您总是说，无论做任何事情，都要对得起自己的良心。我看见，您就是用这样简单的处世哲学，化解了周围的唇枪舌剑，活得自然安心。我是公家的人，每天按时上下班是我的本分，按时完成分内的工作是职责。而在您的影响下，我学会了恪守自己的本心，分得清哪些事我应该做，哪些事我不应该做。拿了不该拿的东西，伸了不该伸的手，人的良心会不安，半夜会做噩梦。

直到被一场突如其来的车祸击倒，我才明白：对于这个社会，我或许是微不足道的，而对于您和这个家来说，我是如此重要，绝非可有可无。我是儿子的妈妈，丈夫的妻子，您的女儿。没有了我，你们的天便塌了，这也是我所感到的无上荣耀。所以，当我从昏迷中睁开眼时，妈妈您摸着我的头说："我的娃，只要你活着就好。"当我能下地时，您扶着我说："我的娃，只要你能离开床就好。"当我能架拐移步时，你在前面大喊："我的娃，老天给我们的路宽啊！"您双腿下跪，给老天爷深深磕了三个响头。那一刻，人到中年的我突然明白，有多少亲朋好友正满怀期待和信任地看着我，依赖着我。我必须坚强，向上，挺拔。

妈妈，您虽然没有给我灌输过仁义礼智信的大道理，可我知道做人的底线；您虽没给我讲述过《朱子家训》，可我知道您每天都在践行其中的逐条逐字。妈妈，今生能做您的女儿，是上天给我的恩赐和福报。希望在您的有生之年，我能孝敬您，缠着您，依赖您，听您说话，陪您一起慢慢变老。我愿用温柔的手，送您去往另一个世界。

期盼来生，我还是您的女儿。

女儿
2017年9月1日

黄河浸润的时光

青春在韵律上舞动

那些年青春四溢，不知如何击退脸上泛滥的痘痘，坦然面对身体变化带来的惊喜、不安以及好奇，总是和小红耳语，议论着班里班外那几个喉结突出、上唇长满性感小胡子的男生。

老师肩上扛着四季，"哐当"一声把耙子、锄头、铁锨立在教室门口，从栲栳里拿出书本，抬着泥腿子走进教室，用我们熟悉的方言大声朗读、讲解、演算。所以，我最初的数学是这么开始的："你吃了一个疙瘩（玉米面团，拳头大小），又吃了两个疙瘩，总共吃了几个疙瘩？"即使中午盛在碗里的不是疙瘩，是豆面撒饭或者浆水拌汤，我们也会在脑海中画出疙瘩，得出准确答案——这些教我算术、语文的最初启蒙者，大多有一个特殊的身份：民办教员。

当那个酷似大白梨一劈两半的乐器，出现在大家面前时，我们着实有些意外。走近细看，我忍不住拨弄一下，音孔里传出玉石轻触的碰撞声，声音轻柔悦耳，余音里似乎潜藏着一弯看不见的小钩，那钩刹那间死死勾住四周的"痘痘"和"小胡子"们。那一刻，青春的眼睛里开满鲜花，明亮稚气的眼睛在那件乐器上扣弦而歌。

于是，我们第一次知道，这是一种可弹拨的民族乐器，叫琵琶。陈老师说："只能让你们看看，加深印象，我不会弹奏，希望丫头们将来有机会的时候，一定要学会弹琵琶，像李清照，有一种古典美。"那天，琵琶、李清照和古典美，深深蛊惑、俘虏了一个十五岁的少女，从此在她心里生了根。

"俏丽若三春之桃，清素若九秋之菊""态浓意远淑且真，肌理细腻骨肉匀"，可是陈老师眼里的李清照和古典美？那么，黑发及肩、着碎花袄、细柳般嫩绿的我，有没有古典美和李清照的影子？我心底埋着的小火种，谁来为我点燃？

《军港之夜》是陈老师双手握住口琴，啃苞谷棒子一样啃出来的。长一声，短一声，急一阵，慢一阵，断断续续。结束时，他双脚并齐，立正，向我们深深鞠躬。我们使劲为陈老师鼓掌，再鼓掌，又鼓掌。我第一次看见那个叫音乐的东西，被人从口中吐出来，经一排排气孔梳理流淌出来，像山泉，似河流，是阳光下的白雪，也是清风明月。而我，突然有哭出声的冲动，眼泪哗哗流下，不能自抑。音乐，可以在不经意间，用一串跳跃的音符突然攫住人的某根神经，让人哭，让人笑，让人神游，让人热血沸腾。此时的陈老师，鼻尖有细密的汗珠冒出，红着脸有些不好意思地解释："昨天练了一晚上，还是没吹好，下次一定吹好。"

同学们推推搡搡，搓着手，试探着要摸一摸老师手里的口琴。陈老师立刻宣布，每个人可以拿在手里看看口琴，也可以吹一下。于是四儿、麦穗、小红和我，围着陈老师叽叽喳喳，在教室里飞来飞去，一如春天新来的燕子。在大家的围观下，我们每个人红着脸憋足劲儿吹响了口琴，接着哈哈大笑。陈老师也跟着大笑，他的两个大板牙又白又齐，仿佛世间只有音乐、快乐，他身上没有民办教员的标签。

那天，陈老师挺胸抬头，穿一身发白却洗得很干净的蓝色涤卡中山装，白毛布底、黑条绒面的松紧鞋不染一丝生活的沧桑，满脸是难得一见的笑和异乎寻常的庄重，似乎那天他媳妇生了个胖儿子。全班五十二个"小鸟"，脸上写满兴奋和激动。我挤在陈老师身后，闻着他衣领间淡淡的汗味和肥皂粉的清香，幸福无比。突然发现，老师其实并不高，我快赶上他了。

缺少广播、电视、音响灌溉的我们，青春一下子被浸到奇妙神秘的音乐里，仿佛瞬间长高长大，甚至觉得和别人有了一丝不同。可是，究竟哪里不同？我找不到。但从内心，我开始慢慢瞧不起在厕所抽烟、满嘴脏话的"小胡子"们——有本事，吹一曲《军港之夜》。

擦干口琴，装进口袋，小心翼翼地抱起装在布袋里的琵琶，陈老师大踏步出了教室，一直走出校门，阳光明晃晃的，照耀得人只想淌眼泪。他要把借来的琵琶还回去，还到远在省城的西北师大，师大艺术系的音乐老师是他的远亲。赶在天黑前，他要搭最后一班长途汽车回来，明天继续给我们讲《琵琶行》。

四个课时，我们一直沉浸在白居易的《琵琶行》中，这是一件多么美妙的事。"座中泣下谁最多？江州司马青衫湿"，陈老师的朗读难掩颤音，眼角闪过大唐的泪雨。课堂上鸦雀无声，大家屏住呼吸倾听，生怕漏掉一个音节。他用大川话（我的娘家是永靖县大川村）提问，我们用满口大川话回答。硬邦邦的方言，一问一答，少了些许大珠小珠落玉盘的清脆，但我们的青春因为这份艺术带来的感动而难忘，这位民办教师给予了少男少女们的人生"美"的启迪，这影响了我们的一生。

后来，在教室的红柳筐中，我们见证了母螳螂咬断公螳螂的脖子，吃完头，继续吃前爪，再一口一口吃掉身体其他部位。陈老师说，这是自然法则，螳螂就是这么繁衍后代的。

豁了口的洗衣盆中，是一片网状卵衣，在我们一天天的探究下，慢慢游出一群小蝌蚪，陈老师和我们一起重温了小学课本中的《小蝌蚪找妈妈》。婴儿在妈妈子宫里游来游去，嘬着小指头，变换着表情包——只是低头想一想，便觉得这世界真的奇妙无比；我们的身边、脚下，原来四处是浩瀚的未知和看不见的魅惑。每一个生命，都是奇妙而独一无二的，谁都无权轻言放弃；而每一个生命，都应该被尊重。

再后来，我考取了兰州以西的中专学校。对"匏土革木金石丝竹"疯狂有加，无数次被《二泉映月》打动得伤心落泪；我痴心于巴赫、柴可夫斯基——音乐，铺天盖地、令人惊愕的华章，为我洗尽铅华，让我的生命变宽变长。也会在校园的香柳树下，静静地看一群蚂蚁搬运一粒草籽，不厌其烦；遇见胖乎乎的屎壳郎，久久目送它推着粪球一寸一寸靠近家门。

　　其间，如陈老师所愿，我这个既不古典，也不李清照的河边女子，也能"转轴拨弦三两声""轻拢慢捻抹复挑"了。那些定格在青春长河里的天籁之音和陈老师朴素的师德，教会了我如何为人处世，如何让自己空灵美妙而不失做人的底线。可惜，长大后我没有成为你，不能用粉笔写下真理，画出彩虹，举起别人，但我可以用你教会的汉字，在白纸上擦去功利，留下乐趣，奉献自己。

　　在琵琶声相伴的岁月里，我逐渐学会了忘记一些疼痛，怡然自乐，也不忘一树花开，怀抱阳光。

2017年9月4日

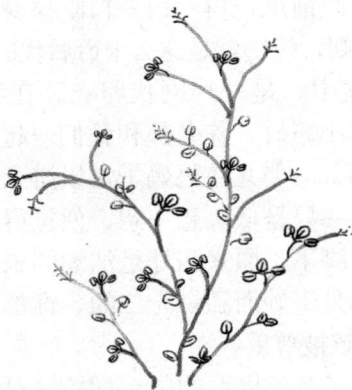

月岸听花问水

全然没有了白天的喧嚣热闹，甚至秋虫也几欲噤声。树叶间隐身的七星瓢虫敛翅静卧；蜘蛛半闭了眼等待最后一批食物的降临；绿色的菜花蛇开始深掘洞，伸腰打哈欠准备一场深度睡眠；蚂蚁携家带口钻进大地的衣缝深处，择一个温润角落酣睡一冬。

今日寒露，谓九月节，露气寒冷将凝结也。寒露之意，气温比白露时更低，地面的露水更冷，即将结成霜。大雁自白露始，南飞越冬，寒露是鸿雁在北方的最后时日。此后的日子，北方小镇和这里的人们要在一场冷似一场的寒风中，踏过一场又一场的白雪，直到春雷一声，大地和万物一起苏醒。

白天的南岸，草地绿茵茵，红叶片片随风翻跹。大枣熟透，一嘟噜一嘟噜坠在绿叶间晃晃悠悠，一阵风过，乒乒乓乓落红点点，香气氤氲。攀墙而上的爬山虎，松松软软，酷似刚刚织就的红绒毯，就那么"哗啦"一下子轻轻地铺上了屋顶。杨树叶子已然泛黄，散落一地，曲径通幽，落木萧萧。花圃中的丛丛碎花，白的，红的，是谁留在大地衣襟上的湘绣，风？阳光？翻卷的白云？还是浪起云涌的天宇？

枫叶红，野草黄，草坪绿。秋款款走来，染黄雏菊，熟透稼穑。秋应是大自然调色板上刚刚泼洒的水粉画，满眼斑斓，满心璀璨。

我的北方小镇，人们虔诚地跪在地上收获，太阳下黄河石般圆润的秋洋芋和泛着金子色的苞谷棒子，歪着头的黄米穗子，垂在树上的苹果、梨、柿子，正一寸一寸填满深秋的酒窝，一步一步抬高黄土大地的房梁。五谷堆满场院，稳稳镇住每一个在大地上耕作的人的心和脚步。

穿城有水，向西。水光舟影，鸥鸟盘旋，我笔下的落款总是水灵灵的，泛着露珠。在距离黄河水百余步处居住、工作，常常在文字中忘我地划桨开大船，在波光潋滟处低头思考，学会了一些剥去华丽包装，挖掘其实质内核的小技巧，懂得了如何给朴实如泥的小思想打个漂亮的蝴蝶结。春夏秋冬的心事都盛在这一江水里，盛着蓝天，淌着白云，掠过飞雁，映着蒹葭，一年又一年。

悬崖上，一块巨石飞入峡谷中的水涧，是不会溅起一朵水花的，更没有雷鸣般的声响，犹如流星划过太空，耀眼的光芒瞬间幻灭。"夜来八万四千偈，他日如何举似人"，这些飘忽、闪烁的力量在静夜里出现，多么像遥远的恒星——它们也是闪烁的，在夜幕中，它们没有行星光亮。但大家都知道，强大的能量与引力来自恒星，是它们在无边的天宇中寂寞地燃烧，才让银河飘摇有致，恒久如常，花好月圆。

黄河岸边的湿地，香过春季的风信子、郁金香，炫过盛夏的唐菖蒲，那时候天天都觉得好日子才开头，后面有着大片光亮的世界可以奔，人生就如眼前的花一样热烈而芬芳。曾几何时，我以为我就在江南小镇的水墨画里诗意穿行，看黄河翻越崇山峻岭，冲积出炳灵峡、刘家峡、八盘峡三大峡谷景观。繁花盛开，小园幽径，旗袍着身的女子，留不住花香，自会留睡莲和水墨在红巾翠袖上，也会让繁花活在心底的清供里。

在这秋夜里，薰衣草和马鞭草，一高一矮，在湿地上绘出一片一片紫色的翡翠。淡淡水雾弥漫下的这一片漫紫，辽阔如烟，轻柔如水，朦胧如梦，如凌波仙子，衣袂飘飘，持莲踏月而来。苍茫芦苇，在微风里一浪一浪漫过来，心生摇曳，人不禁莞尔。细腰彩虹桥，在芦苇花间若隐若现，贯通南北，沟通你我。

是谁，把蓝色黄河里的圆月亮，水亮亮地挂到了中秋的夜空，让人间银光遍地，阡陌幽明？河水静谧，波光粼粼。所谓黄河第一水车，就是把黄河的水一圈一圈舀上来，灌进高高架起的竹筒渠中，引流到大肚子水池上面，乍然下注，让水在瓷砖铺就的细弯的水渠中淙淙流淌，直到溢满最后的蓄水池，再引流到黄河里——水车已然没有了它原始的使用价值，只是让人观望留影，以表不忘之意。羊船在路灯下静静地璀璨、闪烁，默默地提醒大家：这是黄河最初的样子，还有那一排白肚皮、四仰八叉的羊皮筏子。两岸灯火，渲染出一圈一圈的红绿相间的光，在河水里流淌，流淌。今夜的月光下，如果有夜莺舒缓优雅地弹唱，我就可以轻易认出哪一行是含情脉脉的吟哦，哪一行是泪水满腮的思念。这片被月光染蓝的黄河，每一朵浪花里澎湃着小心而隐秘的忧伤。

黄河水的道场经声四起，红山白土头的罗家洞里，肉身成道的王子和邻家小妹手拉手穿过拉卜楞寺的后大门，直把密宗禅修的功课传诵到布达拉宫的大殿上。我相信，那些夜晚和今夜一样敞亮、寂静，月光绽放在天地间，太极岛的白鹭把翅膀交给了灵魂。可惜，大殿的酥油灯太暗，照不进座上人的心，扫不净他额头的烟尘，那个人自称是雪域最大的王。我在万物中找到你的名字，让梦里飞翔的你在流水边默诵，流水和月亮会超度你，超度你的清欢和忧郁。在距离澜沧江—湄公河源头不远的黄河上游我的家乡，在青藏高原和黄土高原俯首交接的地方，时间的流水容许白丝绸上落满娇嫩的桃花。所以，罗家洞成就了一段佛教的盛世传奇，而你和八廓街之间恰恰隔了一条银河，仓央嘉措。我渴望，每一朵开在月光下的花也皎洁纯美，山河照影，遍天遍地都是人间的好日月。

马鞭草尖上轻笼的紫色丝幔被浅黄的苇荡轻轻接住，郑重交给月光下的黄河水，岸柳、残荷、水草，隐遁的青蛙和蚯蚓，睁大眼不动声色地注视着流水里的人世，看时间的刀子切割俗世的美好年华，看千年的莲根须长如发，看长满苔藓的诗句，看古碑镌刻着一个人一生的荣光。这蜜色的花场，将我淹没，让我迷失在浩大的紫色里。爱是一种苦难，却胜过不爱的苦难。今夜，突然发现，唯有这流水和明月是不朽之物，纵然彩虹桥腰如细柳，太极桥明眸皓齿，未必渡过时间之上的尘世宏愿，这里隐着般若和大悲咒。

我的衣兜里总是揣着一枚硬币，它被我的手抚摸得非常光滑。有些事我问自己找不到答案，也羞于问别人，只好让硬币做主。或许在我的一生中，我的情感难逃潮汐般的命运，它有时起起落落，甚至狂奔到天际，但最终会归于一种巨大的平静。借不到的三寸日光，开到荼蘼的紫色遮不住一些暗伤：我找到约好了的天堂，那天堂是我爱过你的地方，可是我看不到，在这场无与伦比的月光里，这个世界上无与伦比的你我在哪儿安身立命？退尽温度的风，轻叩旷野的门扉，谁在里面斑驳了流水般的岁月，在三杯两盏中融化了霜雪千年。掏出硬币，抛向紫的海，我听不到一丝声响，就像流星灿然划过——这掩藏在光滑深处的蛊，这摁在胸口的手，披着能盖住天的紫色外衣，遁于大化，再不相见。

坐在微寒的石阶上，听花瓣随风洒落，在月光下漂泊、流浪，有些迷茫，有些凄凉，面朝黄河，猜不出它是醒着还是睡了。背靠一大片恍若隔世的紫色和远处的罗家洞，披一身月色，踩两脚露水，头顶星辰，这就是一个人的世界——美得安静，美得小心翼翼。

闭眼调息，想想眼前：即将一步跨入中年的门槛，身边的人们过着并无太大区别的忙碌生活。大家的爱好似乎日益趋同，聚个餐，喝场酒，唱个歌……眼底不免生凉，心下逐渐凄冷。

风呼啸而过，天空云阵排列组合，眼前风物若明忽暗。有红枣啪啪敲打开满白花的豌豆秧，有细雨嗖嗖掠过脸颊。看来，风起云涌的天幕，已经在前一刻深深掩埋如水的月色。其实，风动无非树拉弦，雷声即天做鼓——我站起来，走向风雨。我的内心有一种难得的宁静，一种内外通透的轻松。

2017年10月8日

意象庄浪

陇之东，以六盘山为依托，山川呈西南走向，地形似甲骨文"山"字的，便是庄浪。我居陇中，黄河穿城而过，甚感滋润。东方庄浪，地处陇山西麓，却坐拥四条河流，淙淙又淙淙，滋润复滋润。敲打以上文字的此时，我恰好将自己推进一个无法自抑的意象里：梯田层层，粮草丰茂，山道盘旋，丘陵起伏，嘉木荫翳，白云生处炊烟缭绕，塬坪滩地瓜果飘香——恰似世外桃源。如今我将知天命，却未曾谋庄浪一面，想来委实惭愧，惭愧我囿于单位与家这两点一线，忙碌于一日三餐，与诗和远方遥遥相望。

问询百度，越青兰高速，我与庄浪相距不足四百公里，耗时亦不足六小时，不禁扼腕长叹：咫尺却天涯，仅在一念之间。

遂心心念念琢磨一件事：戊戌狗年，定往雍州之域，拜六盘山，临水洛，谒紫荆香霭，攀云崖寺，登龙眼山石窟，上黄土高原，指点喜马拉雅运动之种种遗迹，看千沟万壑，以添胸中豪迈大气，满心喜悦安详之意。若口渴腹空，有柔韧细长面、浆水面或洋芋搅团奉上，佐以各色时蔬，有秦音俚语绕耳，笑谈东晋十六国之清雅，唐宋之诗意。忆往昔，无论五胡战乱，秦扫六合，汉度关山，皆以庄浪为棋盘，烽火狼烟起，挥剑论英雄，颠沛流离处，百姓无宁日。而今白云意悠悠，昔日成败付流水，流不尽的水洛河，至今依然泛着丝绸般的光芒，一路平稳清冽，吞咽着历史的细枝末节。若有家酿米酒，屈伸五指间，拇战数回合，痛饮黑白天。快意之事莫若酒，酒助雅兴，欲饮则饮，欲止可止，各随其心。可秦腔，可山歌，可流行曲，或可吟哦几首诗歌，亦可手之舞之足之蹈之。亦可不以酒为乐，以清谈为乐，所发之言，不求惊人，人亦不惊，漫湹四溢，假以叙人胸臆，开怀抒情而不知今夕何夕。

有一点我是清楚的，那就是陇东，是太阳升起的地方，是温暖的源头，是光明的象征和希望之所在。庄浪大地上曾有一桩引人注目的壮举：1964年至1998年，四十万庄浪人历时三十四年开山，付出两代人的血汗，建成百万亩水平梯田。梯田，是在坡地上沿等高线建造的阶梯式农田，是治理坡耕地水土流失的有效措施，蓄水、保土、增产作用显著，通风透光条件好，利于农作物生长和营养物质的积累。这奠定了庄浪农业产业化和可持续发展战略的基础。国家西部大开发战略和把旅游业培育成西部经济支柱产业政策的实施，为庄浪生态旅游业的发展创造了良好的机遇。这彻底改变了一方水土不养一方人的现状：一片片梯田一层层绿，一朵朵白云绕山间，一座座青山紧相连，使庄浪大地变成了"梯田王国"，使慕名前来考察的外国专家啧啧称赞："这是庄浪人民在黄土高原上精心描绘的一幅景色迷人的风景画，简直是世界奇迹。"奇迹，是酷暑严寒吓不倒、贫穷饥饿压不垮的庄浪人民，以义无反顾的气概和大无畏的精神一层一层垒砌出来的。梯田是庄浪人民一点一滴雕刻出的名片，是庄浪人民最详尽最全面的说明书。

《愚公移山》是一个中国古代寓言故事，出自《列子·汤问》。这个寓言故事讲述了愚公不畏艰难，坚持不懈，挖山不止，最终感动天帝而将山挪走的故事。通过愚公的坚持不懈与智叟的胆小怯懦，以及"愚"与"智"的对比，告诉人们无论遇到什么困难，只要有恒心、有毅力地干下去，就有可能成功。其中，最感天动地的应该是"邻人京城氏之孀妻有遗男，始龀，跳往助之"以及愚公的乐观态度："……虽我之死，有子存焉；子又生孙，孙又生子；子又有子，子又有孙……"而庄浪人民建造出的"梯田王国"惠及的不仅仅是一个县、一个市、一个省的百姓，而今已然上升到了战略意义，这恐怕是庄浪人民当时想不到

黄河浸润的时光

的"梯田效应"吧。

见过许多整齐划一的村庄，人们从原始老旧的村庄搬离出来，被安置，其间自有诸种考虑，绝非盲目所为。但我从那些一致的步调中，从那些快捷和便利中，感觉到了一种乡愁，这其实是一个农村游子最初、最不可抹杀的乡愁。我期盼意象中的庄浪还有旧日的味道，乡邻之间人情依旧融洽，尚未疏离，娱乐和艺术依旧朴实，讲究美感；旧县城清朗、专注、安定，捎带一些颓废、陈旧、空白，抑或落寞，也无不好，正好应和了游子一步一步挨近故乡的心跳。

还有一点我也是清楚的，马光远先生有句名言："世界上有名的苹果有三个，一个被亚当和夏娃吃掉了，一个掉下来砸中牛顿，现在只剩下一个，长在平凉。"其中，应有庄浪苹果的一席之地。这个广告名头不小，古今中外都有了，还怕不能广而告之？但庄浪人民对苹果的态度，一如当初对梯田的憧憬和虔诚，别出心裁地让庄浪苹果穿上福禄寿喜的汉服，摆出威仪棣棣的姿容展现在了世界面前，这就有点意思了。第一次看见庄浪苹果的不俗，我暗暗称奇，接着莞尔一笑，现在只想竖起大拇指，什么也不说。在"只有你想不到的，没有网络办不到"的当今，指不定庄浪苹果哪天真的会制造一个不小的动静，让世界侧目，让又一个桂冠——"苹果王国"引来外国大批农场主的频频光顾、考察学习，再创造一次奇迹又如何？这给庄浪人民提出了更高更严的要求，这个要求无异于再创造一个"梯田王国"，或许更加不易。

所以，我期盼，期盼庄浪这块黄土大地上孕育的带着高原红的苹果，走得更远更稳健更有故事。我也相信，大黄、柴胡、党参、甘草、杜仲这些黄土大地上的花花草草，依然会守护爱恋这片大地，因为这是一块心情幽微，却又多面呈现的大地，它如同黄土高原上的其他大地那样，适宜生长磅礴大气。

2017年11月24日

在齐家坪，与岁月长谈

齐家文化是以中国甘肃为中心地区的新石器时代晚期文化，时间跨度是约公元前2200年至公元前1600年，地跨甘肃、宁夏、青海、内蒙古等四省区，因1924年在甘肃省广河县齐家坪首先发现而得名。齐家坪遗址是黄河上游地区铜石并用时代的主要文化遗存。

广河县

隶属于甘肃省临夏回族自治州的广河县，历史上曾先后被称为大夏、河诺、木藏城、定羌、太子寺、宁定、广通。这里寄存着先民黑色的眼珠，印着大禹沾满黄河水的泥脚印，先民用陶片缝制的外衣，一寸一寸包裹这片黄皮肤的胴体。

广河，东有洮河水环绕，西有大夏河、广通河，南接茂密的太子山森林，这么多的水聚集在一起，与这片土地相遇，恰好有一些闪着青铜之光的思想一点一点浸润贫瘠的生命。这片沃土，必然会孕育出世间最动人的历史传奇。

齐家坪遗址的威严和震撼在于荒芜与焦渴：随处可见的碎陶片丛生在大地上，一片一片犁开远古的烟火，从繁华到静寂；古城厚厚的城墙，负载千年风雨，究竟顶住了多少回泥沙俱下的扑打？火坑中似有枯木正在熊熊燃烧，铸造一个王朝的玉玺，举起第一个部落联盟的王朝——夏；青藏高原、黄土高原、蒙古高原在这里交接，开启中西文化交流与渗透的大门；古文明的传播和流动在这里中转休憩，为群峰、黄土、玉石、丝绸、飞天打开悟道的法场。

我看见华夏子孙循着汤汤流水落地、长大；华夏文明沿着滔滔黄河水，汩汩淌出夏、商、周……

远古的齐家坪应是一片海，或是一个巨湖。夏日，风雨叩石，黄河、湟水、洮水、广通河水汇集于此，浩浩浊水俯冲，乍回头，旋涡飞转，汪洋泽国，洪水掀起层层巨浪，扑上来，又扑上来。洪水所到之处，淹没山陵，摧毁窑穴房屋，吞没黍粟，人民流离失所。河岸川台的人们，一步步后退，再后退。这些流水，能浇出丰茂植被，冲积出肥沃土地，也不忘时时发发坏脾气，让沿河两岸家破人亡，沧海桑田瞬间交替上演。

远古的水，是齐家坪川台上流动的野性诗歌，喜欢在皇天后土中疯长。万道霞光中，我看到百鸟聚集的翅膀、水草丰茂的腰身和容颜不老的胭脂，以及陡峭、连绵的山峰，迎着太阳起起落落，描摹斑驳间湮没的亘古和细碎中潜藏的久长。

大禹

"左准绳，右规矩，载四时，以开九州，通九道，陂九泽，度九山。"一种亲切，隔着往事，直往心里钻。那些石斧、石铲、石锛上印着的呼吸还在沉睡，相隔千年宛如初见。共饮一江水，就连乡音都是天然的味道，带着粟黍的清香。如果我们迎面走来，你的举手投足和我沾满呛人的黄土的乡音俚语，定会一见如故——这壶老酒，怎么喝都会醉！即使此时，我独自臆想你，字里行间写满的都是你胸中的风起云涌和脚下的千古回音。

在导通龙门的那一刻，你目送滚滚流去的一江水，会不会像我这样在你站过的岸边，因执念破壳而潸然泪下？鲤鱼跳过龙门，便是通达河州，是流水三千的江湖，海阔凭鱼跃，天高任鸟飞——一步跃出去，便是天地间奔流到海不复还的天之涯，海之角。

埋下铜斧、铜镜、陶和旌旗、兽骨，以及一场狩猎的奔跑、呼喊，看看栅栏中围着的猪、羊、狗、马，试着豢养一只鹰，模拟鹰起飞的姿势，偶尔仰起头接收鹰眼里蓄集的闪电和不灭的火焰，不忘尝试和鹰对话、交流。

那一年，"济济有众，咸听朕言，非惟小子，敢行称乱，蠢兹有苗，用天之罚"——驯服大河的禹再次开口：出征必将是"除天下之害"。大夏的烽火第一次被人燃起，天底下的事、物即将有序有理有据。大禹伫立于龙门，满眼是黄河，龙门之外的丝绸、茶马、漫漫黄沙，以及紧锁的玉门即将铺开八千里路云和月。那天，禹立在大地上，天空比他高一些，他的召唤比大地高一些。士气熊熊，群雄争霸，舍我其谁？尧舜禹伐三苗的战争，以黄河流域部族集团的胜利，逐渐催生一只燃烧的苍鹰——大夏王朝。

古道热肠，一瓢黄河水足以醉倒万里沙尘。唯有大禹有幸踏遍无数江山，那些逆风而行的碎步镶嵌在《史记》中，密密麻麻的汉字都是手握石铲挥锤治水的身影。也许，那个端坐称王的大禹只是历史中的逗点，却让汉字分段排列，层次分明。汉字至今沉默，却胜过千言万语；大禹至今沉默，只有大河昼夜代言，亘古不息。

风不说话，我一动不动，任凭思绪自由游荡，游荡在日出而作、日落而息的大夏古城。和着布谷鸟、蟋蟀的歌唱，我有一千个理由相信：羌人故里，大禹的古城岁月，每天都是黍粟进仓，家家煮酒。好酒入喉，人们迈着虎的步幅，来回丈量黄土大地上自己的家园；以鹰的表情俯瞰山川，在黄河水中把"规矩""准绳"洗了又洗。

铜镜

岁月恰好达到一种最完美的结合：大河汤汤，情怀不绝；大山矗立，静默不语。这是父性和母性的融合，雄奇与柔媚的交汇，大地上孩子、羊群、菩提、眼泪，以及黍、粟、山桃、野杏和葵花一起出生、成长。

一眼千年，轰然打开这本时间之书，双耳罐、大口瓶、鸟形壶拨开千年云烟，踩千层厚土滚滚而来，微微睁眼启唇，诉说先祖窑穴中常年不灭的火种，叮咚脆响的玉牙璋上雕刻的威仪，还有上通天、下接地的炊烟。

女娲炼五彩石以补天，大禹顺应流水以导河。埋藏在时光深处的寒波，遮不住玉石被淹没的温润。以礼器飨天地、神灵、先祖，磊磊玉石铺起的大路上，星起星落，蛐蛐翻墙，九月的野狐眉挂白霜，为身背箭袋的祖先镶嵌路标。箭未出鞘的祖先，双手接住头顶划过的闪电和黑夜中滚下的雷声，那一刻，他是天地间的王。

绕过陈旧，沿袭昨夜的漫天繁华和一场长梦的思绪，把一些思绪浸到脚下的河水中漂洗再漂洗。抓一把火种，摁进月色漂净的乱石中，冰凉的胸腔里，定会淌出一串串滚烫的藤蔓。石破北方而生，将一江秋水翻手浓缩，或将晴空明月的样子浇铸成一枚铜镜——这里的另一个我，在黑暗里等待被发掘照亮!

惯于烧陶冶铜的黑眼珠，第一次在铜镜中端详、辨认自己，禁不住轻轻问一声：你是谁? 从哪儿来? 到哪儿去?

望着镜子里的自己，虽缄默不语，但所有的迷惑已解开，遮在眼前的迷雾随铺在河面的根须流去，去往更高更阔更宏大的远方。

一面满载顽石憨态的铜镜，开眼的一瞬间，就泄露了一个王朝的一言九鼎。红铜、铅青铜与锡青铜的厚重坚硬，麻丝经纬交错的编制，足以遮挡千年风吹、万年日晒。时间一样长的灯芯，老井一样满的油灯，照亮的不再是清瘦的石器和素陶，还有锐利的骨骼在铜镜以外继续酝酿的另一套五官，譬如通铲、铜斧、铜剑，以及比铜还硬，比水还软的思想——只有这面铜镜有幸让你发现自己，世间不再只是堵在眼前的你和江山。铜镜，记录着光阴似箭，也洞晓岁月无边。

需要多厚的一片黄土，才能承载起华夏民族最初的文明星火？让大地湾文化、马家窑文化、齐家文化、半山文化的种子如此集中地播撒于甘肃的大地上？这脚下低眉顺眼的河流，笑靥间弯出的轮廓里，满是仓颉造出的横竖撇捺，黄土高坡上刻满西北风低吟的唱词，柔软如丝绸的飞天里，窜进一些飘逸的篆意简味。

这面站立在远古人影中默不作声的镜子，照见日月之外自己的那一刻开始，先祖的长夜变得短了些，白天变得长了些。

粟

水道弯曲，绿树有影，天上百鸟欢歌，沼泽地里天鹅惊飞，天空划过一道闪电，随即响过一声春雷，天地翻身坐起揉着惺忪的双眼，——苏醒过来。同天地一起苏醒的还有稷，即粟，它适合在干旱、缺乏灌溉地区生长，有白、红、黄、黑、橙、紫色，所谓粟有五彩。黄河、洮河、广通河所经之处的滩涂大地，恰可遍植粟。

粟，虽然颗粒细小，但可一而百，百而千，千而万，千千万万粒粟脱了壳就是美食。时至今日，黄河沿岸的人们一直食用粟。大病初愈的人或刚刚生产的妇女，每天一碗热乎乎甜丝丝的小米粥，谁都知道这是最好的调节肠胃的大补食品，是深谙粟之脾性的厨娘惯用的吃食。

粟文化里，汹涌着大夏漫山遍野的草籽和一抔黄土，指间擎起的是绵醇的琼浆。九州大地，春种一粒粟，秋收万颗子。狗吠，牛马跳，栏内猪羊嚼嫩草，这是祖先的遗风，也是后嗣的沿袭，至今不绝。

弯腰是祖先血液里流淌的虔诚，大地定会成全一束粟穗饱满的风骨。从此，种子撬开大地的胸腔，铁骨似金，婉约如兰，一束粟决心养活一季沧桑。粟把晃眼的湖举上天空，落下来，使一道峡谷旷达，顺手抽掉高原骨骼中渗出的寒凉。大地不再沉默，比粟粒细小的诉说堆满谷仓，使人们拐过河流的弯道时在夜风里飘起来，再稳稳地落下。

黄河，飞翔的水，藏掖蓝色的翅膀。流淌的是鱼虾、飞鸟、寒鸦，还有一些根须飘飘的思绪，它在一些人的胸腔里孕育、发芽、开花，浇灌出果实和种子。

漫山遍野中站立的粟，细嫩的头一探一探顶住黄土地上来回的脚掌。他们听得清种子发芽的声音，读得懂种子的心事。大夏城外，慢慢咀嚼一口香甜的粟和山头上喊出的第一声高腔，定会让奔跑的河流回头，又回头。

渐渐远去的不仅是窖穴黍粟，还有黄土掩盖的半亩大夏时光。一声鸡鸣，点亮大夏古城，猿啼、鸟叫、狗吠、蛙鸣，细细碎碎的声响填实火塘里的烟火和热气腾腾的粟食。

后羿留下的最后一团火球，适时唤醒漫山黍粟和山桃野杏，以及四季更迭的齐家坪。这里的黄土中，沉睡着一部飘着酒香的慢时光。

与岁月长谈

暖烘烘的黄土大地，微闭双眼，浑然进入某个俄罗斯画家的油画中。夏风吹来，有远古的意味。田间麦地，行行麦芒如针，无畏成长；队队苞谷，如列阵士兵，养精蓄锐；白花蚕豆，紫花胡麻，红花洋芋，都蓄满独立昂扬的生之力量。

时空旋转，飞逝如电，我是黄河岸边齐家坪古城中走失的那个孩子的子孙，我的五官间隐藏着祖先不灭的记忆。风，吹乱长发，我黑色的发丝里浸满关山苍野、植被盛大的黄土地的气息，那里种满祖先的骨头和卜辞，还有一茬比一茬饱满的黍粟。汹涌来去的浪花，打湿乡愁单薄的衣襟，谁都知道，乡愁虽然会在深秋里越来越老，但世上的乡愁怎么写也写不出斑驳的味道，那里住着一部浩大的童话。一些诗歌翻卷着翅膀掠过，像母亲跌落的牙齿叩击大地——这些隐匿在脚下的暗喻，风不知道，我知道。

当一艘货船的汽笛声，撞疼蓝色河流的肋骨，阳光如词，朵朵浪花排队列阵，连缀日月星辰，祖先光着膀子开始在羊皮筏子上歌唱，在远古的光阴里和我侃侃而谈。而我，怀揣佛的执念，任由门址、墩台、石城墙逐一开口，说出上古的一日时光：在诸神点亮灯火的山路上，导河的大禹便浮现在眼前，我用祖先赐予的双眼一遍遍触摸大夏古城的荒冢和白骨，直到泪流满面。不远的田野，正好麦穗灌浆，蚯蚓犁地，獾猪夜行，萤火虫点灯，一些诗歌乘着风的翅膀踏月归来，任佛光去了又来，来了又去，把六字真言念了一次又一次。

我情愿此生，就这样跪着和岁月长谈：风从做旧的远方奔来，带着一座城池的遗味，先祖干净的面孔，黑色的双眼，随风潜入五脏六腑。仅仅一个眼神的长度，岁月就让齐家坪的每一束光都披上丝绸的火焰，温暖每一株花草的藤蔓，照亮天地人间，以及在田地上行走觅食的生灵万物。

万物美好，我在其中。大地如此安详，一些写意的山水，用丰盈的身子背起后世子孙的烟火日子，搭起通往彼岸的渡桥。

2018年3月24日

（2019年，此文获"临夏州首届'青年杯'齐家文化网络征文大奖赛"散文组一等奖。）

174

一个人的桃源

天将放亮，栖居在南窗树上的鸟儿穿过晨光，对准人的耳朵开始啾啾鸣唱，初细碎，后响亮，再宏大。不用问手机，我翻身坐起，披衣下床。或者在鸟鸣声中醒来，不忙着起床，而应该像孟浩然那般，数着高一声低一声的节拍，觉得各适其天，各全其性，最好。每一种鸟都有自己的语言，有自己的表达方式，声长声短，音高音低，都是天籁之音。

两棵老榆树，追着日头，从三月的努嘴爆芽到榆钱翩翩，现在已经抽枝展叶摇摇摆摆掩映在窗外，投影在床单上的阳光，将一些大写意的梅朵枝干随性铺排。这样的午后，懒懒地躺在阳光里，一定要读几篇美文，且每一个字要朗朗有声，直到睡意袭来，瞬间入眠。读《卢令》起首第一句"卢令令"，一下子便明白那只狗的脖子上原来是挂了一个铃的，跑过来，自是叮当作响。读"氓之蚩蚩，抱布贸丝，匪来贸丝，来即我谋"，便想笑，两个"蚩蚩"真是传神，有声音，模样也清清楚楚似在眼前。《女曰鸡鸣》说的是早晨鸡鸣的时候，女的喊道，鸡叫了，起来吧，男的说天还没亮，再睡会儿。《诗经》之好，是要人知道古时先民们的生活情景，虽岁月迢迢，时隔数千年，但其实他们的生活和我们现在并无本质差别，无非是吃饭、穿衣、睡觉。这样读着、笑着、想着，跌入那团棉絮般的暖阳里，沉沉睡去。只需半小时或一刻钟，困意顿消，起来浑身轻松。

简单的两餐，隔三岔五有鸡肉、排骨、饺子，如果有人建议晚饭吃浆水荞面搅团或凉面，当真就有的吃。做早餐时，一把黄米、五个红枣、四个核桃、一撮葡萄干、两勺枸杞在电饭煲中翻滚跌宕，俨然一些哲人的思绪，总有些灵光乍现，又倏忽隐没。挂着耳机出门跑步，在阵阵米香中临帖、做瑜伽，甚至广播体操、回春保健操，乃至钻回被窝来阵回笼觉，请随性酌情，此时无人共勉。呵呵，貌似人间天堂，狐仙在此候书生呢。

周末回家，飘飘柳絮无孔不入，超市商场人潮涌动，步履匆匆，神色紧张，连空气都在加速搅拌、翻卷、冲撞，全然没了诗和远方，鼻孔开始发痒。

周一回来，发现院中枣树又茂密了，两棵小松树枝尖挑着小刷子，褪下的皮皱巴巴轻飘飘挑在毛刷尖上，随风晃晃悠悠。隆起的地膜中，辣椒、西红柿、豆角苗热热闹闹，地沟间的芫荽、生菜、油菜安静恣意地生长。看来今晚可以随意揪两把嫩菜做一大锅鸡蛋面了。

大门敞开着，时光凝固在院子地面的光斑里，似乎被流水洗旧了，泛着一拨又一拨熟悉的味道，熠熠生辉。斑驳光影飘摇在每一寸空气里，还有一个渐行渐远渐依稀的身影，酷似一个人。六朝古都金陵城，二十四桥明月夜。扬州城有没有我这样的好朋友？扬州城有没有人为你分担忧和愁？

这儿，路旁的行道树少了柳树，多的是洋槐、侧柏、香柳和榆树。扰人、烦人、闹人的过敏性鼻窦，在这儿可以消停几天了吧。

县城的二十九楼，清晨五点的窗外有"当——当——"的敲钟声，接着是鸡鸣声，拖拉机"突突"的过路声和摩托车"呜呜"的狂奔声，间或有环卫工人手握长扫把"唰——唰——"的扫路声，直到那隐隐的鸡鸣声被汽车的叫嚣声和广场舞的捶打声淹没的时候，就该提包上班了。不好的是，盐锅峡周边我的宿舍楼下这块清净之地，一直有"风雨凄凄"，却没有"鸡鸣喈喈"，更不见鸡们昂首踱步或低头觅食。随处可见的是各色狗狗，它们及时换洗漂亮的马甲，跟在主人后面悠闲地东张西望，也会在人前撒丫子奔跑。

前两年，县城的房价在每平方米三千元左右晃荡，人们望着新区冲天而起的楼房议论纷纷，那些依稀明灭的灯火让人确信，传说中的"鬼城"在我的北方不足二十万人口的小镇开始上演。我也渐渐确信，我们和北上广离得很远很远，我们和一线城市离得十万八千里，那么我们离房奴也是更远一些喽。

两年刚过去，如今的房价已飘到了每平方米五千元左右。远在千里之外上大四的儿子，在微信中频频留言，从学区房、繁华地段到偏远地段，每一个小区的房价他几乎都关注，而且他获得的信息和我上门打探到的实际情况相差无几，我暗暗佩服当今的信息传播之广之快。

只好搜出所有的存单，打遍有可能筹集到钱款的所有电话，手头的那一串阿拉伯数字却怎么也买不来一套小三卧的房子。那么，排除一手交钱一手交房的二手房，找开发商要房吧。几乎一夜之间，所有开发商都没有了房源，即将开盘的每平方米在四千八百元左右。如果要，就留下电话，到时电话通知前来认筹。我的天，两鬓斑白也就算了，可这两鬓的大汗怎么揩也揩不干啊。好吧，咱就要两个卧室的，无论如何再不能少个卧室了，咱还是要让儿子安心毕业，别让他二十岁的小心脏再为新区的房价荡秋千了。无论如何，我要凑够首付，在新区买个两居室的新房。快，把就要开盘的开发商售楼中心的电话号码记下来。快！听见没？我冲着趴在电脑前查看58同城的孩他爸大吼一声。他一个箭步跑过来，手握纸和笔，满脸通红，呼吸急促，身手敏捷地记下了一串电话号码。

站在二十九楼看新区，原来躺在妃床歪头即可看见的那几丛立在河边的似积木一样的新区，在阴雨天更似坚固的云。而此时，竟觉得一下子"高大上"了许多，貌似需要站起来看，第一次觉得必须要仰视，一丛丛积木就那么硬邦邦、实实在在地堵在眼前。孩他爸指着"忆江南"的一处尖尖的屋顶丛，煞有介事地说，那些像不像竹笋？太像了。可那有多伤人心啊，竹笋会自己长成竹子的，但眼前的竹笋显然不是竹藤椅的价码啊！

这段黄河，已经拐过一个大大的弯向东流去，水依然清澈宁静，芦苇苍茫迷离。远远望去，黄河是一枚长长的宝石如意，适合握在掌中把玩，顺带想一会儿心事，也可回头审视一下自己慌张潦草的半生。幽幽的绿色，一蹦一跳地流淌着，流淌着。在河边站的次数多了，会发现那水是有弹性的，更是有张力的，可以像拉面一样抻长再抻长，无须担心"嘣"的一声断裂，划破晴空。有趣的是，山势和河流的走向稍稍一转，当地人的口语就出现了一些变化，形成了河南河北、山上、塬上、川区之间的南腔北调。

隔壁水电厂的院内，迎春、樱桃、芍药、牡丹、刺玫、月季、香柳渐次排队出场，唯独淡紫的泡桐树高高地钉在空中，冷不丁有一丝柔和婉约的清香袅娜而过，好像还隐着一缕竹林里晨露般的清幽。什么味道？太好闻了！在哪儿？某个人、某件事，没有刻意地安排，在一个节点上偶然相逢，便有一种暗喜。等小喇叭一样的花朵铺下来时，暗喜的人已经走远。

时光的流逝并没有影响这里的地气，有转着圈的喷灌在吱吱喷洒着花圃，有老人手握皮管浇地。暮色垂下来时，潮润幽静，有几分清冷和枯寂。不多的人融在偌大的花树中，总有点恍惚：人呢？空置的楼房、校舍，一排排小四合院，大多都是空的。上下班的职工是车上飞人。拐往行政楼的月季，比人高，齐刷刷站成一堵红黄相间的花墙，那浓稠的香味撩得我快流泪了。

山峦一层一层，波浪一样延伸到视野之外，阳光照耀着红山白土，还有芨芨草、苦苦菜、蒲公英、紫花苜蓿、灰条，穿行其间的蛇、蜥蜴、耕地的蚯蚓和打洞的田鼠，身上沾满了青草气息。

树上是啄木鸟、布谷鸟、麻雀、斑鸠、戴胜、喜鹊、黄鹂、画眉和飞来飞去的燕子，似乎羽毛上也带着花香，脚爪上留着树枝的味道。低头想想，这里树上的鸟儿居然比我出门散步时见到的人多。虫儿飞，虫儿爬，鸟儿在高处，鱼儿在水中，这是一个广阔而忙碌的世界。

偶尔到厂区的一座小山上，前两天一场暴雨使山的皱纹深了些，粗了些。半山腰有一座水泥浇筑的有点野味的小屋，里面方石桌、圆石凳，窗户破损了，水泥石块散落在桌上、地上，门楣上"闲庭散步"四个字颇有些闲散。想当年，绿皮火车冒着热气，叫嚣着来去，盐锅峡水电厂、盐锅峡化工厂、盐锅峡热热闹

黄河浸润的时光

闹的乡镇企业点燃了盐锅峡这块热土，人潮涌动的电厂厂区，这是曲径通幽处呢。

这里的秀和静，几度使我下决心在这里结庐读书、颐养天年，度过剩下的细碎光阴，像严子陵一样管它什么高官厚禄、浮名虚誉。果真如此，便是大好！

傍晚，河水会背着落日缓缓流去，群山朝着落日低头，天空也为落日屈膝。夕阳抹在静卧的山头上、树身上、草坪上、苦菜叶上，每一处都洒满了片片金子，整个小镇笼罩在一片金色的光圈里，行走其间的人和狗狗也都被染成金色。每每此时，我想在语言与思想的塔尖上寻觅一些真理，试图不要把罪过全部强加给天空和星星。

每天晚饭后，我会准时推开税务所点染着红锈的铁门，迈开双腿，沿途发现遭受寒流后重新发芽开花的花椒、为办公楼壮胆开得一片火热的一品红、满坡撑着小绒球的黄花郎（蒲公英），和一些埋藏得完好的自由与仁慈，以及一些深不见底的罪孽和本真的善意，或近或远观赏捕捉那稍纵即逝的金色，然后静静等待铺天盖地的暗色一步一步朝我走来。

刚进宿舍门，鸡蛋大的雨点摔下来，砸在院子里的水泥地上，飞快关上窗户。再看，地上已经油亮油亮，恰似被油抹布擦过的平底锅，仿佛在等待一张擀开的白饼"刺"一声平摊在上面。弥漫开来的黑云似乎瞬间被撕开一道明晃晃的口子，隆隆的雷声自西向东碌碡一样滚过来，隔壁大院的老柳树整个儿地扭动摇摆起来，好似有人一下子挠到了它的痒痒肉。朋友圈中有人晒出暴雨加冰雹的图片，还有近在咫尺的小视频。几乎大半个西部都处在暴雨中。

隔着玻璃看噼里啪啦的冰雹弹力球一样从这头飞到窗外的露天阳台上，粒粒白色的小球，蛋蛋糖一样躺到积满榆钱的台面上，顷刻随流水涌向房檐，枯黄的榆钱杂草在出水口打着旋徘徊不前，水面瞬间暴涨，几乎要漫过房檐。找来一根木棍搅动淤积在出水口的枯枝败叶，挑出白色蓝色的塑料袋，"啪"的一声尖叫，水飞向脚下。

　　同事妹子拍照录音做视频，各种忙碌，不时地担惊受怕：这下完了，家里的塑料大棚肯定被打成蜂窝煤了。地里刚出来的西红柿、辣椒、莲花菜苗遭殃了，肯定得重新下种了。是的，前几天的霜冻，已经让花椒和核桃深受其害。好在百合深埋在地下，应该安然无恙。你一言、我一语念叨到这里，两人不约而同哈哈大笑，笑声被淹没在铺天盖地的暴雨中，了无痕迹。我们的扶贫点是关山乡，那里的农产品主要是百合。今夜的雷声模仿了大海和钟声，还想模仿猛虎和猎狐者两种不同的心跳，但没有如愿。

　　去年在青岛学习期间，同行的张兄弟说的一句话，我至今犹记：每天不走一万步，觉得这一天白活了。所以，到盐锅峡的第一天，我就下决心争取每一天绝不能白活，至少每天要过得安心，不慌不忙。这样，面对深夜的黑和静，反观内心，不会有恨。

　　心里早已做好打算，甭管明天是晴天还是雨天，一定要出门跑步。当然，还是不用开闹钟，树上的鸟儿知道天地的时刻。鸟儿的翅膀不怕风吹雨淋，那我就不应该露怯，否则，便是对自己的辜负。

　　合上书，伴着窗外噼噼啪啪的雨声入睡。一觉醒来，清晨的天光遥远而空阔，仿佛擦洗后的瓷器一般圣洁，稀疏的晨星如镶嵌在神器上的银饰，透着一种华贵、神秘的光。高过楼顶的红山顶着黄土，经风雨浸泡洗刷，红色更艳，土色庄重。一列火车，在铁轨上隆隆隆地驶过，不冒烟，不叫嚣，赔着小心似的走过，不紧不慢地走过，拖着一个一个墨黑的货厢。看那份稳健和温吞，好像后面的货物是一片虚无，好像即将驶入的是远古的未知。没有风，没有雨，没有鸟鸣，没有交通拥堵时杀猪般的汽车嚎叫，更没有摧枯拉朽的四桥货车颤巍巍驶过。突然觉得眼前的一切，美好得跟假的似的。乡下恬静的夜晚，时间就这样美好地流淌着。

　　世间可以无桃源，却不可无桃源之心。我暗暗告诫自己。

2018年5月31日

黄河浸润的时光

冬至将至

冬至，虽只是二十四节气之一，但一定要郑重其事地过，要在朔风中揣着一丝仪式感，将今天视为一个隆重的节日，不是因为这一天阳光直射南回归线，我们所处的星球白昼最短、黑夜最长被又一次验证的缘故。"白短黑长"到头儿了，便是"黑短白长"的日子，太阳依然东升西落。最揪心的是，又老了一岁。

给妈买了线衣线裤，帮家人包了饺子。奔五的年龄，脚一进门就扯着嗓子喊一声妈——屋里立刻有人应答，便是上天莫大的恩惠了，哪管数九寒天。数九寒天，是否有人问你粥可温，有人陪你立黄昏？冬天的黄昏时分，每一个骑车人在风里都显得楚楚可怜，一直往家赶，赶着赶着，天就黑透了，不免有"人生啊人生/落叶敲打着落叶/雨点追逐着雨点"的悲凉。

今天，始终没有勇气给独自生活的文友打电话，那个立在窗前望雪听风的背影，忽明忽暗，被穿梭的车灯点亮又熄灭。另一个长辈文友的一周年忌日，只发了一组去年填的旧词。一个人对着电脑屏幕沉默，心情荒凉，心底凄冷。什么是孤单呢？就是一个满腔热情的人欲言又止，一个滔滔不绝的人终于缄默，一个人的微信朋友圈越来越臃肿，可对面说话的人越来越少。打开歌单，循环播放着水木年华的《心有繁花》："花落下漫天随风飘洒，雪落下红颜尽成白发……人空瘦，伤心说不出口。"说不出口的伤，就是立在心口的一把白刃。

冬至似乎是没有一丝铺垫，一夜之间到来的。羊毛衫、羽绒服一件件翻出来，樟脑丸的味道阵阵扑鼻。四季默然转换，仿佛一种提醒。冬至来临，一年将尽——哪一年不是如此仓皇？日子始终如一条狗，叫着叫着，一年就到了头。

冬日的田野，袒露的是黄土大地原始的冷峻，麻雀、红嘴鸦低头戳一两下，机敏的黑眼珠滴溜溜转动，忽而扇动翅膀飞向灰白的天野。道旁柳树、白杨上挂着的稀疏的枯叶，在劲风中瑟瑟有声。荷塘的冰面上，雪白的鹤闲适地踱步，脚旁是残荷、败叶、枯枝。有人支着画板，铅笔在雪白的纸上行走如飞，画面上是影影绰绰的远山和似有所悟的鹤，大片的留白，有倪云林的境界。一种纯粹的净和静，立刻提升了作画者的高度。舞文弄墨之人，只有具备了这样的心境和意境，方可脱俗。

玩味《人间词话》，慢慢得知：文学者，游戏之事业也；诗歌者，描写自然及人生也；"感情之最高之满足，必求之文学、美术"；"天眼所观，万物一身"。看的书越多，越觉得自己浅薄，人应该是越活越谦卑才对。认识到自己的浅薄，势必胆小，不便发声，继续低头读书，直到那双发现万物的"天眼"落在心上，长在额上。此时，接着书写心里酝酿的、想要表达的，不要停笔，坚持，再坚持。希望总有一天，自己的文字带有急速奔跑的质感，那里有风的呼啸，有光阴的密脚。譬如此时，捧着自己的散文集，发现几个不可原谅的错别字和言不达意的蹩脚词句，以及家长里短中小女人的细碎与柔软，再也没有了给远方文友寄送新书的热情和魄力——"昨夜西风凋碧树，独上高楼，望尽天涯路"，我，仅仅在此第一境。

小镇的冬季，天空高而蓝，人望着望着，就有想飞起来的冲动。那样的蓝和那样的白，到底蕴藏着天空怎样的心情？另一片云彩下面是对弈、共舞还是群殴？偶尔，有鹞鹰振翅向甘南草原飞去，我的心里不免风起云涌或兵荒马乱。及时排除其间的惯性和表演性，我将这些诉诸笔端，使笔下的它们线条流畅，温敦平和，尽量回避我原来的思维习惯和叙写方式，以另一个我、另一双眼睛看人世。

今天，我在红尘看风景。雪花飞泻，寒风袭来，喜欢这样的冷，冷得干净、透骨、彻底、清醒，有思考的冲动。

冬至将临，黄河水呈现出宁静的蓝色，春天飞去的红嘴鸥和黑头鸭如期而至。红嘴鸥在河面上翻飞、俯冲、尖叫，挥舞轻盈的翅膀，侧身飞过。天气晴好的午后，鸭子们在沙滩上晒太阳，红色的蹼，墨黑的后背，两侧洁白，犹如一串排列有序的省略号，对着蓝色的黄河想一会儿心事，发一阵呆。它们飞起，撑开尾巴，拖出一组清晰的划痕跃入水中，好一会儿，才在另一片水面探出黑黑的小脑袋。世间种种，让人念念不忘的，不过就是这蓝蓝的白云天和暖暖的挚爱吧。

　　站在桥上，看沿河两岸的垂柳，突然觉得弥漫在枝条间的枯黄，和春天萌发出的黄颜为相似，譬如烟霞，若有若无。这个发现，让人猛然惊觉，虽然天寒地冻，河水冰凉，但大地深处正蓄积着一场浩大的生机。似乎一转身，大地就要苏醒了。

　　当我把美好的和不美好的，遥远的和新近用过的时光，通通说给白纸黑字，我发现，这一年，不过是一本素洁而温暖的散文集，这里堆积着人世的烟火和心底的柴火。

　　转眼一年，又该翻篇了。2019年，以劫后余生的虔诚笑着活下去，直到笑出眼泪。

2018年12月22日

妙香佛国炳灵寺

一

黄金镶嵌在山河间，落日挂在炳灵湖上，余晖使鲁班滩巨石立面上的石刻大字"天下第一桥"敷上一抹黄灿灿的亮光。"山峰滔浪浪滔沙，两岸青山隔水涯。第一名桥留不住，古碑含恨卧芦花。""第一名桥"，即炳灵寺石窟前的"天下第一桥"，因毁于西夏战事，所以引得明代贡生吴调元嗟叹不已。入口彩门上赵朴初先生题写的行楷"炳灵寺"三个字，则显得暖意幽深，丰润脱俗的线条和端庄雄浑的收放，让人心生安稳快逸。每次来这里，我总会心心念念跑去看崖壁上的名家字迹，虽然它们残缺模糊，但那股神秘而久远的味道，似一根若有若无的线牵着我，让我欲罢不能。

不远处一艘汽艇疾驰而过，停泊在岸边的画舫游船随之摇晃起来，黄河水拍打着脚下的泥沙，冲刷出一层一层细腻柔软的曲线，碧绿的水面荡开一圈圈涟漪，随流水射向西山坳吞吐烟雾的火烧云深处，偌大的湖面似乎瞬间燃烧起来，那些流动的火焰镶着金边，瑰丽无比，动人心魄。落日是要脱去红袍，"咕咚"一下跃入水中沐浴一番吗？夕阳终于沉入水里，天空逐渐深邃寥廓起来，星子一闪一闪跑出来，它们似乎早已洗漱过，清新明亮，恰似辽阔水面上的灯塔。

码头的台阶高处，是炳灵寺文物保护研究所和宾馆，几个房间亮着灯。水边层次错落的群山，犹如水中生长出来的森林，里面洞窟、石龛，岩壁上的十万弥勒佛，此刻似乎正屏气凝神盘腿打坐，微闭双眼，慢慢开悟，更有万千生灵徐徐睁眼，随黑暗一起苏醒，在浅夜里轻声细语，漫话天上人间。

　　来自兰州的热爱摄影的朋友们，挂着长枪短炮，扛着三脚架找寻各自的最佳位置：他们准备打通宵战，拍摄神佛头顶的星轨。清晨，从刘家峡大坝逆流而上，途经刘家峡水库，进入寺沟峡口，远远望见高耸入云的奇山峭壁，摄影人手中的"咔嚓"声始终不绝于耳。他们或蹲或立，俯、仰、平扫，全力捕捉最美的风光。"如果驾车从县城出发，攀山越岭到达杨塔，可登高一睹积石群峰的盛景，只见'众峰竞出，各有异势，或如宝塔，或如层楼，松柏映岩，丹青饰岫，自非造化神功……'"诗人阿紫一语未了，摄影家们都很激动，眼中泛着黄河水般清亮亮的光芒，大有立刻动身前往的冲动，全然忘了今晚的星轨和明早的日出。"要拍炳灵石林，秋天是比较好的季节，因为沿途的山有了红、黄、绿的层次，石林的万笏朝天、西方境、布达拉宫、日月峰等造型会更生动。"见此情景，我及时端起"灭火器"，浇灭了这帮狂热者心头的熊熊烈火。可惜他们谁也没有注意到，阿紫对炳灵石林的描述，其实是唐代张鷟的传奇小说《游仙窟》中的原句，而《游仙窟》中的积石山，就是眼前黄河右岸大寺沟中的炳灵寺石窟所在地。

　　炳灵寺石窟的开创，最早可以追溯到十六国西秦时期，距今有一千六百多年历史，它是全国重点文物保护单位，2014年被列入《世界文化遗产名录》。历史学家范文澜在《中国通史》中认为，炳灵寺石窟和敦煌莫高窟、天水麦积山石窟，有着同样重要的历史价值和艺术价值。游走在自然天成的炳灵丹霞地质公园，不经意间觉得整个人被打开了，从视野到心胸，都有一种豁然开朗的明亮。

二

　　第一次遇见阿紫，她背着双肩包，胸前抱着一本书，挤在十几个日本游客中，竖着耳朵聆听炳灵寺文物保护研究所的日语讲解员的解说。我站在大佛脚下的石桥上，盯着一位来自北京的山水画家手中的铅笔头，他那支随意挥舞的笔像被施了魔法，简简单单几笔，便让眼前的山水鲜活起来，太神奇了！猛地，一本书砸到脚面上，唤醒了我。原来，专心听讲的阿紫，不小心碰到我，而这本《游仙窟》让我俩成了QQ好友。翻看她的日志，不得不承认，她虽然小我几岁，但看的书比我多，古今中外、文史哲都涉猎，属于博闻强记型的文学发烧友，我立刻把她拉到密友组。在QQ中，我们谈海子、顾城和《穿过大半个中国去睡你》，谈池莉、迟子建、余秋雨，信马由缰中我总会夹杂一两句"诗圣""诗仙""诗魔"的残汤剩饭，以装饰自己的浅薄和心虚。我们也谈自己的生活，但仅仅停留在味蕾的喜好和小吃的制作心得上，别的她不说，我不问，我不说，她不问。

每次和阿紫见面，我们只是姊妹般拉拉手，相互看几眼，然后一前一后或并肩走走停停，一起看山听水闻花香，高兴时相视一笑，这是认识她三年以来我们达成的默契。每当河水上涨，她会不定期从西安跑来炳灵寺。我知道，她来炳灵寺，是心累了，生活没有方向了。我呢，只是陪她转山转水看天望白云，别的她不说，我不问。

白天，和阿紫在唐代摩崖大佛前驻足仰望，长久凝视稳稳坐在崖壁上的硕大神像，坐佛左臂腕肘以下残缺，右手五指不全，但那开阔圆润的五官和淡定的双眸，以及嘴角微微的笑意，将仪态端正、四平八稳的宏大气场撒播到高山流水间。每次瞻仰这尊上半身石雕、下半身泥塑的大佛，我在心底总是纳闷：古人如何在垂直的红砂岩壁上一锤一凿雕出如此巨幅的佛像？佛像周围有很多大小不一的窟窿眼，应该是早期打桩遗留的痕迹，仅仅依靠这些像钉子一样钉在丹霞绝壁上的木桩，一锤一锤凿出心中的神佛，这需要多大的魄力、耐力、毅力和定力？我问自己，也问阿紫。阿紫喃喃道："三世一切诸如来，靡不护念初发心。"我知道，这是《大方广佛华严经》中的真言。岁月深处，那些远赴西

黄河浸润的时光

北镇守边塞的文武百官，那些从长安出发、行走在迢迢丝绸之路上的商贾，那些鞍马风尘、夜夜望乡的中原士兵，他们一定在不遇故人的天涯孤旅中，一次次面对此处的壁画、雕塑，一边喂养着乡愁，一边在心底种下燃烧的希望吧。

三

炳灵寺石窟现存的七百七十九座雕塑造像，大小不一，形制错落，即便是缺胳膊少腿，也是一副随遇而安、大方典雅的模样。最小十厘米左右的佛像和最大二十七米高的弥勒坐佛，让人心中不由蹦出一些"生如芥子有须弥，心似微尘藏大千"的妙语来。而大佛身后的青藏高原，像是执拗的目光，无论多远，都紧追不舍这片土地。这里，是青藏高原和黄土高原的过渡地带，是大山放缓脚步、放下身段的地方，更是扼守古丝绸之路咽喉、沟通中西文化的要冲——丝绸之路陇右段南线从西安出发后，途经天水、陇西、临洮、临夏，取道炳灵寺黄河下段的凤林津渡河，经青海的民和、门源等地，越扁都口（今祁连山）直出张掖，进入河西走廊，与丝绸之路北线合二为一。

望着169窟陡峭而有些简陋的Z字形攀升的木栈道，我有些胆怯犹豫，歪头望向阿紫，她抿嘴浅笑，颇有佛祖拈花一笑的坦然和释然。"今儿个来的都是有福报的人，169窟栈道刚维修完，你们是今年进窟的第一批游客。"炳灵寺文物保护研究所王所长一边介绍，一边带头踏上栈道。"炳灵寺石窟的雕塑、壁画，大都以佛教内容为题材，凡佛教译典所注的名僧备列无遗，反映了十六国时代和隋、唐各个历史时期西北地区各族劳动人民的乡土习俗和生活概貌，这里的'西秦建弘元年'墨书题记，是迄今为止我国最早的有明确造像纪年的题记。如果运气好的话，明早或许能拍到大寺沟的佛光哩……"一听说在炳灵石林中能邂逅传说中的佛光，摄影家们激动不已。"这是藏传佛教还是汉传佛教？"阿紫紧追所长，择机发问。"元明时藏、汉两种不同的佛教文化艺术和绘画传统在这里都有体现，并得到了有机的统一和完美的结合，是密宗、显教共生并存的。"低头，大半栈道在王所长的讲解中留在了脚下；抬头，洞窟内的壁画、塑像已向我们探头探脑了。

这是一个稍加雕凿的天然洞窟，西秦穿越千年瞬间在眼前鲜活：建弘元年的造像题记，为后人娓娓讲述释迦牟尼、无量寿佛、观世音菩萨、大势至菩萨的缘起和颂语，这些佛像手法简练，比例协调，衣饰线条简洁流畅，依稀随风微微而动。佛说法图壁画中的千手观音、文殊变、普贤变、伎乐天，各怀法相和身姿，棕色、石青、石绿渲染的薄衣，似乎刚刚浣洗过，那一瞬，有些恍若隔世的意念攫住我，心生雨燕的轻盈。从讲经、布道、弘法到得法、得道，其中的最高境界是无言的心身自在和愉悦吗？壁画虽已斑驳，但那些佛界的人物栩栩如生。整齐划一的千佛图，让人眼花缭乱，此时双手合十打坐于窟中，即便成不了佛，也定会有所悟，参透苦海无边和彼岸花开其实是生死转瞬间，它们各有各的好，各有各的不易。壁画中的女供养人，与顾恺之的《女史箴图》《洛神赋图》中的妇女何其相似！而维摩诘清瘦的面容、沉思的神态和炯炯有神的眼睛也在这里浮出，这两幅维摩诘像是民间匠师画的。结跏趺坐、两手相叠作禅定印的释迦牟尼苦修像，枯槁羸弱的躯体，胸部肋骨根根突起，突显的是"身肉为消尽，日食一麻一米"的苦，而饱满安稳的五官和天真可爱的笑容，使人顿时明白：佛祖已然悟得人生痛苦的真谛——唯执着是一切痛苦的根源。所以，莫往外求，独守内心的宁静就是解脱，就是涅槃；人心本无染，心静自然清。佛用苦修告诉人们，身体可以很苦很苦，但脸上一定要保有纯朴的笑容。

为了渡过黄河天堑，西秦在炳灵寺附近造桥以连通南北。至宋代，这里仍有建造桥梁的记载。因为黄河的保卫和护持，三面环山的炳灵寺石窟得以在一次次的劫难中保全下来。1958年长春电影制片厂拍摄的电影《黄河飞渡》中，就有这片水域和炳灵石林的镜头。无独有偶，炳灵湖的"黄洮交汇"的自然景观，也成

黄河浸润的时光

为《天下无贼》片头的取景地。

我知道，阿紫沿着丝绸之路多次去过法门寺、麦积山石窟、鸠摩罗什塔、敦煌莫高窟，直到邂逅了炳灵寺，她才停止了风一样的行走和找寻。她笑着调侃："无论走多少回这条布满玄机的丝绸大路，我终够不着法显、玄奘的脚指头，只有在炳灵寺佛光闪闪的流水里，我稍稍明白了活着的意思。"她的话逐渐多起来，我莫名悬着的心落到了实处。赵州和尚说"老僧不在明白里"，这真是一句好话，天地悠悠，谁在明白里？还不都是在不明白里渐渐地明白起来。其实，河西走廊到玉门深处，潜藏着敦煌莫高窟、瓜州榆林窟、东千佛洞以及肃北五个庙石窟。北魏时，这里河水宽阔清澈，碧山倒影宛若琉璃世界，确是净土梵域，于是有了凿仙窟以居禅的虔诚僧人和信徒，有了才赡艺卓、超凡入圣的画师和雕塑家。而今，这里流水隐迹、绿树消遁，大风起时沙砾碰击，声闻于天。这些前尘影事，大概是阿紫所不知道的。

四

接完出版社的电话，我颓然坐在河边的水泥台阶上，茫然听着脚下河水的哗哗声，脑子里盘算着出版费用。

"见嫂嫂她只哭得悲哀伤痛，冷凄凄荒郊外我哭妻几声……"我冲口而出的是秦腔《周仁回府》选段，原来苦音二六适合心里有火、喉咙有痰、眼里有泪的人独自对着黑暗吼叫。"好！字正腔圆，秦音十足。"阿紫在我身后鼓掌叫好，吓我一跳。"人生多苦难，有点艺术是安慰。"她的话像是在劝我，其实更是劝自己。她把脚伸进水里"啪啪"拍着，我顺手把鞋子扔到背后。我们沉默着，望着河面上和天底下的黑暗，流水冲洗着双脚，清凉夹杂着鱼腥味漫上来，泥水和草木的气息如烟似雾扑过来。子夜已过，天气持续晴好，蝉叫起来，先是一只叫，后来全炳灵寺都跟着叫起来。夜莺的独奏婉转明亮，似乎顺着流水漂过来，诉说一些美好和温暖，心开始慢慢发软变酥。

天幕上烟霭似有若无，银河璀璨无比，横贯天宇，偶尔有流星闪过，这挑起我心底的酸楚，我第一次相信那是一个远去的灵魂——前天，我丢了一个文学前辈。十年前，当我鼓足勇气将我的三篇小豆腐块送到挂着"编辑部"牌子的房间时，高度的紧张让我声音颤抖，腿发软，记不起说了些啥，如何进的门，只记得有个脸膛黑红、年龄和我爹差不多的男人抬起埋在书中的头，笑呵呵接住被我的汗水浸湿的稿子，在他转身给我倒水的间隙，我拼了命夺门而出，好像手中的炸药包终于卸掉。稿子上，我没有留地址。后来，他根据我文中的线索，几经辗转找到我，大力称赞我，说我有文学细胞，最后小心翼翼又故作轻松地指出我的不足，鼓励我多多写作，多多投稿。那次，我被第一次听说的新名词"文学细胞"感染得眼泪滚下来，第一次知道我还有那么多长处，而不是老师眼中木讷内向、胆小自卑、受人欺负的瓜丫头。当我的名字一次、两次、三次出现在《民族报》上时，我开始不再无端害怕，害怕老师在课堂提问的时候目光扫过我的脸，害怕爹妈不在身旁的夜晚，害怕一开口别人知道我是结巴，害怕后面的男生在课堂上解开我的头发，把我的头绳藏起来……这么多年，即使我的大半文字没有变成铅字，我也知道有人用文学的力量在鼓励我，为我加油。不知从什么时候开始，我和书写已经无法隔离，书写和吃饭睡觉一样和我形影不离。而在心里，和我形影不离的，还有一个退休多年的老编辑。生命的归宿，是归于永远的黑夜吗？终于，我哇的一声哭出来。这座黑暗的城，照耀万物的依然是古代的月亮和星光，姊妹峰在月牙儿下愈来愈有身姿，似乎在夜风里衣袂飘飘，天和地瞬间不分彼此。

"我是爸爸从孤儿院领养的，前些天，爸爸走了，走时很安详。"阿紫的话，像从炳灵寺群山中传来的暮鼓，我停止流泪，惊愕在黑暗里，"今天，我把刻着爸爸名字的平安扣寄存到佛陀涅槃像的山脚下。我看见一只猫在佛陀膝头睡觉，无人打扰它的入静，这适合爸爸的性格。""其实，死只是换了一种活着的方式而已。"我说给她听，也说给我听。

　　暗夜无边，我是真实的我，阿紫是真实的阿紫，我们背靠着背，望浩瀚的星空，听浩荡的水声。或许，在另一座通往山顶的道上，有不分四季的野花，有仙鹤在轻盈散步。让淡蓝色的远山就在远方吧，我的一点江湖只在脚下，这个山顶和那个山顶之间的路，或许有今夜的灿烂斗柄为我引航。风吹乱了我的长发，我握紧拳头默默自语：米粒大的事也是事，干饱满了，一样漂亮。

　　真、善、美是光，是神圣与庄严，而不是尺度，它只是照亮。起身时，我开始耽于世间的善与美，心不再纷乱。当金翅雀铜铃般的叫声划过夜空，转身的一瞬，我如释重负，一身轻松。

　　"明天，去上寺拜见法台吧。""对，差点忘了上寺的绿度母、弥勒佛、燃灯佛、骡子天王、宗喀巴、黄财神，还有康熙御赐的《大藏经》《诸品集咒经》，这些经卷虽然不能靠近翻看，但隔着木格窗望一望，心里也是踏实、满足的。"阿紫一句话挑起了我的兴致，可我的话还没说完，对面床上的她已经呼呼大睡了。

　　炳灵寺石窟，位于甘肃省临夏回族自治州永靖县城西南三十五公里，坐落在小积石山群峰中。再次写下"炳灵寺"三个字时，突然觉得这个名字无比珍贵，让我有一种分享的富有和愉悦。

2019年7月16日

秋风物语

一

当蝉鸣声像高压线路中的电流一样，再一次"嗞——嗞——"响彻村庄时，大红、深紫的牵牛花顺着枣树爬上了屋檐，那副九头牛也拉不回的架势，让脚底的豆秧自惭形秽，默默垂下头。南瓜早占据了有利地形，吊在竹架上，红着脸，不吭声。歪头看见一根丝瓜垂在眼前，牵牛深吸一口气，鼓着腮帮子，朝天吹响了此生最卖力的乐章。蹲在黄土里的老南瓜，眉眼间泛起一团金黄的亮色。

一颗红枣吧嗒落下来，挪到二爷脚边，他躺在竹椅里，一声不吭，鼻孔里不时冒出一串烟。二爷早起去祠堂，给神主上香、烧往生钱，今天是二奶的四周年忌日。他眯着眼，凝神望着眼前慢慢散开、消失的黄烟圈，眼里渐渐生出一丝迷雾。

这几天，他一直盘算着要不要叫城里的儿女回来一趟，八月十五快到了。一旦秋风披衣起身开始四处查看，小院一天一个样儿，稍不留神，白糖一样清凉的早霜就会撒满花尖树梢。

二

拔过麦子种豆豆——小暑，大暑，立秋。风一天天凉起来，草尖漫上一层黄，草籽饱了，树叶黄了。大雁列阵南翔，向南，再向南，直到头雁开始向着油画一样的湿地俯冲。而北方的大地，正在蓄谋一场铺天盖地的大雪，等待披着天蓝色大氅的雁群，踩着白云回来。

高高扬起镢头，白白的一窝洋芋，大洋芋带着小洋芋，小洋芋带着小小洋芋，根连着根，筋连着筋。索性，撂开镢头跪下，用双手刨，像寻找丢失多年的孩子，生怕丢掉窝里的一只。这是秋天田野里劳作的人最情不自禁的举动，也是最虔诚的仪式：之后的大地，要孕育一场宁静而漫长的梦，倾听一些根部的声音，感悟光阴从冰冷中浩荡而来。他们只是替大地盖好被子，再轻轻耳语一番：别担心，来年我会按时叫醒你。

　　咔嚓掰下苞谷棒子，丢进后背的背篼，插进挎着的红沙柳筐中，哐当倒进三马子后车厢。堆满苞谷棒子的场院，人们在玉米潮湿的呼吸里吃饭、喝茶、扯着嗓子说话。剥了皮的玉米棒子，高高站在树杈上、房檐下，和堆满土窖的洋芋、包心菜、萝卜撑起小院雪花飞舞的烟火日子。

　　连枷声一天天挤走秋天，稻谷一锨锨抬高秋事。白天，田野裸露着心事，看云，听风，晒太阳；晚上，盖着棉花糖一样轻柔的月光睡去。

　　村庄，原是土夯的骨肉，现在，即使列阵布满黄金甲的玉米棒子，也掩饰不住钢筋混凝土的质地。二爷说，原来的木头房子冬暖夏凉。

三

　　黑心金光菊、百日菊、蛇鞭菊、大丽花、美人蕉和忍冬，被秋日的阳光照得灿若云霞。哪一朵、哪一株都不曾泄露过一缕泛黄的荒凉。即使薄霜在眼前，也要似旗帜般舒展飞扬。遇见阳山石缝中绽放的蒲公英，那烟雾一样的种子便在心底飞散开来。看见山楂，一颗一颗的殷红，铺满阳光下的小方桌。在深秋里，寒风择机而动，菊花、蒲公英、山楂之后，冷风中雪花将绽，而梅花紧随其后——最惊艳的一瓣，缀在梅枝上，纯净、朴素而凛冽。

　　菊花被秋风吹落成一抹黄，铺在书案的素宣上。碧水惊秋，问岸上黄菊，知为谁开？重阳也。在一瓣三角梅的紫红里，藏着天空与大地的秘密、流水的方向与时间的刻度，藏着清风与鸟鸣、阳光与雨露，藏着断裂与融合、希冀与绝望、悲悯与宽容、局限与超脱、自由与约束。

中年是人生的秋天。春天与秋天虽然都是温凉适宜，但春天是"凉淡温浓"，秋天则是"凉深温浅"；虽然都是万物绚烂，春天却是色彩的加法，秋天则是色彩的减法。也只有做减法，人才能活得更踏实一些吧。这个重阳，一定要登高望远。云的上面，是更蓝更阔的天空。每一朵云的下面，都有一片小院在等待雨过天晴和万物复苏。

秋天就应该这样，以为夏天尚未走远，花将一茬接一茬，苔痕将碧绿，虫子将羽化，突然满树的叶子绛红橘黄，仿佛聚会时众人谈兴正浓，一人突然起身，抱手作揖，说要走了，如此爽快利落，不留痕迹。喜欢秋天，是因为它有智者的温和。现在，更愿意看到它彻悟后的明亮与安静。

四

黄昏将至，村庄的炊烟袅袅升起，在风中飘荡。此时的天空近乎一张沉默的宣纸，炊烟犹如被一只无形的时间之手着墨、点染、勾勒，在烟青色的背景上描画出一幅印象派水墨画，线条流畅，晕染效果独特，如果仔细分辨，尚能分辨出哪一缕是我家升起的炊烟。这个标准的中国大西北乡村院落，正安卧在秋风凉爽的黄土高原上。

院中有草木，人栖屋檐下，灶头有烟火，便是人间好日子。这好日子的好里，盛放着一些童年的小伙伴和不谙世事的童趣，如今虽然离散愈多，陌生愈多，但薄田养命，草木养心，好在还有故乡，可以安放灵魂。

秋风，抑或时间，伸手去抓，什么也摸不到外，但它无所不在。时间是所有花的根源，是所有雨的汇合处，是所有风的方向，也是所有梦与幻想的终结地。今年的秋风，和去年的、明年的有何不同？它在不为人知处，倾城而逝，但看上去依旧黑白分明，纯真无辜。

回想少时的承诺和理想，我唯一能做的，就是一次次归乡。在草木守候的屋檐下静坐，喝茶，看风来了又去。

2019年9月14日

枣香深处真鲁寺

一

在黄河西流段北岸，有一个方圆十余公里的小平原，处于崇山峻岭的包围中，形成一片宜居宜耕种的黄河川地，人称半个川。真鲁寺就坐落在这片川地上。

真鲁寺北依雾宿山，南临黄河水，东接永靖县太极镇大川村上川（包括一队至六队），西连大川七、八队。这个被大川村包围的寺院，其日常的供养大多靠大川、中庄、四沟等周边散落居住的乡民。

据真鲁寺太爷益西扎西·桑吉坚措（俗名孔祥智）说，真鲁寺始建于明朝成化二年。关于建寺年代，真鲁寺上师海慧法师（俗名孔顺德）及大川村健在的多位耆老，一致证实这是祖辈世代口授、流传下来的说辞。在"破四旧"运动中，真鲁寺寺院被拆除，佛像被损毁，寺庙的钟、锅、鼎、磬等大型文物被熔化，很多法器、经卷以及相关文献一并遗失。所以，真鲁寺的建寺时间，只能活在一代又一代人的口口相传中。

关于是"镇鲁寺"还是"真鲁寺"的争议，在当地流传着这样的说法：

一是"镇鲁氏番神说"。相传明朝成化年间，太极川一带发生了瘟疫，大量村民死亡，恐惧和悲伤笼罩着这片大地。此时，一老道士云游此地，见此情景，向当地乡民透露了一个禳验法宝："此地瘟疫蔓延，乃鲁姓番神作祟，建寺镇之，可消此灾。"于是，当地村民在雾宿山麓、太极岛畔建了一座寺庙，名曰"镇鲁寺"。镇鲁寺建成之后，太极川的善男信女趋之若鹜，寺内钟磬声声，除疫驱魔，祈祝四方平安。不久，太极川疫情逐渐趋于平稳，乡亲们得以休养生息，恢复生机。镇鲁寺，便从此得名。

二是"纪念孔氏祖籍地说"。孔子后裔因先祖孔子而备受社会各界关注。在长期的历史发展中，既曾享受优渥的待遇，也曾备受磨难。历代孔子后裔因种种原因离开故里曲阜，遍及全国各地，乃至海外。四十三世中兴祖孔仁玉之前，有四十一世散骑常侍昌弼公于唐昭宗光化三年（公元900年）随宰相徐彦若出征岭南，到南雄府保昌县平林村定居，其后裔为岭南派。其后，有部分岭南派后裔迁居甘肃皋兰县，即为甘肃永靖支。

大川村是一个以孔姓为主，兼有李、崔、张等姓的自然村落，素有"诗书传家"的家风和学习、传承儒家思想的精神追求，更有修家谱以确定自己的人生坐标和强化亲情纽带的情结。不难理解，在漫长的人事更迭中，"镇鲁寺"逐渐被"真鲁寺"所取代，正是源于大川孔氏村民慎终追远、明德归厚的家国情怀，蕴含着"真正鲁国孔氏人佛寺"的孔圣人后代心底萌发的自豪和骄傲意味。

佛教哲学蕴藏着极其深刻的智慧，它对宇宙人生的洞察、对人类理性的反省、对概念的分析，都有着敏锐而独到的见解。恩格斯在《自然辩证法》中称誉佛教徒处在人类辩证思维的较高阶段上。在哲学思想领域，中国古代哲学与佛教结下不解之缘。鉴于此，"真鲁寺"较之最初的"镇鲁寺"更有实至名归之感，更契合大川村民对"仁、义、礼、智、信"这套为人处世准则的崇尚。

二

宗教其实是从河流、山川、大地中得到的觉悟，道法自然，没有大自然的启示，人无论怎么苦思冥想，也虚构不出宗教世界来。宗教信仰为人们提供价值体系的支柱，关照人的道德生活，对人的心理进行适度调节。所以，有宗教信仰的人，其心中必有一个"秘密通道"，以打开心中的结，寄托现实世界中无法安放的情感和理想。

中国是世界上唯一的三大佛教系统齐备的国家：汉传佛教、藏传佛教、南传佛教，三教交相辉映。不过，南传佛教只局限于云南一地，影响力有限。对中国历史和文化影响较大的，主要还是汉传佛教和藏传佛教。藏传佛教有四大教派：宁玛派（俗称红教）、萨迦派（俗称花教）、噶举派（俗称白教）、格鲁派（俗称黄教）。格鲁派的六大寺院有甘丹寺、哲蚌寺、色拉寺、扎西伦布寺、塔尔寺、拉卜楞寺。而位于甘肃省临夏州永靖县的太极川，自古和塔尔寺、拉卜楞寺，以及本土以西的炳灵寺一衣带水，是山水相邻的亲密关系。明代永乐年间兴起的格鲁派是对炳灵寺影响最大的教派，被永乐皇帝封为"大慈法王"的宗喀巴第四大弟子绛钦却杰代表宗喀巴进京朝觐时，曾两次路过炳灵寺宣讲佛法教义。其后，格鲁派在寺院内相继进行了一系列的弘法活动，对炳灵寺的寺院建筑、洞窟、壁画等连续两次进行了重修、重绘……这应该是真鲁寺传承藏传佛教的根基和渊源，更是信众一脉相承的结果。

那天，在真鲁寺翻看海慧法师收藏的各方信众奉送的书法作品时，发现写得最多的是六字真言和"南无阿弥陀佛"，我有些不解，不由发问："为什么你要收藏这么多汉传佛教的诵语呢？""无论是藏传佛教，还是汉传佛教，对普通民众而言，其终极目标是一样的，那就是佛陀所教导的达到觉悟解脱的境地，所以呢，大家是殊途同归哩！"说完，他朗声笑起来。我点头，不由得也笑出了声。

三

穿过黑水沟，沿着宽阔的水泥路西行，一座座温室大棚在太阳下泛着暖暖的光，不远处葳蕤的芦苇和荻花掩映着一片片鱼塘，红色塑胶路上，来往穿梭着畅游太极岛的电瓶车和自行车，游人在车上快意地拍照、录小视频、做直播，和亲朋好友分享永靖独特的山水美景和风物人情。河面上，汽艇、画舫游弋在牛鼻子峡口。百年枣园的枣树枝头，缀满一串一串的"红宝石"——枣子熟了！游人又多起来了。

游了太极岛，赏了枣园，不去拜谒近在咫尺的真鲁寺，确是辜负了缘起心底的感悟。不是初一，也不是十五，更不是三月初二的"青苗节"和五月端阳的"采药节"，一念起，花即开。许是心累了，想找一个安静的地方歇歇脚，看看云，听听风。那么，真鲁寺是必选之地。

远远望去，雾宿山绵延不绝，屏障般护佑着黄河和它脚下的万千子民，以及大地上的生灵。山脚下，绿树丛中，真鲁寺隐在其中。从远处看，护持真鲁寺的左狮右象惟妙惟肖。若要搜寻真鲁寺，最先有些迷离，继而充满恍惚，最终豁然发现根本："隐"并非彻底消失不见，而是一种顺其自然的自觉状态；在"隐"之中，生命变得更加开阔，意识向着所能体验到的世界的边界挺进。这便是佛学的"三千大千世界"、百万菩提众生相吧！

边走边看边领悟，不觉间，雾宿山成了心底的禅山。若非远远观望，定会看不见真鲁寺的另一面和禅意婆娑的雾宿山。

新近重修的真鲁寺，门楼高阔，雕梁画栋，整体建筑布局和彩绘处处彰显着藏汉结合的风格。大雄宝殿祥云飞舞，窗明几净，轻烟袅袅，殿内莲台上端坐着释迦牟尼佛、燃灯佛、弥勒佛像，诸佛慈眉善目，笑望众生。心诚一炷香，双手合十，愿善念常住，随心修为。殿内墙上彩绘的十六罗汉，常住人间，普度众生，他们或怒目圆睁，或长眉静坐，人间百态尽在其中。

东殿供奉着宗喀巴、绿度母、白度母。三佛金光拂面，服饰艳丽华贵，颇具藏传佛教遗风。"慈祥的母亲，是美人中的美人，像那白度母一样心地善良……"不管是白度母、绿度母眼里的柔软，还是背水的、挤奶的母亲眼里的深情，两者总是那么不谋而合，让人心生温暖和安稳。双膝下跪，为天下母亲三叩首，也为自己。

院中央高高升起的五星红旗，随风摆动。盘腿坐在台阶上，心底顿生宁静。随风而来的，除了嗡嗡的蜜蜂和扇着翅膀的蝴蝶、蚊蝇以及小蚱蜢，还有红枣特有的甜香。花坛里的各色小花，开得随意散漫，却不乏热闹喜气。细听，后山的枣林深处，传来淙淙流水声。沧桑的雾宿山，隐藏的这一缕细泉，可洗心，可洗面，唯独不可洗血腥，因为这是神泉。偶尔，会有一两声狗吠。微闭双眼，感悟光阴浩荡而来，浮生并不如梦。阳光温热，铺天盖地的光束压着万物，并不施以重量，这是看得见的慈悲，可看见的人不多。

四

真鲁寺东院，是供奉护法神的大殿，也是住持益西扎西·桑吉坚措太爷的昂欠。如果之前不知道眼前这位方脸浓眉的西北汉子就是本寺太爷的话，我定会先和他论班辈，依辈称呼后絮叨一番半个川的孔家堡子和从东向西迁徙的岭南派的一些江湖恩怨，一如结束了田间劳作，回家路上恰逢久未谋面的老邻居，手把锄头说一阵家长里短。

也罢，今天且和太爷吃茶去，只吃茶。敞口、透明玻璃杯，从白色塑料袋里抓一撮春尖茶丢进去，用目光迎来一双粗糙大手举起的茶壶，看壶口一股白烟引出--注滚开水，僵硬紧张的小嫩芽瞬间唤醒、起跳、腾空、飞舞、旋转，最后轻盈落下。

寸心原不大，容得许多香。田野草木的本香，逐渐在眼前弥漫飘散，舌尖碰触的第一口清茶里，沾满禅香。我有心魔，遂发问："'真正鲁国孔氏入佛寺'的可信度在哪里？"

"在儒学和佛学里，在两者的融合中。"太爷不紧不慢地回我，"儒家有进取心，佛家有奉献心；儒家做人的底气是仁、义、礼、智、信，佛家是诸恶莫做、众善奉行、心灵安定、运用智慧；儒家认为世界是展现才华的舞台，佛家是相由心生。世界在各人心中，一念之差，便可制造地狱、极乐……"

我听得乐极，双手提壶给太爷满上。吃茶，吃茶。

窗外，有黄叶轻轻落地，有车辆叫嚣而过，有人垂钓，有人弯腰捡拾卡在石缝里的小红枣。红尘万丈，一切照旧。

感、觉、悟，是去真鲁寺吃茶也。

五

西院的菩萨殿，外形装饰多用富贵的黄色，彩绘中合理穿插着金粉色，使整座大殿通体散发出金碧辉煌的光芒，这让莲花座上的观世音、文殊、普贤三菩萨有种亲近感和静美感，这是本寺海慧法师（俗名孔令成）的匠心。此时，他将精舍打理得一尘不染，却将自己搞得有点不清爽。见有人来，上师撂下手里的泥铁锨，哈哈笑着邀我进屋，他满头大汗，正在挖围墙地基。

屈膝、抬头，缓缓和莲瓣中趺坐的观音菩萨相视，心生静逸，万物安详。身坐莲台，心系红尘，纵然有三十三个化身，苦难是你的真身。在苦海中修得一颗清欢心，劝人娱己，是大善。

对慧海法师，我也发问："真正鲁国孔氏入佛寺"的可信度在哪里？

"真、镇、正、振……不一而足，可该足的应是人的欲望心、贪嗔痴。"他顺手摘去扣在头上的草帽，抹了一把汗，"解心魔《楞严经》，开慧心《华严经》，可是一个人心的容量大不了，任啥经都没用。电脑为什能存储那么多的内容，因为内存大啊……"我拍手，笑了。

雾宿山、枣林、真鲁寺、经幡，还有殿后的一眼泉，组成了一个坛城，安静地守护着这里。回头，发现真鲁寺恰似被雾宿山捧在手心里，不觉又笑了。不禁想，将来宁静的日子，寺中人夏夜敞着门窗，必定是在潺潺水声中入眠，伴着檐头串串红枣散发的甜香。念兹在兹，生生不息，那种庸常岁月，有着凡俗的幸福和别样的美好吧。

觉悟者，自会觉悟，那是因为修为的心被拓宽了些。

真鲁寺，名不远播，一如半个川的小家碧玉，却时不时渗出一些远古的历史和情绪，漂染着人们的思想，一直让人们生长出朴素的冥想和期待。这或许是真鲁寺多次被毁，多次重建、扩建的主要原因吧。

2019年10月18日

缅甸笔记

一

这架飞机像一只老鹰，落地时颠簸抖动了好一阵，终于滑入轨道停住了脚步。我望了一眼窗外，机场不大，停着寥寥几架飞机，没有一个人，更没有响动，夜空如墨，一切昏昏欲睡，只有候机厅灯光明亮。拿皮箱、排队、拍照、边检签字盖章，见当地的机场工作人员露着鼻孔，潦草地带着口罩，我顺手将口罩往下拽了拽。飞机上有人早摘了口罩，已然畅快地呼吸。这是缅甸第二大城市曼德勒的机场。

缅甸时间比中国北京时间晚一个半小时，手机自动调整时差。飞机在中川机场起飞时晚点四个小时，而这里依然处在凌晨的朦胧中，由于早晚温差的原因，穿着在中国北方过冬的毛衣毛裤和羽绒服并不觉得太热，便将随手提的夏装塞进行李箱。

回酒店的旅游大巴，呼呼发散着冷气，我伴着呼呼的空调声闭眼即睡，其实到酒店还能休息三个小时。旅馆崭新，床单干净，房间宽敞，好像我们是第一个入住的旅客似的，不由对这个国家生出好感和好奇。而七天八夜的行程中，床头的电话从未响过一声，这里有一种古老的安全感，让人放心大睡，直到自然醒。

餐桌上整齐摆放的是锃亮的刀叉，一次性筷子插在箸笼中，面包片放进烤箱，一圈出来脆脆黄黄、热热乎乎，一层果酱两片面包，方便可口。咖啡、缅甸茶、冷牛奶、果汁、凉水，各类时令蔬菜，边上有一口锅冒着热气，可以煮一碗米粉，也可煎一个鸡蛋。西式早餐，夹杂了不少中国元素，中国游客逐渐增多，一点一点影响着这里的各行各业。站在门口的侍者，有着干净的微笑和挺直的身板，声音不高，温文尔雅。每当一批游客进入，宾馆服务生手持托盘，为大家送上一杯新鲜果汁。英语是普遍使用的语言，本地人之间则多用缅语交流。

导游阿华说，我们坐的是全缅甸最豪华的旅游大巴。干干净净的酒红大巴身上，绽放着两朵粉白的紫金花，和缅甸本地灰头土脸的私家车、电动车、小三轮相比，果然高端大气上档次。车内座位干净柔软，前后座位间隔大，车上开着空调，似乎和外面尘土飞扬、阳光热烈的世界不可同日而语。

大巴驶过，总会扬起一股冲天的灰尘，飘舞着各色篷布、挤满人的三轮车，在烟尘中出没。车上的男女老少，穿着笼裙，跶着凉拖，在后车厢摇摇晃晃，哈哈大笑，露出白而整齐的牙。我恍惚回到了童年时的故乡。眼前的伊洛瓦底江畔有一丛丛贫民窟，沿江边扯起的草绳上挂满各色衣物，但不妨碍人们穿着纱笼、赤着脚，一边搬石块和砂浆建设家园，一边不忘停下看看我们这些游人——这些稍显另类、不合时宜的游客，男人们穿短裤，女人着短裙，在羽绒服中捂了一个冬天的腿脚显然白腻得有些扎眼和突兀。看着他们坦然地在沙石上走来走去，再看看他们烧火棍一样的腿脚，我的脚掌心似乎隐隐疼起来。

二

横跨伊洛瓦底江的乌本桥，桥墩、桥梁、铺桥的木板都是珍贵的柚木，整座桥没有使用一颗铁钉，全部是榫卯结构，全长一千二百米，只供行人穿越，是世界上最长的柚木桥，真正具备百年不朽的品质。桥头有位老人，肤色黝黑，光脚坐着，手握一把琴，微闭布满皱纹的双眼，深沉而自在地弹唱着本地歌谣。我和伙伴梅子快速拍了两张照片，又录了一段小视频，蹲下往钱钵中放缅币的时候，有个问题跑出来：可否席地而坐，靠着老人静静欣赏完他的演出，就像听父亲生前拉二胡，一边听一边回味一番英雄穷途末路的苍凉？走了一截，忍不住回头望去，他依然沉浸在自己的世界里，没有睁眼看我。

中间的凉亭里，卖手工艺品的大眼睛姑娘，乌黑的头发中生出几朵鲜嫩的花，在阳光下泛着金光。西瓜籽穿成的坤包、手链、项链油亮油亮，像涂了清漆。买了一份芒果片，撒上黄豆粉、夏米松、虾酱油、洋葱头和炒过的辣椒籽，坐在木头长椅上边吃边等买手链的梅子。天啊，又酸又咸又辣又鲜，陌生的味道，这就是活生生的五味杂陈吧。

可惜我们去的时候是中午，没有邂逅传说中缅甸的最美落日。回来的路上，我一边回头，一边想象：波光粼粼的江面上，一根根笔直竖起的木桩，拖起一条Z形木桥，西天一丛丛滚动的彩霞金光万丈，簇拥一轮落日徐徐隐入山中，多么辉煌！像一幕盛大的历史剧中凯旋的大将军，微醺回营，一步跨入红纱帐：被衾刚刚温热，美人低眉守候……这场落日，必得是海市蜃楼般的绚丽与迷离，才配得上一些长长久久的爱情居住在里面，让人的思想在江面浩浩荡荡、起起落落，促使人一步三回头，长亭离别，泪眼蒙眬，生发古意。

三

小乘佛教盛行的缅甸，人们普遍乐善好施，几乎天天有人募捐，有人施舍，施舍已成为缅甸人的一种习惯。数以万计的佛塔和数不清的寺庙是人们捐款修建的，全国三十二万僧尼的斋饭、袈裟和日用品是教徒布施的。公共汽车站的凉棚、公园里供游人小憩的亭子和石凳也是教徒捐钱修起来的，上面刻有施主的名字。人们舍不得吃，舍不得穿，临终时把全部积蓄捐献出来修一座佛塔才算了却心愿。所以，这个国家便有了"万塔王国"的美誉，全国矗立着五千二百多座寺院也就不足为奇了。

佛塔门口，总有些憨憨的小孩伸手要钱，一副理所当然的样子，让人心里很不是滋味。刚开始，会放一两张缅币，他们会麻溜地说声纯正的"谢谢"，也会飞一句"Thank you"。后来，远远绕开，梅子和我一致觉得让孩子从小养成要钱要物的习惯，是教育的失败，十年、二十年后，这里可是他们的天下，而这些孩子此时应该端坐在教室，打开书本……正和梅子在说话，一个十岁左右的男孩举着几张儿童简笔画跑过来，一边喊着"姐姐漂亮、姐姐漂亮"，一边兜售自己的画。我掏出一把水果糖递过去，他娴熟地打开丢进嘴里，剩余的顺到粗布褂裤中。我们的马车慢慢开走，他依旧黏着我，我说真的不买，"你不买我就不走"，这句清清楚楚的汉语，让我心生寒凉，起码这样的言语不应该出现在一个孩子口中。我转头，望向沿途卷起的漫天灰尘。等回头找时，他不知何时已跳离马车后檐，了无身影。

穿过大大小小的佛塔和乡间小路，到达浦甘佛塔刚跳下马车，迎面是一个怀抱婴孩的小姑娘，十一二岁的光景，发辫散乱，不吭声，睁着大而黑的眼睛看着我，向我伸手，她怀里的小娃也看着我。一时间，我有些慌张，我不知道她怀里的孩子是她的孩子还是弟或妹，抑或是别的什么关系，或者仅仅是此时的一个道具，可是她自己还是个孩子呢……梅子举着相机，让我在红色的佛塔间立定摆姿势、漫步看云，我总是不能集中精力摆出恰如其分的姿势，最终也没有拍出一张合意的照片。我的心情沉郁了好几天，那个小姑娘和她怀里的小娃，总在我眼前晃来晃去，久久不散。

但凡进寺庙、佛塔，必须光脚，穿长裙，否则有人检验不合格会摆手示意，所以自觉不合格的女士会顺路买一条"特敏"，男士买一条"笼基"，门口一裹，赤脚进入，很方便。从阿南达寺出来，我找到自己的鞋，坐在水果摊的方凳上，手举香蕉一边吃一边看来来往往的人。几条黑白相间的狗大摇大摆走过来，我就将半截香蕉送过去，那只领头的肥硕的花狗，瞟了一眼香蕉，扭头望了望众人，扭着屁股、甩着饱满的奶子走开。留着乌黑长发的老板，拿起一个鸡蛋，向我示意，我会意地笑笑。再看街头巷尾这些成群结队的狗，那神情活像这片地区的开发商。刚入缅甸时，导游一再嘱咐，不可单独出门，否则被这里的狗围攻了，谁也救不了你。这应该不是夸大其词，试问谁能干得过这些鸡蛋喂大的狗呢？

四

从曼德勒出发到蒲甘、内比都、仰光时，大巴总要行走一段乡村土路，然后拐上新修的柏油马路。新路平坦笔直，来往车辆很少，大巴在马路上勇往直前，所向披靡。路两边是大片大片荒芜的土地，长着一丛一丛的野草，几乎没有人劳作，更找不到稻米、芝麻、棉花、甘蔗的身影，这是个地广人稀的国度。缅甸分热季、雨季、凉季。眼下是缅甸的凉季，相当于我们的冬季，所以大地袒露着真面目，正在休养生息。

以为缅甸一直会这样旧旧地懒散下去，直到到了旧首都仰光，这里的高楼、公园、公交车、富人区的红色别墅，显现着现代都市的风姿。无论贫富，无论男女，人们各色笼裙在身，光脚穿凉鞋，穿过斑马线、上下公交车。修长的笼裙紧紧地裹在腰际，使人的身体线条清晰而又富有情调，有一种随风而动的摇曳感，尤其是干净清纯的少男少女，总免不了让人多看几眼。姑娘脚指头上的指甲油恰到好处地俏皮着，点点樱桃一样跳动的酒红色，似乎自带一丝挑逗的意味。酒红、粉嫩、浅咖、黑亮的脚指甲在阳光下一闪一跳，富有诗意和青春气息，引人遐想。

在内比都大金塔门口，恰逢三个七八岁的小孩坐在台阶上，三人的脸蛋和额头上均涂着黄色的香木粉（用檀香、木香或沉香木磨成粉，加水制成香水浆，涂在脸上，可以保养皮肤和防蚊虫叮咬）。我凑上去紧挨小男孩坐下，脚下的台阶一层一个小女孩，小男孩和旁边站着的脸上同样用香木粉涂成树叶图案的妈妈并不惊讶，也不阻挡设防，笑着看我们。小男孩呢，则大方地摆足姿势配合拍照，好像我是那位相识已久的邻居小婶娘。真想留下来，长发开花，特敏飘香，牵着这些小手，转山转水转佛塔，重新开始自己的一生。这样，在乌克兰求学的儿子那双大胖手，或许再也找不到熟悉的抱抱了……想到这里，我有些惆怅失落，像在一个童话的城堡深处无法走出来一样。

金光闪闪的仰光大金塔群内，地面整洁。并排手握扫帚的义工，一边清扫，一边往前移动，纱笼和光脚的男女轻轻涌来，像一层一层的海浪，很曼妙。同行中有青海西宁的母子二人，他们说一口标准的藏语，汉语也说得很顺口。儿子是在读大学生，母亲年龄和我不相上下。到佛祖脚下，母亲从包中拿出一包东西，儿子跪上台阶，双手供奉到功德箱上。导游问多少，她说五个。我不知道她说的五个是五千还是五万。

因为气候的缘故，这片大地上的人，大都有一张板栗色的脸，健康而闲散，显得与世无争，甚至有些百无聊赖。女子喜欢用香木粉在脸上涂抹出树叶、花瓣的图案，显得美丽而浪漫。少有肥硕的大胖子，即使有，穿着纱笼腆着大肚皮，风吹来揭起裙裾的一角，胖子的雄壮和健硕也瞬间软化，世界立刻布满柔情和惬意，似乎人们每天在吃手抓饭，高兴地度蜜月，过好日子。

五

在曼德勒，每天上午十点左右，成千的僧侣赤脚托钵、排队取食，施主站在马路两边向僧人的饭钵中投放各色食品，糖果、面包、饼干、米饭、水果等等，不一而足。身着枣红色袈裟的僧人排队依次缓缓走过，神色庄重，鸦雀无声，像一朵一朵火烧云飘过，充满神秘感和飘逸感。只有穿白衣的小沙弥笑眯眯的，偶尔回头低声交谈两句——这是马哈伽纳扬僧院千人僧饭的盛况。这里的僧侣每天只吃两顿，一餐在凌晨四点，一餐在上午十点，过午不食，只可喝水。普通民众也是两餐，时间分别是上午九点和下午五点。有西式和缅式两种饭菜，西式使用刀叉也用筷子，缅式是手抓饭，大多时候手和刀叉并用。

缅甸的大街小巷，总有红衣僧侣的身影。据说，仅仰光和曼德勒就有两万多个和尚，平均三百人中便有一个和尚。佛教徒中，每个男子到了一定年龄必须出家当一次和尚，社会才承认其成人，还俗以后享有结婚的权利。出家年龄一般在十岁上下，出家时间为一周、两周、一个月或几个月，成为小沙弥后可以还俗，有的从此皈依佛门，成为佛家弟子。因为出家手续简单易行，所以出家容易，还俗也容易。

和男子可以多次出家、多次还俗相反的是，尼姑不能还俗，一旦出家就不能还俗，礼教没有规定某些女子必须要当尼姑，尼姑的身份是自己选定的。她们光着头，穿着粉红色上装，搭配橙红的纱笼，外加一条既可搭在肩上也可顶在头上的红布，每天出门沿街化斋饭。这三种深浅不同的鲜红色，穿在女子身上显得很贵气，衬托出仙气飘飘的背影，显得轻盈、缥缈而迷离，像散落在人群中的花朵。

缅甸佛教徒忌穿黑衣，因为在缅甸古代曾有一种邪教僧人穿黑衣，多行非法之事，后来严行禁绝。想来，黑色着实让人沉重，与光明矛盾相见，总是伤人于无形之中。对苦于深夜无法入眠的人来说，长长的黑夜定是一把长满芒刺的流星锤，那锤像单摆一样飞来飞走，而时间总是停滞不前，天总是不亮，所以将暗夜无眠的状态称为煎熬是最为贴切的，那是呼呼大睡的人无法体味的焦灼不安和百般无奈。

在缅甸，佛塔、寺庙无所不在，丛林万塔是其他国家看不到的风景。各种姿态的佛或端坐或站立或睡卧在佛台上，眼里满是清澈的宁静和安详，还有一丝会心的浅笑。看得多、望得久了，内心会慢慢澄澈起来，一些放不下和隐忍慢慢钝下去。那么多眼泪和光阴唤醒的，必将是那个不念过去、不畏将来的自我与所处的世界握手言和，这个自我终究会安静地坐在一首长诗的结尾处，捡起那把生锈的钥匙，完成今生的自我救赎。

六

缅甸的汽车、电瓶车基本上全靠进口，所以牌照费很昂贵，但多的是石油、天然气、玉石、宝石、钴、铜、钨……遗憾的是，我们没有去东枝的茵莱湖，据说是一个赛过天堂的地方。从一个城市到另一个城市长长的旅途中，阿华滔滔不绝讲了好多关于中国远征军的史料，说这是中国驻缅甸大使馆要求每位中国导游必须讲的内容，而且要想成为缅甸的国际导游，这是必须掌握的考题。我们不由赞赏！

回国隔离期间，在网上看了《中国远征军》和《铁血远征军》以及诸多相关内容，知道了孙立人、卫立煌、杜聿明、廖耀湘、戴安澜……记住了那些长眠于缅甸大地、闪闪发光的名字。前后历时三年零三个月的入缅作战，中国投入兵力总计四十万人，伤亡近二十万人，这是一组多么扎心的数据！"谨以此片献给在民族解放战争中牺牲的抗日英烈们！"这是《中国远征军》的片头词，每次观看之前，我总要为血洒缅甸战场的英雄们静立默哀。

2020年2月24日

黄河浸润的时光

和春天一起萌发

眼前的日子慢慢长起来，意味着明亮和温暖越来越多。那么，可以采撷柳枝上细碎的嫩黄，洇染一些绝美、暗香和惊叹；可以年少春衫薄，转身又是一场疯长，像岸边向阳的小草，不怕野火，不怕挤压，不怕没人识；可以为过期的爱情裹一层保鲜膜，让爱起死回生，一起吟诗追回昨天丢失的青春；可以三月桃花，两人一马，明日天涯；可以对蒲公英明黄的花瓣尖叫一声；可以光脚试试黄河水……

天黑之后，天亮之前，一些黑色的影子锦衣夜行，行走在另一个世界，为烟火、为江山、为一些闪光的思想以及一些高贵的文字奔走呼啸，摇旗呐喊，更为大地深处熟睡的种子敲响起床的晨钟。

当风筝被一寸一寸收回，当野草占山为王，当大地散发出温热的芬芳，当雨水、惊蛰、春分款款走来，寒食开始敲打每一扇门窗，伴着纷纷雨丝，伴着紫燕双双和布谷阵阵。金元宝、银元宝在阳光下眨眼，劳作的人收藏了整整一年的心事逐日绽放。

清明，已被祖先选定，专用来祭奠和缅怀。是的，缅怀是为了记住，记住为国难吹哨的人，记住为国捐躯的先烈，记住在大地震中遇难的亡灵，记住自己的祖先和刚刚离去的亲人。

一些历史和事迹，在一次次记住中被擦亮、唤醒，继而生根发芽，再一次次被植入记忆的大地，等待来年的一声春雷和一阵紧似一阵的春风。当一道闪电划过夜空，祖先留在大地上的种子嗅到了熟悉的味道，忆起了往年的节奏。你瞧，我们这些冒着热气的种子，捧着虔诚和敬畏，点燃香烛，在低柔的琴声里，想象祖先在黑夜中的模样，模拟他们的姿势，大声说出我们的寄托和思念。记住，一定要在这一天端出镜子，在自己的眉眼间郑重寻找祖先隐隐的痕迹，品味一些冲天豪气和比水还凉的悲壮。

来世，请允许我还做爹妈的乖女儿，留住先人的那股血脉，让我像祖先一样活着。封存在诗囊中的抒情诗，诉说一些锥心疼痛，掩藏一些眼泪和火种，一页一页投入眼前的香火中，听见文字被烧焦的快乐和欢呼，以及一些大喊大叫，灰烬沉默，一言不发。我知道，总有一天，地下的先人会一字一句诵读我写的诗歌，在轻风里，在月夜里，在一声声虎啸伴着神仙出没的大山和旷野。我相信，这些美丽的相遇，是一场蓄谋已久的意外，更是一场久别重逢。

千年的石头不会说话，但比风还轻的事物，已经悄悄潜入种子和大地的心底，在这个需要祭奠和缅怀的日子，在每一个清明节。慎重追远的日子，总少不了乡关野酒，只管放心喝，尽管醉，借着唇齿间飘逸的酒气，让泪打湿眼眶，让思念奔涌流泻，可以醉倒在家门口。这天的家门口，有人在等，有人伸手搀扶，有人和你一起唱酒曲、划大拳，有人陪你一起买醉，满嘴狂话、大话、笑话，但心底干净，还是小时候的表情和口吻。

清明时节的舌尖和灵魂，总有一些挥之不去的酒意，像一首老歌，唱着忧伤和辽远，勾勒一些海市蜃楼，描摹一组大话西游，酝酿一场风花雪月。这些序曲只为一首贴合时令而意味深长的诗，做着一层又一层铺垫和预热。

那些黄土之下的思绪，需要多少次用春雨和月光的浇灌，才能顶出堆积如馒头的泥土？这些思绪，在大地上飞翔穿越，等待一些明亮的眼睛和宽大的胸怀及时捕捉对接、点燃共鸣，一次又一次刻印在大脑的硬盘里。这时候，恰恰有春风拂过花朵和绿叶，而心底的疼痛刚刚漫上脸颊。

和春天一起萌发的，还有山河岁月，以及一些清醒和警觉，它们像亘古的警句和格言，一下一下敲打地面上的人，伴着雨声从天而降，滴滴答答，随风轻扬。

2020年3月16日

清水里的女子

顶着明亮的太阳，穿过一座又一座长桥。风吹过脸颊，细柳摆动柔枝，脚下水波温柔，树荫里跃动的鸟雀，高一声、低一声弹奏着枝叶上舒展的琴键。和着一些干净温暖的词句，低吟一条奔涌向西的河流，浅唱两岸漫山遍野的花朵。旖旎风光里，田野陌上小道间，一些满身青翠的女子款款而来。

邂逅在黄河南岸的郁金香花丛中，撑着花伞，露珠绕指，你笑，我也笑，整个刘家峡都在笑。我分不清你和花谁更美，但我笃信，你更富风韵更优雅。娘家的荷兰郁金香，这花界里跨国的旷世美人儿，确乎少了些风雅，而你却是国风里"手如柔荑，肤如凝脂，脸如蟥麒，齿如瓠犀，巧笑倩兮，美目盼兮"的古典女子，白如梨花、红若桃花、粉似杏花、黄比迎春的郁金香，只能是你身后最美的布景。渐次绽放的香水百合、唐菖蒲、马鞭草和一袭旗袍，静美如一首似有似无的小提琴独奏曲，在微雨的天光下袅袅娜娜，灿若云霞，唯美玲珑。

太极岛的柔波里，那一抹彩虹上剪裁的衣袂，洒落在臀侧，随风飘逸，如瀑布倾泻；那一束沙漠深处的曲线，流淌在腰肢上摇曳生姿，无与伦比；那恰到好处的开叉，若隐若现的是女子的魅惑，步步生莲；那一小丛一小丛的盘扣，逶迤中掩映一丝婆娑，内敛中飘逸着几许挣扎，弯弯曲曲锁就一些细碎的疼痛，却不忘为明天的袅娜前行润色添彩。

旗袍无语，着一身旗袍的女子无语。嫣然一笑时，已然步履轻盈，双臂摆动，抬眼娇羞地与我擦肩，散发着无可比拟的美好，促人浮想，暗暗欢喜，各自感动。

时间带走的只是岁月，带不走旗袍女子身心的妖娆和妩媚，时间也稀释不了眼前的鲜花着锦和温婉细腻。活在这人世间，多么美好！从此，万顷月光舞动着你的优美，千亩苇荡燃烧着你的缠绵，八百里黄河画廊萦绕着你的倩影。梦里水乡，翩翩如蝴蝶般展翅起舞的，是一些人在地上走，心在天上飞的旗袍女子。

云栖绿水里，树入长天端。枣林深处的烟火，记录着半个川的兴衰；牛鼻子峡口的锄犁，叙写着父辈两鬓的霜花；滔滔的黄河水，抚育了一代又一代黄河娃。这一刻，生命怒放，沿袭祖辈眉宇间不变的睿智，迈着富有弹性的步伐，带着花儿般的笑靥和蓄满自信的双眸，以挺拔的身板和柔软的腰肢，演绎一场亘古的传奇和无须言说的深情，把每一个平淡的日子过得风情万种、妙不可言。即使被现实反手捆绑，也要在心里偷偷拿出落满月色的水晶鞋，独自起舞，找回清水里的澄明和金色。

画舫启，琴声扬，裙裾飘飘立船头，眉前额头秀发绕，这一江水的柔情更与何人言？且俯身取一瓢饮，打捞一抹藕花香，沾染一丝玉音婉转，玉手拈花，回眸一笑，卸下世俗的牵绊。临花照水，在水中与前世飞针走线、抚红弄翠的秋水伊人相逢，用现世的眼睛一遍遍抚摸、清洗那些旧时光。这满怀的莲蓬子，心里可镌刻着前世的谜底？千呼万唤，纵然豆腐换成金羽衣，也不肯开口。山那边的山，水那边的水，忽远忽近，心随流水放逐天涯海角。指点间，江山依旧，却不知你已在别人的画里淋湿了天地，胸间襟前的朵朵牡丹鲜活生动。

一路走来的旗袍女子，在红山白土头打理一日三餐，辛勤耕耘，安静生活，圆滑处事，挺拔为人。厨房灶间，煮茶焚香，粥温时蔬热；厅堂案侧，翰墨书香，知性诗意。旗袍和女人的完美结合，是成人世界里的一部宏大童话。每一个女子用心描摹心底的王，用热情化解人世的伤悲，一次次编织璀璨的皇冠，一次次唤醒沉睡的自己。在每一个暗夜里突围重生、破茧而出，在女儿、妈妈、妻子的角色中转换，成就一段美丽典雅的故事，让长长短短的黑白日子变得精彩纷呈，充满诗情画意。

也明白，有些沉重无人可分担，只能自己左肩换右肩，可在心里还是偷偷把人间多爱了三千次。也相信，当花儿披着一身霞光，又一次迈步出发时，所有的幸福都在向你走来的路上。只要牡丹、丁香、芍药年年迎风绽放，你、我、她，一些阳光下的小女子就会望月而来，在清凉的夜色里，一遍遍踏歌起舞，为不著一字却令人心旌荡漾的旗袍，为月光下清露般的美丽而美着。

水边岁月，在每一个日出日落里。手握朝阳，捧一卷诗词，煮一壶香茗，焚一炉沉香，我们相对无言，共醉八千年；夕阳掠肩，纵使心底风起云涌，脸颊已被晚霞点燃出少女时的红晕。流年似水，芳华入梦，你没有辜负生活，生活也没有辜负你。即使穿着粗布衣裙，也依然别有风姿，这便是生命里最美的风景。如青莲般的女子，在时光的漂洗中一念花开，怀着淡雅心事，修炼一颗开放包容的心，坦然走进迟暮，在胜景里优雅老去，这更是不可辜负的美丽风景。

半山腰的寺庙，传来一声一声晨钟。台灯下，我在酝酿一行一行抒情诗。情诗里的女子，我多么想让你一直一直长在清清的黄河水里，期盼有一天历经千帆归来的你，还是削肩细腰的旗袍女子，眼里依然种满鲜花，心里萌发着一些彩色的梦。阿姐，那清水中供养的容颜和旗袍，就是天堂里最美好的颜色。

水边的旗袍女子，在不经意间点燃了与你擦肩而过的我的眼里刚刚熄灭的火苗。这一刻，有温润和芳香抄近路走来。那么，留一半柔软的心在这清清的黄河里，和着真诚善良、正直向上，另一半坚硬的心随时光游走于脚下的三寸江湖，虽在凄风苦雨里仗剑前行，但脸上桃花朵朵，眼里甜蜜如初。

2020年4月8日

菱花镜

　　一桌，一凳，一女着青烟色长裙，外搭红披风，手执菱花镜，形容憔悴，眼神迷离，风摆细柳般在舞台上碎步游走。她时而挥舞绵长的葱白水袖转圈，酷似一朵白云闲散无依；时而捧心蹙眉驻足，梨花带雨细细织。朱唇微启时，舌尖似浸了一滴水珠儿，吴侬软语徐徐吐露出一个小女子的心酸，还有对横亘眼前的现世的万般无奈。

　　越剧《菱花镜》选段中，花旦演员何英一出场便攫住了观众的心：一面菱花镜，只定睛看了那么一眼，就大梦初醒般惊愕和无措，一叠三声的"菱花镜"，第一句念出"菱花镜"，第二句唱出"菱花镜"，第三句是清音激越的高腔，却在柔嫩圆滑的高音处一字一字徐徐哽住，最后银瓶炸裂般呜咽迸出，让人猝不及防又似在预料中，那股由上而下、由内而外的暗流摄人魂魄、呼啸而过，让人瞬间心生万马奔腾、一泻千里之感。就这么被剧情和演员牵引着，时而屏住呼吸，时而感叹唏嘘，时而泪眼盈盈——久病卧床的女主人公曹芳儿，一个被痴心和相思绑架的曹芳儿活了在舞台上。

　　那件鲜红的披风，似一团燃烧的火，包围着芳儿，恰似活生生的煎熬。一个轻盈的侧身旋转，顺势解去披风，憔悴损的芳儿，似一朵水淋淋的白莲花，款款伸出水面："你不该照得芳儿失风韵；照得芳儿减精神；陷我受苦、误我终身、害我漂泊……"那千年不变的你侬我侬，使菱花镜变成了一个倾诉和痛斥的对象，让芳儿在一个人的舞台上，活在风尘岁月深处。这样的剧情合乎常理，大悲无泪之人，不能让她独自执刀，一下一下剜自己的大腿——人活着，必须得找到一个突破口，来发泄心底无法言传的疼痛，即使这个举动是徒劳的，无法从根本上解决问题，它也定会让那些生活的疼，变得钝一些，再钝一些，乃至让人在以后的日子里，疼也不喊疼了。

古人以铜为镜，映日则发光影如菱花，故名"菱花镜"；另说，古代镜多为六角形或背面刻有菱花，故名为"菱花镜"。

"睡不稳纱窗风雨黄昏后，忘不了新愁与旧愁，咽不下玉粒金莼噎满喉，照不见菱花镜里形容瘦。"1987年版电视剧《红楼梦》中的贾宝玉，在酒桌上唱《红豆曲》时，唱得一往情深且泪流满面。当初觉得导演安排的这一折戏中，贾宝玉有些做作，甚至有些莫名其妙：那么高兴而热闹的场面，他突然流的哪门子眼泪？现在细想，如果没有夺眶而出的泪水，反觉失去了真意——那菱花镜里的人，时时刻刻牵着他的心和双眸，却总是那么弱不禁风，叫人如何放得下那颗悬着的心？此时，菱花镜和镜里人虽不在眼前，是看不见的，但在镜外人眼里，皆是这人世间的真心情。

无独有偶，贾宝玉因"慧紫鹃情辞试忙玉"而犯了呆病，拉着紫鹃不让走，等他痊愈了，紫鹃要回去时，贾宝玉笑道："我看见你文具里头有三两面镜子，你把那面小菱花的给我留下吧，我搁在枕头旁边，睡着好照。明儿出门，带着也轻巧。"这面小菱花镜，照见的是大厦将倾的危机和一语成谶的暗示。一面菱花镜，原来是要让人警觉，叫人自省。

最叫人心生安宁的是，那年"正月内，学房中放年学，闺阁中忌针黹，却都是闲时"。宝玉手拿篦子，站在麝月身后，给她梳篦，虽有晴雯快言快语、摔帘子进出，招惹宝玉分心说话，但并不影响二人在镜内相遇，继而相视。这个温暖的生活细节，一闪而过，于是宝玉给麝月通了头，麝月服侍宝玉睡下。一宿无话。青春年少的时光，光彩四溢，睡一觉，一切可以从头再来。但这个唯美的画面，随着年龄和世事的变换，时不时在脑海中显现，使人在寒凉的暗夜，打开心窗迎进一抹生活的暖意和对旧时光的念想。

　　无论是风月宝鉴镜还是菱花镜，看见的或是看不见的镜子里，都会潜藏着另一个自己。如果有一天迷失了自己，请先停下匆匆的脚步，给慌乱的心一片喘息的净土，不妨先看看闲云闻闻花香，听流水的脉动。那个游离的自己或许就会慢慢回来，心不再迷茫，回家的路就在脚下。

　　很多时候，"自己"这个东西，在日常中是看不见的，撞上一些别的什么东西，反弹回来，自己才会了解自己，这或许不是镜中的自己，别人眼里的自己，但一定是最真实的自己。这个契机，恰是寻找自己最直接也是最容易的方法，这里有一面看不见的镜子，照见的却是一个人的内心深处，乃至灵魂里的东西。

　　生活是一面镜子，你对它笑，它就笑；你对它哭，它就哭，从来不会欺骗你。当暮色折叠起远处的山峦，天野渐渐暗下来，最温馨的画面应该是：灯下笑靥如花，正对镜贴花黄。且把黑夜当成白天活，只为自己活。此时此刻，无论是谁，怀着怎样的心情，面对怎样的时节，都会心生片刻的宁静，任岁月悠长，人事繁复。

2020年8月4日

写意关山

　　八月，一头撞进关山绵延起伏的褶皱里，一些沉酣，一些醉意，扑面而来。黄土苍凉，山道弯曲，梯田铺就彩色的天梯，直上青天。云絮，是绵羊，是织锦，是世间万物，在眼里牵丝连带。伸手，一抹流云沾满露珠穿过指缝，挂在眉梢鼻翼，细细浸润。归人的眼眸里，渐渐蓄起一团水雾，掺杂几许不为人知的酸涩。

　　寻一块坡地，放开手脚，尝试温习嬉戏、奔跑、尖叫，干脆就地打个滚吧。原来，久别重逢的快乐如此简单；简单的快乐，亦可以瞬间燃烧。累了，找一棵野丁香，依树躺下，看云听风闻花香，吞吐心底的风起云涌和百转千回。群山支起身子，逐一回应。风在山头摇旗呐喊，加油助威。

　　青春年少的那些清晨，我们一起上学、挖野菜，满眼明亮，一如此时。可是为什么，大家逐渐远离，直至消失在彼此视线里，相忘于江湖？走出蜿蜒的山道，我们在高楼的夹缝里晒太阳，在车水马龙里追寻钞票和爱，把身体折叠成一部提款机。关山温暖的秋阳下，一个天涯旅人的心，开始稳稳落地，慢慢融化，不再漂泊。从今天开始，不再嫌弃自己，学会爱上自己，和自己握手言和。

　　脚底生风从垄上走过，狗吠鸡鸣的天籁声里，下种、施肥、耕作。百合的种子，有着白玉兰般的嫩瓣，瓣瓣紧抱，在温润的大地深处沉睡。四仰八叉躺着的百合，是关山人的心头肉，好比儿女。百合，仅仅在舌尖吟诵，便恰似打开一盒蜜糖，总忍不住想大声吆喝与人分享——满山收获的果实，撑起的是比大海还辽阔的天空。守住大地，犹如僧人守住寺庙。

古碑残字，是前人种下的一段心事吗？镌刻在生离死别的瞬间，漫漶于光阴深处，留待后来人品咂回味。

五百年风雨的锤炼，修得的是一颗无畏心和向上心。抱龙山脚下的古榆，为眼前的龙脊和乾隆藏身洞举起心底的绿荫，以龙头的仪态引领身后苍茫的龙腰和龙尾，却刻意将龙脊隆起——踩龙脊，交鸿运，报平安。古榆的额头，刻满岁月的沧桑；深夜月光如水，在没有掌声的晴空，一睹龙腾九天的绰约舞姿；白天阴凉满地，以若无其事的淡定，静观滑雪场的红男绿女来了又去。山那边的神树，有点焦头烂额，但依然昂首挺立，为金花仙姑手里的火棍树留下注解和说明，留下一些清风明月的念想，让金华仙姑在人们心里活了一遍又一遍。

当关山深处的秘密，被蜿蜒曲折的柏油马路一一破译后，一些惊雷和虎啸的声气开始在路的尽头闪烁腾挪。若不是这些路，沾染了一丝犁铧的坚韧，在腰路湾、徐家湾、石台子、朱家岭的村头巷道，像细腰女子一样款款走过，谁会点燃艺术家心底的火种，皴擦关山一年四季的大写意，将三叉九鼎掩映的红牡丹插在龙虎燕子山的发髻里？那川紫藤，一定要绣在通往省城兰州的路口，告诉远道而来的旅人，该拐往关山歇歇脚、喘口气了。

塬上人家的炊烟，是真草隶篆里的哪一眼清泉？一撇一捺间打湿关山森林深处的白桦、山杨和青松，唤醒山鸡、灰兔和白虎，以及獐子。用"颜筋柳骨"挑起大峪沟千年的坚持，以章草的蚕头燕尾寄托一览众山小的感叹！唯大草的狂放不羁，在点画间将群山和流水的背影，挥洒在素宣的肩上，让流浪在外的故人一眼认出扛在纸上的笔意，写的都是关山大地亘古的风骨和故乡的味道。

天空撑开蓝色的大氅，背起白云远去。追赶白云的眼睛，端坐在无人机的翅膀上，替游子捕捉故乡每一寸的美艳：捧在掌心里的杏核、新绿泼洒的森林、绵延起伏的山川、云隙间的房舍和宛如蓬莱仙境的云海。为什么游子心里的故乡，只活在别人的文字里？我的乡愁，漂洋过海却找不到回家的路。关山，端在手心里凝视你、抚摸你，就像依偎在太奶奶的怀抱里，旧时光排山倒海而来，温暖而安稳。原来，人的一生，可以在一组照片里重新活过，我们可以一步跨入童年，可以泪流满面。

今夜，踏月归去，手提一串缀满相思子的楼子红蒜，怀揣一缕神树岘豁垭的清风，一次次描摹沿途山路旁流金的金盏花。在关山的绿风里，让情怀落地；在关山的梯田里，种下希冀和憧憬；在关山的烟火里，寄存一些沉思。留待明年夏天，一路高歌"清凉夏日惬意关山"的号子，让诗情画意在辽阔的山野间像风一样穿梭。那时，我会修炼成一个多情而细腻的女子，屈膝坐在一篇散文诗的结尾，等你。

2020年8月29日

赤壁西流罗家洞

一

如果时光倒流，必会定格在第三纪晚期的那场喜马拉雅造山运动场中，天地间似乎伸出一只巨手，将大地轻轻抓起，再缓缓放下。那一刻，世间万物被重新排列组合。红色地层慢慢抬头，大地、高山、森林、海洋开始倾斜、挤压、漂移，一些褶皱、陡崖、残峰、石墙、岩洞逐渐显现开阖，甚至恰到好处地打开石窗、铺好石桥、拓宽巷谷。一切显得那么自然，那么熟悉，又异乎寻常地陌生——亿万年的时光，沧海变桑田。对这些披着彩衣顶天立地的大地之子，地质学界美其名曰丹霞地貌。

四季变换中，风信手拈来一些黄土，一遍一遍遮盖大地的伤痕。亿万年的集腋成裘，群山戴上了黄色的厚棉帽，使绵延的黄土高原质地柔软，曲线优美。

时间执拗地篡改着一切。

若干条细流，从青藏高原的眼窝、鼻孔、嘴巴、耳朵、胳肢窝、肚脐眼，乃至指缝、发梢间汩汩而出，蚯蚓似的爬呀爬，时而在原野幽暗的腹中掘地前行，时而在炙热的胸膛上蜿蜒曲折。一切似乎和山脉、大地、星辰、飞鸟，抑或和你我无关，甚至和挂在山头无所事事的白云也没有关联。那些细流就那样在亘古的时空里无牵无挂地游弋，漫漶而消散，无为又无欲，似乎地可老，天可荒。

跋涉在苍茫田野和崇山峻岭间的那些蚯蚓，不知何时已幻化成条条白龙，鳞光闪烁，于缥缈无边的山涧沟壑间应声起落，轰隆隆，轰隆隆……迂回潜行的背影，犹如天空的手笔在大地上即兴挥毫泼墨，真草隶篆，恰似天语，只可意会。某一天，某个节点，东、南的几条白龙猛地撞在一起，没等摸清各自的底细和来路，大家便混得你中有我、我中有你了。又一天，西、北的白龙聚首了。终于，东西南北的白龙会合在一起。一路走来，它们月亮白的外套已被太阳染成了浑黄的大地色。从此，湟水、大通河、洮河……条条河流秉承大山最初的敦厚和智慧。

黄河沿途咆哮奔腾，漫过积石关，来到甘肃地界时，已然变得低眉顺眼，且慢条斯理。只那么柔柔一侧身、一回眸，便成就了一段黄河西流的美景佳话。诗曰：

黄河倒流

水趋东海破山陬，河到洞川水倒流。
怪见飞涛归宿海，逆翻骇浪渡扁舟。
探源博望疑返驾，敷土禹王错用筹。
何以反常徵地理，佛身无怪闪灵丘。

赤壁峻嶒

峻嶒赤壁接云程，一抹浓红入望明。
琢就珊瑚成突兀，高临霄汉显峥嵘。
千寻石柱凭空起，万斛丹砂似染尘。
几次凿山曾避难，幸蒙佛佑迪清平。

诗中描述的正是流经甘肃永靖的这条河流，和南岸红砂岩壁上的罗家洞寺，其中的"赤壁"指矗立河边的丹霞奇峰群，"珊瑚"指遍布台地的百年枣树，"洞川"指罗家洞和太极川，"佛身"指头涅槃于明代成化年间的胜乐佛。诗的作者罗锦山是清代咸丰壬子（1852年）贡生，能诗善书，闻名陇上。他就出生在罗家洞脚下的罗家川村。罗锦山常年在河州城以课蒙为生，留有诸多有关本地风景名胜的诗词，以上两首写的是《罗家洞川八景》中的两景。

罗锦山也为驰名中外的罗家洞古佛赋诗一首。其赞曰：

肉身古佛

不借超生不脱胎，石山闪出肉身来。
阴阳妙合先天配，造化窝从无极开。
瞻拜依然真父母，登临似近小蓬莱。
贞元一气显生象，好向灵岩称异哉。

一个落魄文人，如果不在黄河上游的这片沙台地上无数次和这座大山相视对话，和这座悬在赤壁上的古寺日夜相伴共沐风雨，如果他的内心没有储藏一条河流的惊涛骇浪和缠绵悱恻，是写不出如此铭心镂骨的诗句的。

由昆仑逶迤而来喜见千峰环洞府
信仙佛恫瘝在抱重登万姓乐尧天

罗锦山为罗家洞撰写的这副对联，也罕有与之比肩者，至今仍让前来观赏瞻仰的国内外游人和香客驻足流连、赞叹揣摩。

二

红山脚下，黄河哗哗流淌，流向天际。手指拨动转经筒，缓步前行。枣花飘香，蜜蜂嗡嗡，耳畔拂过温润的河风。经筒转动，一圈又一圈，慢慢碾平横亘眼前的沟壑。须臾，心绪宁静，心情清凉。

抬眼，大经堂屋顶的法轮在阳光下熠熠生辉，两侧鎏金小鹿昂首专注倾听，一副安详快乐的样子，让人不禁莞尔一笑。原来，快乐是可以传染的。靠着枣树皴裂的树身，像鹿一样虔诚地倾听，细细分辨大自然的声响。半山腰响起当当的钟声，声音洪亮，余音袅袅。

沿着"Z"字形石阶上山，有人在撒风马，有人握着经卷边行边诵，有人在石阶拐角的空地上席地而坐，有人捧着一丛塑料花，有人提着一兜水果。众生法相，各自安好。香烟缭绕，经幡飞舞，胜乐金刚殿、千佛洞、观音殿宛如画屏，挂在岩壁上。闭上眼，想一想罗家洞的前世今生，也是好的。

话说明代景泰元年（公元1450年），尼泊尔王室发生了一件稀罕事：从小出家为僧的王子潘唐娃，起身去寻找自己的修行之地，这个地方在雪山那边的东土。东土那么大，哪里是潘唐娃心底的彼岸？只要心中有信念，脚下就会有路；脚下有路，一定会到达那片秘境。

尼泊尔皇族都知道，早在7世纪中叶，当时的藏王松赞干布迎娶了尼泊尔的毗俱胝（藏名尺尊公主）和中国的文成公主，在两位公主的感召下，松赞干布皈依佛教，修建了大昭寺和小昭寺。人们也清楚，潘唐娃在故乡尼泊尔潜心修为，未必达不到万世民仰的极乐世界，但他不想囿于一地，只管放眼大众，以实现宏愿：对接中尼交流，播撒两国友谊的种子。从此，苦难不再是苦难，脚下的力量在支撑，眼里的旗帜在召唤，心里的方向在指引，而那片秘境就在前方。

沿着文成公主的足痕到达炳灵寺时，潘唐娃已经从唐蕃古道进入了中国西北。这里，蓝色的湖水依偎着千姿百态的石林，漫山遍野林木丛生，山间枝头百鸟啁啾，泉水叮咚日夜弹奏，好一片灵秀之地！潘唐娃心生欢喜，便在此择窟凿洞，诵经悟道。日复一日，年复一年。突然有一天，在一片沉闷的黑暗中，在一刻浓似一刻的令人窒息的黑夜里，一直陪伴他、照耀他的那束光不见了，迷茫无助漫上心头。莫急，莫失，那若巴祖师已在布满祥云的夜晚，于梦中授其偈语："红山白土头，黄河向西流；眼前珊瑚树，尔当此处留。"

潘唐娃再次上路，踽踽独行于贩夫走卒间，继续修持寻觅。一条河，绿丝帛一样挡在眼前：古渡口，人来人往，羊皮筏子在河面上轻盈漂移；河边的水车吱呀吱呀旋转，将一勺一勺河水灌进渠沟；田野里，梨黄瓜熟，金黄的苞谷棒子在骡马脊背上跳跃；两岸村落井然有序，炊烟袅袅，鸡犬相闻。抬头，一根扎着红头绳的大长辫子一跳一跳拐进巷道，胳膊上的栲栳里，盛满小红灯笼一样的风落枣。那些红得将破的枣，在夕阳下一闪一闪亮晶晶。目击背影，潘唐娃心头掠过一道惊雷，一场久远而清晰的梦境电影般浮现……叮铃叮铃，一头驮水的毛驴走过来，凉爽的水珠打湿了潘唐娃的双脚。一个浓眉大眼的男子停住脚，潘唐娃急忙躬身施礼，攀谈中得知：此地名曰罗家川，此人名唤罗荣，乃本村人也。罗荣得知潘唐娃的来路和执念，心里十分感动，遂向南一指，那边红山腰间，有一个天然洞窟，好似正在等待它的主人归来。潘唐娃拧着的眉头舒展了，罗荣挠着头笑了。

这天，潘唐娃站在洞口默诵六字真言，只见眼前波光粼粼，两边绵延的黄土高原恰似左狮右象护佑着这湾河水，人们在两岸日出而作，日落而息。当初，他一脚踏上这块土地时，便认定这里藏着一个神仙匣子，里面有奇妙的故事，好像爷爷偶尔给他念几页两人都为之着魔的《天方夜谭》。黄河在屋下奔流，描摹着太极、八卦，一切在安详恬静里生灭往来。潘唐娃平常下山化缘时，总要专注地看一阵黄河，但从来没有遇见过今天这样的景色。他全神贯注地看着，听着，仿佛自己跟着河水一起奔涌升腾。闭上眼，看到光怪陆离的颜色，蓝的、绿的、黄的、红的，还有巨大的影子在飞舞，水流似的阳光在倾泻，种种景象渐渐分离：一片辽阔的平原，微风夹着野草与枣花的香味把芦苇、庄稼吹得犹如涟漪荡漾，狗尾草、马莲花、蒲公英、苦苦菜，到处是花。啊，多美！空气多甜蜜！躺在那些又软又厚的草上，多舒服。他觉得快活，又有些迷惑，好像过节的日子，父皇在他的大玻璃杯中倒了半杯尼泊尔米酒，一种眩晕的美好包围着潘唐娃。忽觉清香袭人，眼前飘来一个鲜嫩的丫头。"上师，且用膳。"她放下碗筷，一阵旋风般走了，一只红色的蝴蝶在大辫子上翻飞跃动。潘唐娃愣怔半晌，见石桌上的饭菜冒着热气，看来一切是真的。

原来，罗荣经过一段时间的观察和留意，发现潘唐娃自从来到这里，每天早、中、晚按点诵经静悟，潜修密宗，一心向佛，可总是吃了上顿没下顿，日子颇有些清苦。罗荣心中不忍，让女儿金环每天送来斋饭，以解潘唐娃的困境。自此，潘唐娃苦心参禅，境界渐开，奥义哲思入怀，苦疾挂碍得释。日月星转，如是经年。潘唐娃在一个人的坛城里仰望、修行、沉思、幻化，怀揣远离尘嚣的宁静恬淡和无我自在，渐渐进入清净自由、无憾无惧的极乐境界。

潘唐娃修行的洞窟，有时倒映在河流里，浩荡的绿波一路奔流，好像一整片思想没有波浪，没有皱痕，映出绿油油的光彩。每每此时，他总被黄河牵引着，思绪飘得很远很远。倏忽，一阵莫名的悸动掠过，他闭上眼，耳畔连续不断的澎湃水声包围过来，使他头晕眼花。他又回到长久萦绕的梦境里，舒缓的节奏涌来，熟悉亲切的梵音冒上来，像葡萄藤扶摇直上，有清脆悦耳的钢琴，有深沉苍凉的大提琴，有缠绵婉转的长笛。瞬间，那些风景隐灭了，河流消失了，只有一片暮霭苍茫之气在升腾变换，漫无边际。他的心颤抖着，继而又看到一些可爱的脸庞，一个垂髻小丫头在招手致意，一个手握羊鞭的男孩憨憨地望着他，还有别的笑容，别的眼睛，许许多多亲切又和善的眼睛。最心疼的是那张离他最近又离他最远的笑脸，紫葡萄一样的大眼睛，微微张开的小嘴，整洁的牙齿多么光亮，啊，慈悲的温柔的笑容，把他的心都融化了。多么舒畅，多么欢快，多么幸福呀！

秋天到，枣树枝头缀满一串一串大红枣。风吹过，噼里啪啦，地上胭脂点点。不久，掉光树叶的枝干将似铮铮铁骨射向蓝天，坦然而无畏。哦，珊瑚树即枣树，枣树即珊瑚树。

这次，手捧斋饭的罗金环径自步入洞中，第一次上下左右细细打量这个隐秘的世界：仅容一人的石床，隐隐有坐痕；石枕红润，如颗颗红枣顿悟其上；石桌泰然，低眉高举卷卷经书；石凳怡然，俯地承接勘破之肉身。她似乎跌入一朵桃花的蕊中，四壁飘来阵阵清香。一切充满了生命的质感和灵魂的激荡，似乎有新的生命在诞生成长。她款款依向床头，深深舒一口气，一声轻轻的叹息在洞中回荡。抬眼，潘唐娃遮在洞口，挡住了外面的风雨。罗金环心中的雷电再也藏不住了：明日吉时，小女成婚；今日一别，或是一生。潘唐娃不语，良久道："汝可情愿？""不愿。唯愿供奉上师，同修共悟。"潘唐娃闻言，依稀旧梦又浮现，嗫嚅一声："随缘随喜。"遂俯身耳语，如此如此，这般这般。罗金环抿嘴下山。

是夜，迎亲的羊皮筏子将达彼岸，一阵狂风，人皆失散，回归时独少金环女。翌日，罗家川西红色崖壁上的洞窟悄然关闭。

明代成化二年（公元1466年）的一天，天空飞来一火球，照亮整个罗家川，尘封的洞窟轰然开启，潘唐娃和罗金环的胜乐双运肉身显化：肉身纤巧柔软，面带喜色，黄沙及腰。从俗世中来，到灵魂里去，是佛家的缘起缘灭吗？

数百年来，佛教界高僧大德多次到罗家洞朝圣传法，点燃龙华善会的首炷香火，使罗家洞成为民族团结的圣地，更是中尼友好的光辉篇章。

三

丝绸之路的驼队马帮，驮去丝帛、茶叶、瓷器，领来汗血宝马、紫花苜蓿，沿途打开旷古的石墙、岩洞，让红尘之上的佛端坐于花瓣间，或静立于菩提下，或顿悟于禅定中，抑或枕臂侧卧。漫漫唐蕃古道，诗人月下豪饮，马上赋诗，锦囊里装满异域的风、雅、颂和佛陀的妙语真言，以及一苇渡江的千古传奇。仰望烽火台，一步跨上万里长城，在嘉峪关吹埙弄笛，在山海关放眼四野，在八达岭听风嘶鸣。一些高过赤壁的思想，穿越远古慢慢苏醒，敲打着风沙掩埋的骨骸。

在丝路花雨的浸润里，拨开一些事物的表象，深入内核，蓦然醒悟，原来佛也是俗人。佛是已觉悟的人，人是未觉悟的佛。今夜，在云端之上，佛归佛位，人归人位。滚滚红尘中，大梦敦煌里，随缘起愿，打坐参禅。人和佛，在各自的坛场中慢慢贴近，愈加繁盛。

旭日映照下的罗家洞，犹如镶嵌在赤壁上的一方唐卡，金光闪闪，色彩飞扬。谁都明白，它的背后是一块永不褪色的丰碑，这里镌刻着永靖大地千年不灭的信念：使儒、释、道各种思想与学术包容交汇，让各民族在不同文化的大融合里共生共长，一起铸就中华民族共同体。

徒步于罗家洞川的山间沟谷，夕照下两个修长的暗影，在红色崖壁上搂肩相拥：四目相对，一个羞涩，一个深情，名为《赤壁之恋》。这幅照片，在当地摄影界引起一阵飓风，但鲜有人再铺捉到这传神的一刻。赤壁之上，皆是传奇；晴空之下，都是美好。

河流依然向西。春天了，一些垂在水面的柳枝，痴心的叶子像小手般在水底来回打旋。你是要打捞一些河流的慧根，以洞察一丝天地的示化和瞬间的顿悟呢，还是要滋养一些觉悟之花，让河流带到遥远的大海，沿途洒下一路的花香？

面对赤壁，立于河流边，一次次目送，一次次张望，一次次低头。流水越走越远，那么迟缓地流着，简直是静止不动的，直到天边。远远地，有道灰白的微光，一线水波在天边颤动，那是大海，是一片汪洋。河向着海流去，海向着河奔来；海吸引着河，河倾入海的怀抱。终于，河流入海，不见了。

而我始终笃信，山会陪着水一起流浪，即使被削成一块一块礁石，也不离不弃。

2021年3月19日

后记

　　整理近几年的散文，发现有几篇是出版第一本集子时遗漏的，便归进此书。还有几篇，如《举手投足间的颜色》《培植一点浩然气》等小文，要么是系统征文中的投稿作品，要么是《甘肃地税》周刊专栏的约稿，要么是专为本单位文艺活动量身打造的。因为和本职工作联系紧密，觉得不适合收进散文集，但随着国家税制改革和机构改革的推进，"永靖县地方税务局"这个我工作了近三十年的单位，已改头换面，载入了史册，即将漫漶于人们的记忆中。相应地，《甘肃地税》也被《甘肃税务之声》取代。作为税收基层一线的工作人员，我亲历并见证了国家税收政策的变化、推进和逐步实施。每次回想起来，感觉颇有几份幸运和荣光。所以，为了纪念，这次结集特挑选了几篇这方面具有代表性的散文。

　　一直在关注农村扶贫工作，我的两个建档立卡帮扶户在关山乡小湾一社。三本账、一户一册、驻村帮扶、下乡入户已为常态。《煨亮心中的火》《揣着爱心去驻村》《我们一起逛大川》等文章，从不同方面反映了农村近几年的变化和我眼中的精准扶贫工作。

　　我出生、成长的刘家峡小镇，是大西北黄土高原上的灵秀之地。因为黄河穿城而过，向西流去七十五公里，形成了独特的太极、八卦造型。那年，被一场突如其来的车祸伤及，我不得不卧床许久。其间，天天歪头看南山的雪，雪落了一场又一场。夜

黄河浸润的时光

深人静时，不足百米处的黄河水，轰隆隆奔涌而过，其声越窗而来，令人浮想联翩，辗转反侧。闭眼、睁眼，总是睡意全无，每每天将黎明，才酣然睡去。可以下地时，架着双拐，离开南向的卧室，移至西侧的妃床，躺着看黄河流淌。看生生不息的浩瀚，听脚下广场的音乐声此起彼伏，枕着双臂望干净的天花板想一些事，或者什么也不想，只是安静地呼吸。

以后的日子，顶风出门，穿过太极桥，上班、下班，抽空读书、写字，打捞一些心底的感动和思绪，放飞一些高过云端的臆想，安静地打理一日三餐。也画牡丹和残荷，只用胭脂红、藤黄和三绿三种中国画颜料，少不了清水和散发着淡淡香味的墨汁。每次努力将每一朵牡丹画得喜气富贵，也会让素宣上的莲叶似扁舟横渡，莲蓬如许仙手里的绿伞。红尘里，我有时在此岸，有时在彼岸。

晚饭后，白鞋、红裙、长发，跨过旧桥绕到新桥，从左岸到右岸，像个贪婪的人，一眼一眼望着夕阳下碎金点点的黄河，总也舍不得离开。眼前的黄河，打着旋涡你推我搡，从脚下流过，生生不息。黄河水不绝，人生该是畅意的。

其间，碰到一些有趣的人，确切说是手艺人。佩服凭本事吃饭的人，更钦佩把手艺活干得有模有样，甚至不同凡响的人。禁不住心底的好奇和热爱，一次次登门拜访，喝茶，聊天，听故事，其中不乏传奇。安静记录，默默欢喜。一次次在心底感叹：健康活着，真好！很多时候，倚在落地窗前的护栏上，安静看黄河。

河畔时光如指尖流沙般轻轻滑过，不留一丝痕迹。好在我没有虚度，光阴和我没有相互辜负，一些光阴深处闪光的思绪，我用心将它们留住。

吹一声集合的哨子，喊一嗓子立正、稍息，激活沉睡在文档里的文字，就是这本散文集。谢谢苏震亚先生为本书作序，批评或鼓励，我都记住您。感谢甘肃永靖孔子后裔联谊会会长孔令珍，以及孔六全、孔祥熙、孔玉贵、孔安平等宗亲的大力支持。
这份情谊，励我前行。

孔令莲

2020年5月29日